民國文化與文學_{研究文叢}

民國文化與文學 研究文叢

十五編

李 怡 主編

第 **17** 冊

民國戲曲文化及其生態變遷(下)

吳 民 著

花木蘭文化事業

國家圖書館出版品預行編目資料

民國戲曲文化及其生態變遷（下）／吳民 著 -- 初版 -- 新北市：花木蘭文化事業有限公司，2022〔民111〕

目 4+200 面；19×26 公分

（民國文化與文學研究文叢 十五編；第17冊）

ISBN 978-986-518-975-4（精裝）

1.CST：戲曲史 2.CST：戲劇評論 3.CST：戲劇美學

820.9　　　　　　　　　　　　　　　　　111009889

特邀編委（以姓氏筆畫為序）：

ISBN-978-986-518-975-4

丁　帆	王德威	宋如珊
岩佐昌暲	奚　密	張中良
張堂錡	張福貴	須文蔚
馮　鐵	劉秀美	

9 789865 189754

民國文化與文學研究文叢
十五編　第十七冊　　　　　　　ISBN：978-986-518-975-4

民國戲曲文化及其生態變遷（下）

作　　者	吳民
主　　編	李怡
企　　劃	四川大學中國詩歌研究院
總 編 輯	杜潔祥
副總編輯	楊嘉樂
編輯主任	許郁翎
編　　輯	張雅淋、潘玟靜、劉子瑄　美術編輯　陳逸婷
出　　版	花木蘭文化事業有限公司
發 行 人	高小娟
聯絡地址	235 新北市中和區中安街七二號十三樓
	電話：02-2923-1455／傳真：02-2923-1452
網　　址	http://www.huamulan.tw 信箱 service@huamulans.com
印　　刷	普羅文化出版廣告事業
初　　版	2022 年 9 月
定　　價	十五編 21 冊（精裝）新台幣 55,000 元

民國戲曲文化及其生態變遷（下）

吳民　著

目次

第三章　鄉土都市二元文化生態與戲曲審美格局

第一節　二元生態格局的頑強延續——以成都為例證

　　民國的都市，常常都有一些報紙伴隨著城市的發展，比如上海的《申報》、天津的《大公報》《北洋畫報》等等。成都的《新新新聞》也是一份記錄成都上世紀 30、40 年代發展的重要地方報紙。作為市民報刊，該報自 1929 年 9 月 1 日創刊以來，迅速成為新中國成立前四川省內發行量最大、效益最好、影響面甚廣的一份民辦商業性報紙。作為民國時期川蜀地區的重要報刊，《新新新聞》以詳盡及時的時事消息、幽默諷刺的評論以及對社會民眾生活的深刻反映受到省內乃至國內讀者的廣泛歡迎。報紙是一個城市的記憶，它把新聞積澱成歷史。《新新新聞》則充分展現了民國時期成都地區的社會、經濟、文化與人士風情。根據《新新新聞》老報人陳祖武回憶，成都《新新新聞》發家的奧秘在於：一，偏重地方新聞和本市報導；二，在四川各地聘有通訊員，形成獨特新聞網，專門搜集採寫地方新聞；三，報紙的取材和編排上不斷創新；四，請名流學者撰寫文章，豐富內容，抬高報紙身價；五，在 1937 年盧溝橋事變之後，國內形勢發生巨變，留心時事之人增多。可見《新新新聞》最重要的特色在於對地方新聞和本市報導的重視，其中也包括了不少對本省川劇伶人、川劇展演與川劇改良的戲曲報導，《新新新聞》從市民社會和都市文

化對川劇有一個總體性的呈現。因此，對於研究民國川劇的發展而言，成都《新新新聞》是一份不可忽視的報紙資料。

從現有的《新新新聞》資源庫中利用關鍵詞「川劇」「川戲」進行搜索，得到了有關「川劇」的新聞165條，有關「川戲」的新聞13條，共計178條新聞史料。總的來看，這些新聞具體可分為以下九方面：一是戲院戲班與川劇表演的商業化傾向；二是川劇公演與賑災、募捐活動；三是川劇教育與戲劇訓練班；四是川劇伶人報導；五是川劇存在的問題及川劇改良辦法，其中有戲曲自身的改良、伶人的改良以及觀眾的改良等；六是川劇與軍政方面的有關報導；七是川劇劇本廣告；八是川劇組織包括專業協會和玩友會等；九是川劇的對外演出與交流。從這九個方面以及具體的新聞報導分析來看，川劇在民國時期的發展有其獨特的時代特徵，由此可以清晰洞見其生態體系的重大轉變。

一、捨舊謀新：民國川劇都市生態體系的勃然興起

《新新新聞》刊載有大量川劇新聞，其中創刊前幾年一個十分引人注目的動向是川劇改良以及改良川劇不斷佔領都市演出市場。依託於廟臺戲樓的鄉土川劇生態系統逐漸瓦解消融，以悅來茶園為根據地的都市川劇生態系統，正在勃然興起。而圍繞都市川劇生態體系滋長的核心推動要素，是三慶會的改良川劇大業。在都市川劇生態體系之下，川劇也不再僅僅是市民社會的消遣，而是成為社會發展，甚至教育的一部分。

（一）從廟臺到茶園：川劇的都市化轉型

晚清以前，川劇更多地依賴於鄉土而發展，與各種節慶民俗活動相互依存，在流動表演中不斷發展壯大，鄉土受眾面極為廣泛。然而鴉片戰爭後，西方商業和教會文化漸入四川，清末四川「新政」和資本主義工商業的出現也使得川劇與民俗活動的依存關係逐漸減弱，「尤其是一些名角薈萃、實力雄厚的川劇戲班逐漸轉移到城市中會館、茶樓等固定演出場所，售票演出成為藝術生產銷售的常態」〔註1〕。自古以來的祭祀、教化、民俗、娛樂「四位一體」的演劇體系，逐漸分崩離析，川劇的鄉土民俗特徵日漸退化。至民國時期，以茶園劇場為根據地的都市川劇生態系統，正在勃然興起，戲院的繁榮，

〔註1〕杜建華、王屹飛等著《川劇與巴蜀民俗》，南京：江蘇人民出版社，2020年第1版，第18頁。

也推動川劇向精緻化、藝術化發展，川劇的商業化表演逐漸成熟。

通過考據《新新新聞》川劇史料可以看到，為適應川劇的都市化轉型，成都開辦了不少戲院，以迎合民眾之喜愛，達盈利之目的。比如 1932 年的報導就有記載「本市外東錦官驛電影院停映已久，現有李某等，鑒於該院位置河邊，當此河水開發，商賈雲集，擬將該院改演川劇。」〔註2〕1933 年亦有報導云：「本市西蜀舞臺，自開幕以來，因收入不敷支出，以致停門，迄今已數月矣，現該舞臺鑒於西市為繁盛市場，應即繼續開幕，以娛樂來賓，迭次開股東大會討論，議決提出改為川劇演唱，即日開演。」〔註3〕雖然這一時期舞場、電影以及留聲機這類新興娛樂方式早已進入城市生活，但以川劇替代電影依然表明了川劇受民眾喜愛之深。

川劇不僅受省內民眾喜愛甚於電影，且甚於京劇。「川劇在四川人因為強調容易瞭解的關係，喜歡看喜歡聽的人較京劇為多，即如本市新川劇院，雖票價比影戲票價為高，而每日前往觀戲者，實屬不少」〔註4〕。作為國劇代表的京劇在成都市民的心裏是比不得川劇的，甚至人們願意多花些錢去聽川劇，川劇演出極其賣座。

作為都市化轉型的重要一步，川劇的商業展演和戲班組織愈加完善，各大茶園積極整頓改革，以「大放光彩」。1934 年 2 月，據《新新新聞》報導記載稱，成都悅來茶園趁寒假停班之時，積極整理內部，添購服飾用員等，並「與三慶會全址名角協定條約，兩班合併組織，定名聯稱道進社，定於春節元旦開幕表演，該園經此一度改組合併，樂合兩班名角比賽表演，想屆時必放異彩」。與此同時，以悅來茶園為根據地的都市川劇生態系統，正在勃然興起。

此外，川劇的商品功能和娛樂功能在川劇的都市化轉型中也越發明顯，極具代表性的事例便是川劇唱片的製作。1936 年 2 月，因三慶會在上海灌收唱片，一家上海的四川商店曾播唱川戲七日。〔註5〕其實，早在 1935 年，川

〔註2〕《外東電影院行將改演川劇 刻正籌備一切》，《新新新聞》，1932 年 5 月 14 日，第 10 版。

〔註3〕《西蜀舞臺將改演川劇 已呈市府立案》，《新新新聞》，1933 年 4 月 11 日，第 9 版。

〔註4〕《川劇留聲唱片到萬 天籟賈培之等均有戲》，《新新新聞》，1936 年 2 月 20 日，第 6 版。

〔註5〕《滬上川商店播唱川戲七日 因三慶會在滬灌收唱片》，《新新新聞》，1936 年 2 月 17 日，第 5 版。

劇藝術就已走出西南，轉向上海等大都市。當時，勝利公司約白玉瓊、唐廣體諸人到上海灌音，取得了很好的成績，四川的民眾藝術也漸漸引起外人的注意。〔註6〕據《新新新聞》報導記載，為了給一般平民以欣賞機會，成都市環城路三民像館，還曾進購上海百代公司之川劇唱片到萬，有賈培之之《出棠色》、蕭楷成之《淫惡報》、李惠仙之《昭君怨》、張德成與篠桐鳳之《別宮出征》、篠蕙芬之《罵媒》、張德成之《鋈金丹》、天籟之《北海祭祖》，魏香廷與篠蕙芬之《情探》等，「所唱腔調，因均係川劇名角，真堪娛耳悅聽，多人均謂不在京戲及粵川戲曲等之下」〔註7〕，也因此引來極多民眾在館旁「駐足靜聽」。這不僅僅是一次唱片公司的商業化勝利，也意味著都市川劇生態體系的不斷成熟。

晚清之後，川劇的演出場所逐漸從廟臺走向茶園，從流動的草臺班子走向穩定的劇團組織，這種都市化轉型，一方面方便了川劇的發展和戲班的演出，戲院老闆為了增加營業收入，會更多地依據觀眾的審美需求和興趣喜好選擇優秀劇目，戲院和戲院之間的商業性競爭也促使了許多川劇劇目和表演方式的創新，進一步推動了川劇行業的成熟與發展；另一方面，川劇演出的多樣性和以經濟效益為目的的演出性質也改善了演員待遇，演員們因而有了更集中的場所進行學習，在戲院裏，觀眾們對川劇演員的評價和內部競爭機制也推動了演員表演技藝的提升，為川劇以後的繁榮發展提供了不少人才力量；最後，觀眾的構成也發生了不小的變化，有閒有錢的成都市民群體紛紛走進茶樓戲院，他們的審美偏向在長期的觀劇經驗基礎上也逐漸變化，多追求娛樂性，從而推動了民國期間川劇娛人化的傾向，川劇的都市化生態體系已然形成。

（二）川劇改良：都市川劇生態體系的核心推動要素

從晚清至民國，川劇改良運動從未停止。「十數年來，中國凡舉一事，莫不捨舊而謀新，於是戲劇亦有改良之名。」〔註8〕晚清維新運動前後，戲曲改良成為中國近代社會教育改良的重要一方面。四川的戲曲改良運動，直接受兩種社會趨勢的推動：一是政治開明、社會轉型的發酵；二是都市新勢力的

〔註 6〕《鋒頭雄健一時：川劇團遠征上海》，《新聞夜報》，1936 年 8 月 5 日。
〔註 7〕《川劇留聲唱片到萬 天籟賈培之等均有戲》，《新新新聞》，1936 年 2 月 20日，第 6 版。
〔註 8〕慕優生《海上梨園雜誌・序》卷一，上海：振瓚社，1911 年。

凝聚。兩種趨勢交錯互滲，推衍除了四川戲曲改良的時代特徵、空間特點和地方特色。〔註9〕在「變法維新」思潮的影響下，隨著西方文藝思想和理論的傳入，文藝改良思潮也逐漸興起，一部分開明的四川官紳階層認為「正心厚俗，非改良戲曲不為功」〔註10〕，晚清「川劇改良運動」也全面開展起來。

川劇改良運動的一個重要成果就是1905年由周孝懷帶領組建的「戲曲改良公會」，該公會也是著名川劇戲院「悅來茶園」的前身。周孝懷大力提倡改良川劇，該公會確定以「改良戲曲，輔助教育」為宗旨，以富有維新思想的文人和藝伶為骨幹，採取「官督商辦」的方式，組織人員到各戲園審看上演劇目，考核伶人技藝，「宣會旨，行賞罰，縷析分明」；引導勸勉戲班、戲園和伶人清除淫靡怪誕的演唱「以正風俗」〔註11〕。因而，民國時期「悅來茶園」的成功與「戲曲改良公會」在戲班制度、川劇演唱和提升伶人技藝等方面所作的努力脫離不開。

在這一時期，針對川劇改良，還出現了不少輿論宣傳的文章，具體討論了以下問題：一是尊重戲曲演員人格，鼓勵有志之士投身戲本創作；二是提出廣設戲園、教習伶工；三是抨擊舊舞臺的種種弊端，禁演淫戲；四是認為改良工作重在戲本，戲本應力戒淫污、急破迷信、語禁齊語、仍用川腔；五是將一些社會問題編成戲本，廣為刊載，〔註12〕從而達到批判傳統封建思想和保守意識，教育民眾的目的。這些戲曲改良主張和倡議，深刻影響著民國時期的川劇改良思想。

通過考據《新新新聞》中的川劇史料發現，至民國中後期，以上阻礙川劇發展之問題仍未解決，川劇改良思想依離不開川劇表演、伶人技藝、去除淫穢、編製川劇本等重要方面，出現了《川劇的過去與將來》《川劇伶工應具之條件》《改良川劇之正路》《川劇伶工改進的辦法》《獻給研究川劇的人們》《改良川劇》等多篇富有見地的文章。其中，最早的報導可以追溯至1934年，三慶會為了「表演出色新劇，並力求改良，以資創成川劇數十年來之新紀錄」〔註13〕，決議改良川劇，積極整頓內部，期待打造嶄然一新的悅來劇團，特

〔註9〕郭勇《川劇演出史》，四川辭書出版社，2018年第1版，第245頁。

〔註10〕朱金圖《川邊政屑》，1914年刊印，中央民族學院圖書館油印，1979年。

〔註11〕戴德源《戲曲改良與三慶會》，《四川戲劇》，1990年第5期，第39～42頁。

〔註12〕郭勇《川劇演出史》，四川辭書出版社，2018年，第1版，第247～248頁。

〔註13〕《三慶會謀改良川劇　積極整頓內部》，《新新新聞》，1934年4月4日，第9版。

地改三慶會為「新三慶會」。三慶會是川劇藝人最早自辦的一個戲曲團體，1912 年，由康子林、楊素蘭等川劇名伶在悅來茶園成立。三慶會繼承了「戲曲改良工會」的改良精神，繼續著「改良川劇」的歷史使命，不斷提升川劇演員的道德品質，加強班社的組織團結，積極創新川劇舞臺表演。歸根結底，三慶會此番改良川劇之目的，仍然在於以新破舊，以改良之辦法適應其內在的都市化轉型的迫切要求。

（三）川劇的社會責任與社會教化功能

自新文化運動以來，戲劇作為社會教育之工具的討論一直不絕於耳。關於這一問題，中國共產黨早期領導人之一陳獨秀（筆名「三愛」）在《論戲曲》中講得更為透徹：「戲曲者，普天下人類所最樂睹、最樂聞者也。易入人之腦蒂，易觸人之感情。故不入戲園則已耳，苟其入之，則人之思想權未有不握於演戲曲者之手矣。使人觀之，不能自主⋯⋯由是觀之，戲園者，實普天下之大學堂也；優伶者，實屬天下之大教師也。」〔註14〕啟蒙者們在肯定戲劇的教育作用和認識作用的同時，也對其「封建」之思想表示了質疑，譬如「觀《賣胭脂》《蕩湖船》，即長淫慾之邪思。其他神仙鬼怪、富貴榮華之劇，皆足以移人之性情」，國人的一些「下賤性質」，莫不是受了戲曲的影響。因而戲劇必須要改良，要摒棄舊戲的陳腐與沒落，要大力提倡戲劇的社會教育功能。這不僅僅是社會改革的迫切要求，更是中國戲劇都市化轉型的生動寫照。

此種思想，直接而深刻地影響著民國的川劇改良者們。川劇從來便是受川省人民所喜愛的，經歷百年發展而不斷豐富興盛，詞句雅致、韻調耐聽、風味別具，受眾極其廣泛。因其具備深刻的民眾認同和獨特的社會親和力，不少人便認為，川劇亦可以擔負起鼓吹新學和傳播新知的作用，進而能將新思潮迅速推廣至底層群眾裏去。民國時期，川內文人學者們普遍認為，川劇應積極發揮其移風易俗、教化民眾的「化愚」作用，為此，川劇伶人、舞臺表演、川劇劇本等都應進行符合社會發展的改良與變革。對於川劇的社會教育使命，曾有記者在《川劇伶工應具之條件》中發表以下論述：

〔註14〕陳獨秀《論戲曲》，載阿英編《晚清文學叢鈔‧小說戲曲研究卷》，中華書局
　　　1960 年版，第 52 頁。另參見徐中玉編《中國近代文學大系‧文學理論集 2》，
　　　上海書店出版社 1995 年版，第 620 頁。該文最早發表於《安徽俗話報》1904
　　　年 9 月 10 日第 11 期，署名「三愛」，次年以文言文在《新小說》第 2 卷第 2
　　　期重新發表。

「戲劇」是固有重大底社會教育的使命，這怕莫人會否認吧！因為教育原有三條大路，就是「家庭教育」「學校教育」「社會教育」，戲劇實為社會教育的利器，以其能夠移風易俗，鞭策世人。在東西各國都符合！戲劇——公認為至高無上的事業。所有演劇的演員，非品學兼優不行。甚至以博士、碩士充當演員底——尤其是劇中的情節，必探取確能改良社會，專以人心的資料為主旨，在一劇的緝成，先經多次的增刪，數次的試演。一方面竭誠接受外界的指正，一方面努力從事內部的改善。務必要一般人公認為完全的戲劇，才敢公演，在戲劇本身，如欲負起社會教育的使命，確有這樣慎重的必要。〔註15〕

因而，演劇的伶工，需得是社會教育的導師，要有「真實的學問、高尚的人格和豐富的劇學」，這與陳獨秀「戲子是天下之大教師」的思想不謀而合，與戲劇都市化轉型的要求不謀而合。

當時，不少川劇戲班和名伶確實發揮了重大的社會教育作用。從《新新新聞》報導可見，在都市川劇生態體系之下，川劇改良運動不斷進行，川劇也不再是市民社會的娛樂消遣，而是有著社會教育的重大使命。川劇名角、名票開始嶄露頭角，不僅在藝術上不斷精進，在道德上也極具修養，積極承擔起了相應的社會責任。在成都各界人士聯合舉辦的施米遊藝會上，娛閒社全體票友及成都各園名票，聯合串演拿手佳劇，並以各園坤角配演，大飽觀眾眼福，「且票價極廉，堂包廂每張十二千文，附善堂米二升，堂座樓座六千文，附善堂米一升，交由觀劇人自行直接散於貧民。此項辦法，行之數年，深得各界之信仰」〔註16〕。由此可見，川劇真正地承擔起了社會教育的使命，在政治改良與社會革新的背景下，川劇伶人的國民觀念和文化修養亦有所提升。一時間，川劇成為都市大眾趨之若鶩的藝術品類。

二、日漸式微：川劇生態體系轉型的舉步維艱

從廟臺、會館到劇場藝術，從鄉土到都市，無不昭示著川劇藝術在 20 世紀上半葉最重要的生態體系轉型與嬗變，川劇積極擔負著時代轉型所賦予

〔註15〕《川劇伶工應具之條件》，《新新新聞》，1936 年 8 月 23 日，第 11 版。

〔註16〕《冬季施米遊藝募捐　川劇名票大會串　並以各戲園乾坤角配演　閨閣名媛有三女士參加》，《新新新聞》，1936 年 1 月 8 日，第 10 版。

它的社會責任和教化功能。然而,從省內軍閥割據到川政統一,從抗日戰爭到國內戰爭,在民國特定的社會文化生態和政治意識形態情境下,川劇的生態轉型事實上舉步維艱,難以徹底實現藝術生態的自洽和適應,又難以重返既有的藝術本體和傳統,最後左右搖擺,錯失了川劇都市化、現代化的諸多機會。

(一)川劇藝術生態根底的腐壞

根據《新新新聞》記載,1936 年 7 月,三慶會劇團策劃聯合成渝兩地川劇演員六十九人,合組一川劇旅行團,先後赴申、滬演唱。初到上海,劇團決定在新光大戲院進行首次公演,因為上海觀眾對川劇感到新鮮稀奇的緣故,戲票銷售一空,賣座收入甚為可觀。然而,這種賣座的情況持續不到一周,隨即觀眾流失,營業銳減。究其原因,一方面是因為「組織欠周,角色未齊」,對外演出尤其需要名角影響力的號召,但此次旅行出演卻因為缺少名角而不能引人入勝,每日所得甚至不能維持其演員生活。另一方面,上海人士對於戲臺布景等有著格外高的要求,「而川戲之對於布景,素即馬虎,致不合外人之口味」〔註 17〕,川劇大鑼大鼓的震耳之聲,令滬上人士極不適應,不到一周,營業銳減,各股東損失數萬,且不願再貼錢補助,劇團不得不停演回川。

川劇團在上海的慘淡收場,未嘗不反應出川劇自身所存在的問題,也表明川劇走向大都市的現代化轉型之路十分艱難。對於此次川劇旅滬的演出,當時的戲劇家凌鶴在《漫談蹦蹦戲和四川戲》一文中指出了川劇的幾個缺點:高腔調譜單純,幾乎沒有變化,令聽眾感覺乏味得很;不僅僅唱功單調,而且還沒有和聲的樂器;對白粗鄙而野蠻;四川的發音是首音高尾音低,缺乏音階節奏的調和,這些都是川劇表演存在之問題。凌鶴先生還批評道:「同樣是地方戲的四川戲,它不是農民的戲,它沒有絲毫抗爭的意味,而是和京戲一樣,完全成為封建說教的戲了⋯⋯忠臣孝子、節婦義士,如此表彰其陳腐不言可知。」〔註 18〕當然,這種完全否定地方舊劇的觀點,並不可完全採取,但「川劇之式微」已可見一斑,而這種要求改良的思想也是絕大部分知識界人士所持有的。

〔註 17〕《春申江頭曲已闋 川劇團離滬回川 演員坐食山空潦倒異鄉 薛艷秋白玉瓊　　　　受了拖累決跑碼頭沿江露演》,《新新新聞》,1936 年 9 月 24 日,版面不詳。
〔註 18〕凌鶴《漫談蹦蹦戲和四川戲》,新認識社編《新認識》,上海,1936 年第 1 卷　　　　第 1 期,第 73〜74 頁。

　　1936 年 8 月，有作者在《川劇的過去與將來》一文中，提及川劇「精華無存，只見糟粕」的消沉之狀，並指出川劇「改良與發揚之必要」〔註 19〕。隨後，《新新新聞》刊登了數篇論及川劇改良的文章，指出了不少阻礙川劇發展的問題。一是戲院老闆只知賺錢，而杜撰不新不舊的戲劇，專事迎合下等社會的心理，這些新劇，實際上教育則不足，導惡卻恢恢有餘。二是川劇伶工無才，演劇的伶工大多是不學無術之徒（甚至是市井無賴），演員「劇科出甚少，半係游民，教育未及，智識淺陋」〔註 20〕，要想找一位具備真實的學問、高尚的人格、豐富的劇學三者齊全的伶工，絕不可得。三是優秀技藝傳承無人，川劇有劇藝，有劇業，而無劇學，伶人的學習也不過是私人的傳授，只限於技術的訓練，而缺乏對戲劇真正意義的思考。四是觀眾眼光幼稚，趣味低級，喜好俚本淫詞，趣重肉感，以至於演劇者也不得不以媚人弄錢。川劇的藝術價值被消耗殆盡，戲劇的地位也始終不被人承認，常備斥責為「小道」，諸多問題，無不讓業界和學界感到悲傷。

　　幾乎是同一時期，在成都另外一份專門評價電影、戲曲的刊物《陽春小報》上，也有作者對川劇的衰落髮出了感慨：

> 川劇，在它的誕生期內，也曾經過許多文人學者的栽培、澆灌，開過美麗的花。那時期的劇本的廣多，劇材料豐富，劇詞高雅，真可謂極一時之盛，然而一到現在，其成績如何？進展又如何呢？回答的是「一落千丈」。川劇的命運已經到了它的剉難時期，不但後輩子孫不能追趕前進，以期完成戲劇的使命，並且連這部大好的遺產也操守不住，我們能不感慨嗎？〔註 21〕

　　知識界人士痛苦於川劇的「只見糟粕」「一落千丈」和「日趨沒落」〔註 22〕，也認識到川劇與其他戲劇藝術之間的差距，提出了不少改進之辦法。在談及川劇如何學習京劇時，有人提出：「要改良川劇，非要把川劇學好，具有深刻的工夫，還用一番心意上緊去研究，然後就川劇規律範圍以內的增減損益，或單是借它的方法，抑或是取它的精神來改良。」〔註 23〕藝術革命從來不是照搬他人成功之處就能有所成效的，每種戲劇藝術都有自己獨特的價值，

〔註 19〕《川劇的過去與將來》，《新新新聞》，1936 年 8 月 23 日，第 11 版。
〔註 20〕《川劇伶工改進的辦法》，《新新新聞》，1936 年 9 月 27 日，第 11 版。
〔註 21〕《川劇的衰落》，《陽春小報》，1936 年 9 月 15 日，第 3 期，第 3 版。
〔註 22〕《川劇伶工改進的辦法》，《新新新聞》，1936 年 9 月 27 日，第 11 版。
〔註 23〕《改良川劇之正路》，《新新新聞》，1936 年 9 月 6 日，第 11 版。

其生存之條件也大不相同。因而，若想實現川劇改良，需要從本身健全起來，把自己的「根底」研究透徹才可以，要充分理解川劇之「精神」。

然而，事實卻是：在都市化轉型的過程中，川劇逐漸脫離了自己的藝術本體和鄉土傳統，又難以實現徹底地現代化改良，胡亂照搬式的藝術革命難以成功。川劇在時間上，有最深長的歷史；在藝術上，有最豐富的材料；在組織上，有許多精心結構的優點；〔註24〕在觀眾上，擁有川、滇、黔、鄂等八省的廣大群眾，〔註25〕這些都是川劇的優秀「根底」。但那些只顧漁利的私營戲院，一味迎奉觀眾，編撰俚本淫詞，排一些不新不舊的戲劇，既無法實現徹底地改良，難以適應川劇都市化的精緻追求，又丟失了鄉土民俗的傳統，少有社會教育之功能，嚴重損害了川劇的根底，從而導致劇藝、劇業的消沉。正如一位學者在論及戲曲的現代化時所言：「因為沒有實現新舊之間的裂變，這就不但使戲曲無法獲得現代藝術的品格，而且還使其在一定程度上逐漸失去一些原有的審美價值。」〔註26〕如果無法從根底、從精神上去改良，川劇的生態體系轉型必然會陷入這種兩難之境。

（二）川劇藝術生態轉型的失敗

1937年之前，儘管許多有識之士發出了要改良川劇的迫切呼聲，也提出了不少改良的辦法，但他們大多只從川劇伶人著眼，而忽視了川劇日趨沒落的政治、經濟根源。川劇改良及其藝術生態的轉型，是不能脫離政治大革命而獨立實現的，更不是由幾個社會有識之士的主觀努力便可以完成的。在民國特定的社會文化生態和政治意識形態情境下，川劇藝術可以說是漸漸走入「日暮窮途之境」，從抗日戰爭爆發一直到新中國成立，川劇都沒有實現新舊之間的裂變，儘管做了諸多努力，但仍然錯失了許多轉向都市化和現代化的機會。

首先，國民黨當局的嚴格管控，使得川劇的生存空間越來越小。在抗戰的特殊時期，川劇受到的管制，承擔的社會責任都是空前的。為了防止川劇在思想意識形態方面的自由化和低俗化，當局對川劇進行了比較嚴苛的管制。

〔註24〕《川劇伶工改進的辦法》，《新新新聞》，1936年9月27日，第11版。

〔註25〕張德成《漫話蜀劇》，中華全國戲劇界抗敵協會編《戲劇新聞》，1939年第8～9期。

〔註26〕孟繁樹《中國戲曲的困惑》，北京：中國戲劇出版社，1988年第一版，第42頁。

當然這種管制我們今天需要一分為二地看待。但當時確實給 40 年代中後期的川劇帶來了不小的負面影響。1940 年，國民黨當局曾整飭成都娛樂場所，令其一律停業。成都市影劇業工會成員為維持生活計，曾呈請當局變更管理。據《新新新聞》報導記載：「成都市京川戲劇業演員協會，以京川演員，人數聚多，一旦失業，勢必生活貧瘠，特聯名分呈各有關機關，望機關收回成命……抗戰宣傳，戲劇亦占重要部分，該會漢李演員及其眷屬長余，懇請垂念演員生活，俯准照常演劇，以免陷於絕境云。」〔註 27〕國民黨統治時期，戲劇藝人們的政治地位和社會地位本就低下，在半封建半殖民地的舊中國，受盡剝削和壓制，此種嚴格的管制更是令川劇演員難以維生。

　　事實上，除了禁演川劇、實施嚴格的管控以外，國民黨反動勢力還對川劇藝術生態進行了殘忍破壞，川劇演員們的基本生活乃至生命都難以得到保障。由於川劇生態的不斷惡化，川劇名角天籟居然因煙毒而死在永樂劇院，新聞報導稱其「境況極為蕭條」〔註 28〕。此外，地方惡勢力也不容忽視，國民黨的軍隊、警察以及地方上的地痞流氓們，常常到戲園橫行霸道，破壞川劇正常演出。輕者狂呼亂叫，胡亂鼓掌，無理要求重唱一遍，重者則毆打演員，搗毀舞臺。據記載稱，當時陳書舫在內江演出遭流氓騷擾，差點出不了劇院，瀘縣川劇院也慘遭暴徒搗毀，「全院模樣不堪目睹，而觀眾被殃及者大有人在」〔註 29〕，川劇彼時狀況，由此可見一斑。據劉成基回憶：「解放前的川劇藝術已經不是藝術，而是　種反動、腐朽、墮落的怪胎。當時的劇場根本不是欣賞藝術的場所，而是地痞流氓、爛兵遊勇生事生非的地方。」〔註 30〕

　　其次，時代動亂使得川劇藝術生態缺乏穩定的轉型機會，各種時裝新戲和抗日戲也沒能讓川劇實現徹底地現代化變革。抗日戰爭爆發後，川劇成為可資研究，並可以加以利用的重要藝術手段。此階段研究川劇，就不單純是就藝術論藝術。川劇成為抗戰宣傳，慰問、募賑、勞軍等的重要手段。正如一篇報導所言：「我們利用川劇，把它的唱詞傳入民間之後，它們就會時長在人們的口邊念著、唱著，這是到民間去宣傳的良法」，作為能深入民間的戲劇藝

〔註 27〕《京川劇協會　懇請當局准照常演劇》，《新新新聞》，1940 年 3 月 31 日，第 8 版。

〔註 28〕《川劇名角天籟死矣　因煙毒昨死永樂劇院》，《新新新聞》，1946 年 7 月 12 日，第 10 版。

〔註 29〕《打風吹到瀘縣　川劇院被搗毀》1946 年 7 月 19 日，第 12 版。

〔註 30〕劉成基《劉成基舞臺藝術》，上海文藝出版社，1980 年版。

術，我們應該好好利用它。最後，作者也提及：「總之，國難當頭。凡一點可以給我們利用的，我們都該儘量用它，使它為了我們民族生存而邁進，這是我寄希望於大眾的了。」〔註31〕

　　這一時期，川劇界人士還積極組建抗敵演劇團，編演了不少抗戰川劇，進行抗日宣傳，積極發揮其社會教育功能。那時，稍有名氣的川劇演員，幾乎都要在演出中穿插一些有關抗日的內容，儘管有些簡直近乎標語口號，甚至添加得完全不合劇情戲理，可是觀眾不但不反感，甚至反而特別喜歡。〔註32〕《新新新聞》曾報導四川旅外伶人抗敵演劇團在街頭演抗敵劇《有力出力》《渝亡以後》的熱烈場面，文章描述稱：「斯時細雨霏霏，北風掠面，而觀眾仍極擁擠，附近四鄉居民均紛紛往觀，該隊所演各劇均極通俗新穎，演員觀眾打成一片，情緒至為熱烈。」〔註33〕從觀眾的熱烈反應中，我們也能得以窺見川劇在動員群眾和抗日救國中的所發揮的重要作用。

　　民國中後期，更是出現了不少時裝川戲，因其觸及了當時的社會生活，反映了民生思潮，且故事情節曲折，而吸引了大量觀眾。同時，新戲還傳播了新文化、新知識，極具社會教化功能。40年代，川劇舞臺還引入電光機關布景〔註34〕，對演員表演技藝提出更高要求，戲曲表演朝著藝術化、精緻化方向發展。但是，這種改良戲也不過是「舊瓶裝新酒」，表演上並未脫離傳統形式〔註35〕，又硬搬來了現代藝術如電影、話劇等的布景方式，現代化的演出方式與傳統戲曲的雜糅，完全離開了川劇的劇種特色，此種演出效果可想而知，只能是「不盡如人意」〔註36〕。

　　因而，抗戰川劇與時裝新戲也沒有為川劇帶來徹底地現代化的生態轉型，儘管它發揮了空前的社會教育功能，但當時的社會文化環境和政治管控依然對川劇的發展帶來了極大阻礙，川劇舞臺上時裝新戲進步意義的消失，也意味著川劇生態的崩潰。據川劇藝術家劉成基回憶稱：

〔註31〕《獻給研究川劇的人們》，《新新新聞》，1938年1月26日，第8版。
〔註32〕郭履剛《片論抗戰川劇》，中國藝術研究院《戲曲研究》第32輯，文化藝術出版社，1990年版，第136頁。
〔註33〕《旅外川劇隊昨日演街頭劇》，《新新新聞》，1939年1月23日，第9版。
〔註34〕杜建華、王屹飛等著《川劇與巴蜀民俗》，江蘇人民出版社，2020年第1版，第95頁。
〔註35〕胡度《「時裝川戲」小議》，《川劇藝術》，1980年第3期。
〔註36〕郭勇《川劇演出史》，四川辭書出版社，2018年第1版，第381頁。

　　到了抗日戰爭結束後，特別是接近解放時，川劇舞臺上的時裝
戲，連早年間的那一些進步意義都不見了。他們不去反映現實的社
會，而是反映帝國主義的文化，思想。什麼黃色的，黑色的，光怪
陸離，群魔亂舞，實在令人肉麻、心戰，醜不忍睹。這是另個型號
的時裝戲。它既不同於早年間的時裝戲，也沒有半點川劇藝術在其
中。它在文藝舞臺上預告人們：川劇要垮臺了！〔註37〕

　　最後，川劇界自身的努力也未見實效，川劇教育在時局動盪之下苦苦掙
扎。隨著老一代科班式戲劇教育的退出歷史舞臺，到1940年代，川劇伶人其
實已經短缺。為此，1943年4月22日，教廳以川劇應予以挽救，決定開辦川
劇人員訓練班，訓練川劇劇人，並發放萬元做辦理經費。〔註38〕除了經費補
助以外，教廳還邀集四川文化事業協進會、川劇研究社等文化團體，及成都
市政府、省會警察局等機關合作進行。〔註39〕這也充分說明了，當局已經意
識到了川劇藝術生態的危險境地，做好川劇的系統訓練與專業教育，不僅僅
是川劇界的緊急任務，更是社會各界不可推脫的責任。但是，戲劇訓練班的
開展並不順利，面臨著籌資困難等問題，通過《新新新聞》報導可以發現，直
到四個月之後，省郡才決定出資九萬元，以扶持地方劇之發展，其餘不足之
數，則由教廳自籌。〔註40〕

　　當然，這種短期訓練的成效也是可想而知的，訓練班中不無成績差的學
生，其中還有違反規則而被休學者，第一期訓練班最終只有七名准予畢業，
第二期的學員也只有40餘名。〔註41〕此外，戲劇訓練班的受訓人員幾乎都來
自「悅來、成都、三益公、永樂、益民及新又新等」〔註42〕名氣較大的茶園
戲院，這些戲院基本上都是由資本家壟斷控制的，因此，這種以戲院組織為
基礎，向訓練班輸送學員的方式，其本質還是為了商業牟利，無法從根底上

〔註37〕劉成基《劉成基舞臺藝術》，上海文藝出版社，1980年版。
〔註38〕《訓練川劇劇人，短期內開辦訓練班》，《新新新聞》，1943年4月22日，版
　　　　面不詳。
〔註39〕《川劇實習表演》，《新新新聞》，1943年12月27日，第8版。
〔註40〕《川劇人員訓練班教部輔助經費九萬　省府核委九市縣民教館長》，《新新新
　　　　聞》1943年8月27日，第8版。
〔註41〕《川劇訓練班學院　川七名准予畢業　第二期調劇員四十餘受訓》，《新新新
　　　　聞》，1944年4月8日，第8版。
〔註42〕《川劇人員訓練班第三期定期開學　調訓人員約八十餘人》，《新新新聞》，
　　　　1946年5月9日，第10版。

實現川劇藝術生態的轉型與變革。由政府主導組織的川劇訓練班，不過是粉飾川劇太平的一塊布衫，獨木難支。經過一期接一期的訓練，終究也無法培養出真正的藝術大師，川劇藝術生態處於不斷惡劣的境地。

從抗日戰爭到新中國成立，無論是抗戰新戲，還是官方主辦的川劇訓練班，抑或是民間自發組織的復興川劇示範團〔註43〕、川劇實驗團〔註44〕等，不過都是掩耳盜鈴，自欺欺人的把戲，根本無法成為川劇藝術生態的風向標，川劇的生態轉型在內外阻撓之下，不得不宣告失敗。

三、鉤沉與創新：民國川劇藝術生態體系轉型的啟示

通過梳理《新新新聞》中的川劇史料，我們得以窺見川劇在民國時期最重要的生態轉型與變革。晚清之後，川劇的都市化生態轉型成為顯著特徵，但是在走向都市化和現代化的過程中，川劇也遭遇了「伶工無才」「不重傳習」「粗製濫造」「淪為流俗」等多種問題，川劇逐漸走入「日暮窮途之境」。當然，對川劇藝術生態造成更大危害的還是外部政治勢力的嚴格打壓，國民黨當局並不重視川劇藝術的發展，甚至還下達各種命令，以整飭為名，禁止川劇的演出。儘管藝術界和政治界的有識之士都曾作出不懈努力，去挽救岌岌可危的川劇藝術，但卻無法從根底上挽救生態體系逐漸崩毀的川劇。彼時的川劇，已然脫離了其賴以生存的鄉土母體文化，又無法徹底地實現都市化轉型以滿足都市民眾的精緻追求，只能盲目地進行舞臺革新，但「硬搬亂套」式的改良新戲也並未獲得成效，非但不能守住原有的藝術遺產，還使其淪為流俗，逐漸脫離與民眾的緊密聯繫。

儘管民國時期的川劇未能實現藝術生態體系的徹底變革，但其自我改良經驗對我們現在的川劇復興而言，也是有著獨特的借鑒意義的。進入 21 世紀，由於市場萎縮、投資匱乏以及人才斷代的問題，川劇的市場化傳播一度陷入困頓。川劇的發展深深根植於鄉土文化以及蜀地民俗，但時代的發展卻消解了許多富有特色的民俗活動，川劇的多元特色逐漸流失，川劇傳承面臨阻礙。除了川劇本體的傳承問題，新時代文化的豐富性和多元化也對川劇藝術也帶來了巨大衝擊。21 世紀新媒體技術的快速發展，為大眾提供了繽紛多樣的流行文化，觀眾審美也在不斷發生變化。川劇又一次陷入困境之中，以

〔註43〕《川劇示範團 本日正式成立》，《新新新聞》，1944 年 9 月 1 日，第 9 版。
〔註44〕《實驗川劇團 將在成都劇院上演》，《新新新聞》，1945 年 10 月 21 日，第 9 版。

至於官方發出了「復興川劇文化遺產」的聲音。在新的藝術生態體系之下，川劇又該如何復興？川劇如何才能實現新舊之間的裂變？

最重要的一點便是固守根底，傳承精華。要知道，「一種戲劇要想改良或創造，是要先從本身健全起來，自己有根底，又能透徹研究才說得上嘞！」〔註45〕因而，復興川劇，最重要的是專注於自己的鄉土根底，發掘劇種之精華，凸顯歷史之底蘊，重視技藝之傳承。川劇在藝術革命的道路上不斷追求，其中最關鍵的一點便在於對傳統的堅守，對根底的守護。回念民國時期，因為輔助無人、傳授無力，致使川劇精華無存，只見糟粕，一般觀眾也只見其魂，不見其魄，這是我們要極力避免的。川劇之精華還在於其百年經驗的積累，它承載著中華民族優秀傳統戲曲文化的精髓，從過去到將來，我們都應固守川劇深厚的鄉土文化傳統與鮮明的藝術特色，在藝術多元化的時代下，這是川劇藝術生態體系不可缺少的一部分。

另一方面還在於與時俱進，創新活力。在《川劇伶工改進的辦法》一文中，作者曾言：「改進一事，總要因勢利導，權衡緩急，視其目前的需求，而後予以切實的補救，始□循序漸進，不蹈至言之弊。」〔註46〕川劇的改良和復興，亦是一項循序漸進的事業，空虛深奧的理論並不能挽救日漸消沉的川劇藝術，當下之急是抓住川劇復興最迫切的現實需求，對症下藥，以求改良革新之法。如今川劇已經走進了一個新的生態環境之中，新型媒體的普及以及現代聲像技術的廣泛應用使人們的生活習慣、娛樂方式、審美趣味等都發生巨大改變，川劇曾經龐大的受眾群體被分化至各個領域，川劇觀眾流失的問題亟待解決。川劇是民眾的藝術，它深深地扎根於人民的生活中。因而，川劇要與時俱進，積極與現代媒介相契合，在固守優良傳統的同時，也要尊重現代民眾之審美趣味，要做好對川劇民間性和藝術性的堅守與把握。

在新的川劇藝術生態體系之下，川劇雖有了穩定的發展環境，但卻也面臨著藝術多元化衝擊、傳承無人、觀眾審美異化等問題。而民國川劇之流變也給了我們一些啟示，那便是在與時俱進的過程中，堅守優秀根底，立足於鄉土與民眾，積極探尋自身發展之規律。新劇應該創造，舊劇應該鉤沉，〔註47〕川劇作為巴蜀文化之瑰寶，我們要將其優秀的根底傳承下去！

〔註45〕《改良川劇之正路》，《新新新聞》，1936 年 9 月 6 日，第 11 版。
〔註46〕《川劇伶工改進的辦法》，《新新新聞》，1936 年 9 月 27 日，第 11 版。
〔註47〕中隱樓主：《蜀伶選粹》，成都：新民書局，1949 年版。

第二節　鄉土民俗生態與戲曲審美

一、民間小戲的濫觴

　　20世紀初期，在花部地方戲勃興的繁盛局面中，民間小戲是其重要的內容形式。它們是在當地民間小調或民歌的基礎上發展而來，富於生活情趣，音樂明快，受到民眾的喜愛。

　　道情戲是我國黃河流域流行的一種民間小戲，一般按照地名稱謂。如晉北道情戲是流行於晉北20餘縣及內蒙古南部、陝北東部、河北西北部的道情戲，分神池、代縣、應縣三個藝術流派。晉北道情的音樂約於金代流入晉北一帶，以曲牌體說唱形式廣泛流傳於民間，主要演唱道教故事，宣傳教義。清代中葉，搬上舞臺，以代言體演述故事，內容廣泛觸及社會生活。臨縣道情是一種地方戲曲劇種，它是集文學、表演、音樂、唱腔、歌舞、美術等於一體的綜合性藝術形式。由音樂和劇目兩大部分組成。它的音樂比較古老，基本由五聲音階組成，輕快、活潑、開朗、優美。臨縣道情傳統唱腔為曲牌體，分為平調（由道歌演變成型的唱腔）和小調（當地民歌同道歌結合形成的唱腔）兩大類。太康道情分布在太康縣及周邊地區，它歷史悠久、十分稀有。此外，還有藍關道情戲，它流傳於膠東半島的萊州及招遠等地，為弋陽腔之遺存。藍關戲「幫、打、唱」三位一體，交映生輝，成為該劇種音樂的三大支柱。隴劇道情戲起源於漢代的道情說唱，唐宋時期由宮廷走向民間。扎根於隴東的漁鼓道情，逐漸吸收了當地民間音樂營養，增加二股弦等樂器，衍化為皮影唱腔音樂。道情戲唱腔以真嗓演唱，清悠委婉，悅耳動聽。劇目近百本，如《劉公案》《韓湘子出家全圖》《莊周夢》《郭巨埋兒》等。清末至民初，是道情戲濫觴和成熟期，新中國成立後是道情由班社到劇團的發展期。

　　灘簧原是曲藝的一個類別，作為戲曲劇種於清代中葉形成於江浙一帶。有前灘與後灘之分。前灘移植崑劇劇目，將崑劇曲詞加以通俗化演唱。另有以民歌小調演唱，取材於民間花鼓小戲的、以滑稽風趣見長的曲目，稱為後灘。江南各地的灘簧，由於多用當地方言演唱，詞句、曲調各自有所變化，因此各地灘簧多加以地方稱謂，如常州武進灘簧、杭州灘簧、湖州灘簧、金華灘簧、寧波灘簧、紹興灘簧、餘姚灘簧、蘭溪灘簧、浦東灘簧。隨著小型戲曲的蓬勃發展，各地的灘簧也相繼仿傚戲曲形式，改為化妝登臺演出。隨

著角色的增多加上表演的需要，曲調、音樂逐步演變，形成各種灘簧聲腔的劇種，如蘇劇、甬劇、姚劇、湖劇、錫劇、滬劇等。前灘曲目如《西廂記》中的《遊殿》《寄柬》《拷紅》，《爛柯山》中的《逼休》《潑水》，《白兔記》中的《送子》《出獵》，《白蛇傳》中的《斷橋》《合缽》等，相傳有 300 多折。後灘曲目有《賣草囤》《賣橄欖》《蕩湖船》《馬浪蕩》《打窗樓》《雙落發》等 18 折。

　　花鼓戲是一個流傳地域比較廣泛的劇種，流佈於湖北、江西、安徽、河南、陝西等地區，其中湖南花鼓影響較大，湖南各地的花鼓戲劇目有 400 餘齣，湖北有「大本三十六，小齣七十二」的說法，大多是反映人民勞動、男女愛情和家庭矛盾的，例如《王三打鳥》《盤花》《雪梅教子》《鞭打蘆花》《繡荷包》《趕子上路》《劉海砍樵》《補鍋》《告經承》《蕎麥記》《酒醉花魁》等。各地花鼓戲的傳統劇目約有 400 多個，音樂曲調 300 餘支。按其結構和音樂風格的不同可分為川調、打鑼腔、牌子、小調四類，都有粗獷爽朗、地方色彩濃鬱的特點。音樂以花鼓大筒、嗩吶、琵琶、笛子、鑼鼓等民族樂器作伴奏。曲調活潑輕快，旋律流暢明快。花鼓戲的表演特點是樸實、明快、活潑；行當以小丑、小旦、小生的表演最具特色。小丑誇張風趣，小旦開朗潑辣，小生風流瀟脫。長於扇子和手巾的運用，擁有表現農村生活的各種程式，諸如划船、挑擔、砍柴、打鐵、打銃、磨豆腐、摸泥鰍、放風箏、捉蝴蝶等等。

　　黃梅戲是從「黃梅採茶調」發展而來的，起初僅是一種民間小調。其中一支逐漸東移到以安徽省懷寧縣為中心的安慶地區，受戲曲青陽腔、徽調的影響，與民間藝術相結合，用當地語言歌唱、說白，形成了自己的特點，被稱為「懷腔」或「懷調」，這就是黃梅調。從辛亥革命到 1949 年，這一階段，黃梅戲演出活動漸漸職業化，並從農村草臺走上了城市舞臺。黃梅戲入安慶城後，曾與京劇合班，並在上海受到越劇、揚劇、淮劇和從北方來的「蹦蹦戲」的影響，在演出內容與形式上都起了很大變化。編排、移植了一批新劇目，其中有連臺本戲《文素臣》《宏碧緣》《華麗緣》等。音樂方面，對傳統唱腔進行初步改革，減少了老腔中的虛聲襯字，使之明快、流暢，觀眾易於聽懂所唱的內容。取消了幫腔，試用胡琴伴奏。表演方面，吸收融化了京劇和其他兄弟劇種的程式動作，豐富了表現手段。黃梅戲的唱腔屬板式變化體，有花腔、彩腔、主調三大腔系。花腔以演小戲為主，曲調健康樸實，優美歡

快，具有濃厚的生活氣息和民歌小調色彩；彩腔曲調歡暢，曾在花腔小戲中廣泛使用；主調是黃梅戲傳統正本大戲常用的唱腔，黃梅戲以抒情見長，韻味豐厚，唱腔純樸清新，細膩動人，以明快抒情見長，具有豐富的表現力，且通俗易懂，深受各地群眾的喜愛。在音樂伴奏上，早期黃梅戲由三人演奏堂鼓、鈸、小鑼、大鑼等打擊樂器，同時參加幫腔，號稱「三打七唱」。新中國以後，黃梅戲正式確立了以高胡為主奏樂器的伴奏體系。先後整理改編了《天仙配》《女駙馬》《羅帕記》等一批傳統劇目；創作了神話劇《牛郎織女》，歷史劇《失刑斬》《玉堂春》，現代戲《春暖花開》《小店春早》等。其中《天仙配》《女駙馬》《玉堂春》和《牛郎織女》相繼搬上銀幕，在國內外產生了較大影響。

採茶戲是流行於江西、湖北、湖南、安徽、福建、廣東、廣西等省區的戲曲劇種。採茶戲起源於民歌小調和民間舞蹈，有影響的劇目諸如《補皮鞋》《補瓷碗》《撿菌子》《拾田螺》《挖筍》《賣花錢》《賣小菜》《賣紙花》《瞎子裁衣》《瞎子鬧店》《磨銅鏡》《當棉褲》《大勸夫》《小勸夫》《四姐反情》《賣雜貨》等。由於地域分布廣泛，各地的採茶戲各有特點。福建採茶戲的音樂以茶歌、小調為主，男女同曲異腔，演唱用當地「土官話」。曲調有幾十種，每個劇目用一二個曲調，往往以戲名為曲調名。如［才郎搭店］［才郎別店］等。江西採茶戲唱腔，大都來自民歌小調，具有鮮明的地方色彩。其傳統的唱腔是專曲專用的曲牌體腔調，後經發展創新，已出現大量板腔體唱腔。祁門採茶戲的曲調也十分豐富，有西皮、二凡、高二凡吹腔、反二凡、撥子、秦腔、嗩吶皮、文詞、南詞、北詞和花調等數十種。採茶戲的樂器一般較簡單，伴奏樂器有胡琴、二胡、三弦、笛子、嗩吶等；打擊樂器有鼓、板、大鑼、小鑼、大鈸、小鈸等。

花燈戲是廣泛流行於漢民族中的一種戲曲藝術形式。其突出特徵是手不離扇、帕，載歌載舞，唱與做緊密結合。花燈戲源於民間花燈歌舞，是清末民初形成的一種地方戲曲形式。廣泛流行於中國南方的江西、廣西、浙江、湖南、湖北、雲南、貴州、重慶、四川，以及陝西、甘肅等地，傳統劇目有《劉三妹挑水》《拜年》《放牛攔妻》《替嫁》等。花燈戲聲腔主要來源是燈調，同時，也大量運用民歌小調為戲中的唱腔。清末民初，花燈樂曲腔調在原有曲調基礎上也出現了擴展變化，並逐漸形成自己的「板腔」和「曲牌」。

二、民俗儀式性與母體文化的基因

戲曲與民俗活動自古以來就有著千絲萬縷的聯繫，尤其是地方戲曲，其演出形制與演出目的都與民俗活動具有同質性，甚至可以說某些特殊場合的戲曲演出本身就是民俗活動的構成之一，如關公戲、祭祀或儀式劇等等。本章著重探討的並不是上述淺層表面意義上的民俗與戲曲之關係，而是期望通過對民俗儀式性對戲曲情境的滲透和由之導致戲曲演出的高潮段落出現這一現象進行深入地探討，從中得出戲曲與民俗之間更為深層的意義，進而為戲曲審美回歸本真的民俗層面提供相應的理論支撐。戲曲與民俗的關係是十分密切的，這不僅僅體現在戲曲演出與民俗活動的同質性，還體現在民俗的儀式性對戲曲的滲透，也就是說即便是在我們看來已經與民俗活動毫無聯繫的戲曲演出，其神韻卻早已印刻上民俗儀式性的烙印。當下的戲曲美學關注的重心往往受西方戲劇理論的影響，注重所謂的「突轉」與「發現」，即情節性，甚至把講故事作為戲曲的最重要的任務，而這從各方面來審視都是與戲曲審美的本質規定相違拗的。從民俗方面來講，這與戲曲的民俗層面的審美追求相去甚遠。那究竟何為戲曲民俗層面的審美本真呢？這就是民俗的儀式性對戲曲情境的滲透及由此引發的審美高潮。

近年來，隨著戲曲理論建設的不斷全面，關於戲曲與民俗的關係的討論愈來愈引起各方專家的興趣。中山大學的康保成教授就是研究戲曲學和民俗學的專家，「戲曲民俗學」成為戲曲理論界新的研究重點。但是仔細推敲，不難發現戲曲民俗學從本質上說還是屬於民俗學的範疇，若從字面意義上理解應該是具有戲曲演出內容的民俗學研究或曰與戲曲演出活動相關的民俗學研究。比方說傳統節日的廟會，或者秋神報賽之類的祭祀慶祝活動，如果僅僅是具有社火及民間舞蹈、歌唱夾雜巫術、魔術之類的演出活動，那麼這就還構不成戲曲民俗學的研究內容，但如果廟會上唱了堂會或路頭戲又或者秋神報賽之類的活動中唱了「關公戲」或「目連」「儺戲」……，那就毫無疑問將成為戲曲民俗學的重要研究內容。這就造成了疑問，到底哪些民俗內容是與戲曲有關的，同為秋神報賽，僅僅以其是否具有戲曲演出內容為界限去框定它是否屬於戲曲民俗學應該探討的問題合不合適？可以說，這肯定是不合適的。戲曲民俗這個詞本身就存在問題，戲曲和民俗本來是不存在包含或被包含關係的，戲曲不可能被完全包含在民俗裏面，只能說戲曲演出活動往往與其他形式的活動一起促成民俗意

義的完成。民俗本身不是活動，而是一種意義或目的，是終極性的，而民俗活動則是豐富多彩的民間技藝或藝術的展示，這其中就包括戲曲。

前面我們已經說到，戲曲民俗這個詞本身是存在問題的，因為民俗只是終極意義或目的，亦是具有身後民族文化底蘊的終極關懷，以人為關懷對象。從這個層面講，戲曲民俗這個詞實際上應該分解為戲曲和民俗活動這兩層意思，將這兩層意思重新組合的話，應該稱之為民俗活動中的戲曲，簡而言之則是民俗戲曲。在中國戲曲史上，民俗戲曲是重要的戲曲現象，具有很大的影響力。這其中包括「目連」系列的劇目，其創作就是為民俗活動而設，此外的一些祭祀儀式劇和儺戲都是如此，這些戲一般不在其他場合演出，更不在商業性的劇場或文人的廳堂演出，應該說在戲曲史上，這些戲構成了民間戲的主流。我們知道，中國戲曲史上長期佔據主角地位的是那些遊戲文字的文人，他們的創作得以很好的流傳下來，極大的豐富了後世的演出劇目，這些戲往往在文人的廳堂演出。由於太過文雅以及審美趣味的文人主導性，這些戲很難流傳到民間，或者即使流傳到民間也不能收到很好的效果。但是應該看到，普通的百姓也是擁有極大聰明才智的，他們往往把本來並不適合在民間演出的劇本做了大膽的改編，從而使得一些著名的劇目在民間傳播開來。之所以在這裡對這個問題花一點筆墨，就是要梳理清楚民俗戲曲劇目中「儺戲」「祭祀儀式劇」「目連」等專用戲以外的部分的劇目的來源，他們來源於文人筆下，卻經過了民間藝人民俗意義層面的篩選和再加工，具有很強的民俗特質和意義，比如說「關公戲」以及勸善懲惡的教化劇，它們往往都源於文人創作。因為它們在某一方面契合了民俗的終極關懷和意義，因此得以通過民俗活動的形式在民間廣為流播並成為經典。這一條戲曲發展的途徑應該引起戲曲理論研究者的注意。

前文已經說到，眾多文人劇目通過民俗活動的形式得以在民間傳播，而近年來越來愈多的學者已經注意到一個新的現象：戲曲發展的主流或者並不在於文人廳堂，而在於民間。如果這個情況屬實（已經有相關學者對此作出了研究和論證，如陳多），加上長期以來中國戲曲的觀演形態都是以民俗活動形式的演出為主，勾欄瓦舍的商業演出只有在大城市才可能出現，而中國古代又是以農村為主，綜上所述，不難判斷戲曲發展的主流很可能就是民俗戲曲發展的軌跡。但是，關於這一問題的考證將留待另一篇文章詳加探討，這

裡引出這一問題的意義在於如果這一假設成立，那麼戲曲發展到今天，或者說我們還能看的到的戲曲演出（包括記錄於文字或音像的資料）一定會受到民俗終極意義與關懷的影響。這裡我們不得不引入本文的另一個關鍵詞民俗儀式性，本文以這一概念指代終極意義上的民俗。民俗儀式性對戲曲是否真的存在著普遍的滲透？由於前面我們的前提都還只是一個假設，因此不好妄下論斷。但是我們可以從相反的方面加以分析，即放棄溯本求源的方法，而是著眼於近年來的戲曲演出實踐，看看從中能否探究出民俗儀式性對戲曲的滲透，從演出或曰「場上之曲」的角度而言，則是其對戲曲情境是否存在滲透。

　　民俗的根本目的在於深厚的人文關懷，雖然這種關懷有時要借助於對鬼神的崇拜來實現；中國民俗儀式性最大的亮點在於通過藝術的形式來實現，而戲曲無疑是影響最為廣泛的藝術樣式。長期以來，戲曲與民俗活動緊密連接為實現這一層人文關懷發揮了重要作用。但是一百年以來，由於我們傳統民族文化的一個斷層，附著於民族文化的民俗也日漸式微。尤其是近年來，隨著民間老藝人的不斷減少，曾經與人民聯繫最緊密的民俗活動漸漸遠離了人們的視線。戲曲的發展在建國以後更是走上了劇團制，民間草臺班子長期以來得不到生存發展的空間，戲曲演出日益脫離了民俗活動這一載體。在這種形勢下，不僅是普通觀眾，就是戲曲理論研究者也往往無視民俗對戲曲的影響和滲透，但是這種滲透並不是短期形成的，因此對於很多傳統劇目而言，都深深的打上了民俗的烙印，就是一些新創作的劇目，其實也有意無意的繼續受到民俗儀式性的滲透。

　　先說說傳統民俗戲曲，「除豐富多彩的劇目以外，還有各種各樣的戲曲形式。計有正隊戲、院本、雜劇、啞隊戲等，這是當時戲曲繁盛的另一標誌。值得注意的是，在祭祀後於舞臺上正式獻演的劇種中，隊戲、院本與雜劇三者並列，這說明它們乃是彼此不同的戲曲類型，雖然產生於不同時代，但於明中葉仍都在廣泛演出。」〔註48〕

　　「任何舉賽，不論規模大小，全為酬神許願、驅疫逼邪、祈福禳災。」

　　不僅是北方，在江南也多迎神賽會的演出。吳地「有迎神賽會，地方棍徒，每春出頭斂財，排門科派，選擇曠地，高搭戲臺，鬧動男婦聚觀，蹂躪田疇菜麥。甚至拳男惡少，尋釁鬥狠，攘竊荒淫，迷失子女，禍難悉數。」「江

〔註48〕《寒聲》等，《〈迎神賽社禮節傳簿四十曲宮調〉初探》，《中華戲曲》，第3輯，第123頁。

南信神媚鬼，錮蔽甚深。聚眾賽神，耗財結會。誕日，則綵燈演劇，陳設奇珍，列桌數十，技巧百戲，清唱十番，疊進輪流，爭為奢侈。更有抬神出會，儀從紛出，枷鎖充囚，臺閣扮戲，爐亭旂繖，備極鮮妍。百里來觀，男女奔赴，以致擁擠踐踏，爭路打降，翦綹搶竊，釀命結讎。一年之中，常至數會，一會之資，動以千計。耗財無益，惟此為尤。再有鄉民信鬼，病不求醫，專事巫師，大排牲釀，歌唱連宵，以為禳解。〔註49〕」

　　一年之計在於春，無疑「行春」是歲時中最重要的節日，「吳中自昔繁盛，俗尚奢靡，競節物，好遨遊，行樂及時，終歲殆無虛日。而開春令典，首數行春，即古迎春禮也。舊俗，官吏於是日督坊甲飾社夥，名色種種，以鋪張美麗，為時和年豐兆。而留心民事者，國初猶競召伶妓、樂工，為梨園百戲，如《明妃出塞》《西施採蓮》之類。變態雖呈，爭妍鬥巧。今世風遞嬗，第以市兒祇應故事：先立春一日，郡守率僚屬迎春東郊婁門外柳仙堂。鳴騶清路，盛設羽儀，旂幟前導，次列社夥、田家樂，次勾芒神，次春牛臺。巨室垂簾門外，婦女華妝坐觀。比戶啖春餅、春糕，競看土牛集護龍街，駢肩如堵，爭手摸春牛，謂占新歲利市。諺云：『手摸春牛腳，賺得錢財著』。」〔註50〕

　　而今，戲曲與民俗文化的關係似乎已經漸行漸遠，分屬彼此已遠的兩個領域，已經到了一提這兩個詞時，需要進行身份論證的地步。而面對急遽變化的時代，戲曲發展步履維艱，歷史上、現實中，民俗文化、民俗活動與戲曲的聯結，戲曲在民眾物質生活、精神生活中所發揮的作用，依然是我們今天探討戲曲生存與發展不可忽略的重要方向。

第三節　鄉土的延續與艱難──「應節、義務戲」

　　民國報刊戲曲史料豐富駁雜，其中關於應節應景戲、義務戲之報導尤為豐富。據史料輯錄整理可清晰洞見，自鄉土母體文化衍生之應節戲、義務戲，其精神實質是基於鄉土與儒家的民生關照和生命關懷，反映了戲曲藝術在其生態體系中的母體文化淵源，以及戲曲藝術作為民族民間藝術承載的道義和責任。然而，民國橫跨的二十世紀上半葉的數十年，中國戲曲生態格局發生

〔註49〕〔清〕袁景瀾《吳郡歲華紀麗》，南京：江蘇古籍出版社，1998年，第1、5、7頁。

〔註50〕曾志鞏《江西南豐儺文化（上）》，北京：中國戲劇出版社，2005年，第97～98頁。

重大變化，處於由鄉土轉入都市的關鍵轉折時期。戲曲生態在體系上，重心由鄉土社會的母體文化依託，轉而為都市市民社會的消閒娛樂需求，從而偏重藝術本體的精進與欣賞。簡而言之，戲曲藝術逐漸遠離母體文化，而成為精緻的都市消閒商品，成為玩賞之物。雖然梨園行有意無意地堅守文化責任，並積極參與應節、義務戲。但「應節應景戲」「義務戲」退變衰敗的事實，不可逆轉。這反映了民國戲曲生態由鄉土向都市嬗變過程的艱難，以及注定無法完成的命運。

　　二十世紀的百年，是中國戲曲生態變革最為劇烈的歷史時期之一，而二十世紀的上半葉，又是戲曲生態轉變最為頻繁，體系呈現最為複雜的階段。二十世紀初期，辛亥革命和五四新文化運動，在文化上，給了這個國家和民族以新的啟蒙。作為文化載體的藝術，尤其是與當時的人民最為接近的戲曲藝術，不可避免遭受影響。從舊戲批判，到戲曲改良，再到國劇運動以及後來的延安評劇改革和秧歌劇運動，戲曲藝術參與了那個時代的幾乎全過程。然而，很長一段時間裏，學界忽視了戲曲藝術發展的本質規律，即作為藝術生態體系的自洽和生命流轉。戲曲生態體系的沿革和嬗變，需要遵循的基本規律是，體系內部的母體文化、藝術本體、藝術衍體必須與體系所處的外部生態相互適應。二十世紀上半葉，戲曲生態沿革的主要路徑，就是從接近母體文化的鄉土觀演場域，進入都市。如此，以鄉土為載體的戲曲生態體系，隨著母體鄉土文化的解構，漸次喪失了內在驅動力，因此必須尋找新的文化支撐。然而取而代之的支撐、引導性因素，並未實現文化和藝術上的雙重自洽。首先，文化上，近現代中國都市，其城市文化品格和精神並未確立，這與半殖民地、半封建的社會體制有關。大都市如上海，其早期城市文化精神，本質上依然是鄉土的。第二，在藝術上，雖然都市戲曲生態，注重藝術的精進，但同時小市民趣味讓原本鄉土戲曲生態被素樸鄉土文化壓制的媚俗、暴力、情色等非藝術的訴求得以抬頭。第三，母體文化和藝術本體是互為動因的，缺失了文化憑依的都市戲曲生態，注定難以自洽和流轉。由此導致都市戲曲生態的非自洽體現為：第一，鄉土戲曲生態體系的局部保留，應節戲、義務戲便是一例；第二，堅守戲曲生態之特殊層面，由於體系無法自洽，於是在具體層面加以求索，如藝術本體之表演藝術的精緻和雅化、流派化；第三，都市新的審美訴求的抬頭，但注定流於對鄉土文化的背離和對戲曲藝術本體的疏遠。隨著鄉土文化的斷裂和瓦解加劇，鄉土戲曲生態和藝術本體堅

持，逐漸讓位於所謂的都市趣味。而都市趣味本身的文化無憑依，注定無法支撐新的都市戲曲生態。換言之，戲曲生態從鄉土到都市的過渡，注定失敗。

民國報刊「應節、義務戲」史料，十分生動地呈現了現代戲曲生態轉折過程中的掙扎和絕望。新興都市和鄉土農村之間的聯繫十分微妙。城市新移民根在鄉土，精神上眷戀鄉土文化。然而，都市市民所受的鄉土文化約束是脆弱的，甚至是不存在的。而都市所謂的摩登現代、西化，本質上是虛空的。舊的被打破，新的未曾立，其實質，是戲曲文化生態的去內核，或者說不斷抽空剝離藝術文化內涵。鄉土戲曲生態被母體文化約束和壓制的非藝術審美趣味，在都市戲曲生態格局有所抬頭。而母體文化滋養下的藝術本體，在都市格局下逐漸瓦解。都市戲曲生態的藝術堅持，無論是文化精神上、還是本體藝術上，都不斷被抽空。以至於即便是梅蘭芳先生的都市演劇，都被文化啟蒙者如魯迅先生所詬病。戲曲改良，余上沅等人提出的國劇運動，等等努力，其本質，在企圖彌補文化斷裂帶來的戲曲生態失衡。但是由於都市戲曲生態體系的非自洽，這種努力注定是極其艱難，也必然是無法徹底完成的。中國戲曲生態由鄉土到都市的艱難轉折和無法完成，為二十世紀後半葉的戲曲生態重構，製造了萬千阻力。〔註51〕

一、戲曲生態母體文化的舞臺遺存

（一）戲曲生態格局與母體文化層

戲曲生態的體系格局簡單而言，為母體、本體、衍體，以及外部生態環境。母體是文化源頭，本體是藝術創造和接受體系，衍體是戲曲的發展性體系，環境則涵蓋社會、經濟、政治等各方面。需要特別指出的是，母體、本體、衍體不是截然分開的，而是互為一個圓通、自洽的體系。母體和本體的交集，是文化上的訴求高於舞臺訴求的戲曲劇目及演出。比如社戲、秋神報賽、儺戲，還包括一些蘊含戲劇因子的民間文化活動。此外，應節戲、義務戲，事實上也是母體與本體交集的場域之一。因此，母體文化對戲曲生態的孕育，並非是憑空產生的，而是經過了一個合理化的戲劇生發過程。二十世紀以後，戲曲生態向都市轉移後，仍然可以清晰看到母體鄉土文化的舞臺遺存。「應節應景戲」與「義務戲」便是遺存之二。

〔註51〕吳民《戲曲生態學的學科界定與發展方向》，《戲劇文學》，2013 年第 6 期，第 11 頁。

（二）「應節應景戲」與「義務戲」

民俗節慶科儀是鄉土文化和儒家文明的重要體現，戲曲藝術是節慶科儀的重要載體，科儀的儀式進程本身很多就是直接的戲曲演出或帶有戲劇素樸因子的展演。成熟的戲曲藝術的源頭之一，就是民俗節慶科儀。隨著戲曲藝術獨立品格的確立和加強，演劇和節慶之間的界限漸次明晰，但節慶演劇，卻成為不可或缺的重要活動組成。由此，「應節戲」應運而生，所謂應節，就是為了與某個節日或者某個紀念日相應和而演出。尤其是在中華民族的傳統節日，應節戲不僅成為俗例，而且還催生了一大批特別的劇目。與純粹的娛樂性或文人消遣性劇目不同，應節戲被附加了節慶儀式的制約。而諸如天官賜福，跳加官之類的游離於戲劇之外的特別舞臺展示，則成為人們慰藉人生，祈願祝福和禮讚的重要方式。在鄉土社會，應節戲的演出場所主要在鄉野路頭，為集資性質的演出，與後來都市戲園子、戲館的演出有一定差異之處。應節戲中最為一般觀眾熟知的是「月令承應戲」所謂月令，就是指一年到頭的每一個月都有相應的時令節慶。清代宮中逢時按節，如元旦、立春、寒食、端午、中秋、重陽、冬至、除夕等，均要承應戲劇，這就是所謂「月令承應戲」。一年之中的節令戲本約有 200 多種，各節令均有相應劇本，因時輪換。戲劇內容多與民俗有關，還有粉飾太平、天朝萬年之意。誠如清代昭槤撰《嘯亭續錄》卷　云：「乾隆初，純皇帝以海內昇平，命張文敏製諸院本進呈，以備樂部演習，凡各節令皆奏演。」﹝註 52﹞而隨著清廷的瓦解，民間梨園也開始演出應節戲，並沿革成習：

> 梨園俗習，每值節令，必演應節戲，以資點綴。自遜清迄，於民國肇元，仍循舊例演唱。如正月十五日之《上元夫人》，五月初五演《五毒傳》《白蛇傳》《混元盒》，七月初七《天河配》，七月十五《盂蘭盆會》，八月中秋《天香慶節》《嫦娥奔月》。﹝註 53﹞

從上述史料，不難發現，每一個節慶，都有對應的應節戲劇目。應節戲體現的是中國戲曲生態與母體鄉土文化的血肉聯繫。戲曲源於民間，源於與民間民俗、鄉土文化相伴隨的生命情感、人生慰藉、精神信仰。藝術關注的是人的精神意志和情感價值，這一點與鄉土文化高度契合。鄉土文化，尤其是其中的民俗文化部分，關注的始終是人們鮮活的生存狀態。這種生存狀態

﹝註 52﹞曉然《什麼叫應節戲》，《中國工會財會》，2014 年第 2 期，第 56 頁。
﹝註 53﹞松生《端午應節戲：漫話八本混元盒》，《三六九畫報》，1943 年第 12 期。

的高度縮微的體現和載體，就是節慶。而節慶的高度縮微的體現和載體，就是應節性的儀式，主要是藝術性儀式。應節戲就是其中最為鮮活的場域。因此，應節戲除了具有戲曲藝術的本體藝術特性和民俗意義外，還包含著更廣泛的文化內涵。〔註54〕這種文化內涵，就是戲曲賴以滋長的母體文化源頭，又是戲曲藝術本體和價值體系賴以依靠的基礎。應節戲，比如春節期間的演劇風俗，具有光譜意義的準宗教信仰和文化娛樂等多方面的文化內涵。隨著時代的發展，演劇也在發生變化，但作為春節習俗的一部分將長期存在。〔註55〕春節應節演劇和欣賞，成為貫穿民族血脈的重要藝術線索和精神文化家園，滋養著戲曲藝術，也滋養一般民眾。

（三）民國報刊應節戲史料的基本情況

進入二十世紀以後，清朝土崩瓦解，鄉土文化分崩離析。然而，進入民國以後，隨著現代都市的不斷興起，應節戲頑強地留存於都市戲曲舞臺，並成為都市戲曲生態異常活躍的場域之一。民國報刊關於應節戲的報導性史料，評論性文章，篇目甚多，僅以天津地區的《北洋畫報》為例，便可窺見一斑。

《北洋畫報》是華北報業中影響較為深遠，歷時較長的報刊之一。作為一份都市消閒類報紙，該報對民國的藝術生態，有較為忠實的記錄和體現。尤其值得一提的是，該報特開闢《戲劇專刊》與《電影專刊》，是研究民國時期的影視戲劇的重要刊物，具有極高的研究價值。透過《北洋畫報·戲劇專刊》，可以整理出大量戲曲資料。這與民國各個都市的重要報刊，如《申報》《大公報》《盛京時報》《新新新聞》等相彷彿。雖然民國報刊的戲曲史料相對駁雜，且一般性的名伶演出活動記錄，京昆及地方戲，如墜子、梆子等一些地方劇種的介紹和活動記錄為多。但不可忽視的是，其中也包含大量具有相當價值的劇評、戲曲理論、戲曲文化知識和評論等史料。比如《北洋畫報》除了通過畫報這一形式，刊載一般性的名家名角的便裝、戲裝照，還有相當的理論性、文化評述性文章。其中，《北洋畫報》刊發的1587期刊物中，關於戲曲改良、戲曲舞臺上重心的轉移、戲曲美學、戲曲理論、戲曲表導演方面的文章數量也十分驚人。而尤為值得一提的是，民國都市的消閒類報紙或副刊，對應節戲、義務戲的報導性史料及相關文化述評極為豐富，這些內容

〔註54〕李楠，陳琛《論應節戲的文化內涵》，《節日研究》，2011年第2期，第69頁。
〔註55〕恒禮《春節的演劇風俗》，《節日研究》，2011年第2期，第28頁。

為我們研究民國戲曲生態提供了鮮活的材料。

　　其中，僅《北洋畫報》中關於應節應景戲的材料包括《明星春宴餘興戲評》〔註56〕《明星春宴餘興戲評》（下）〔註57〕《宜於國難期間演唱的〈挑滑竿〉》〔註58〕《端節應景戲》〔註59〕《上元節之應景戲》〔註60〕《七夕應景戲之〈天河配〉》〔註61〕《中秋節之應景戲》〔註62〕《論應節戲》〔註63〕。關於義務戲的資料包括：《胡碧蘭舉辦之慈仁義務劇》〔註64〕《寒雲參加義務劇之經過》〔註65〕《唐山婦女協會義務劇誌盛》〔註66〕《記外交後援會義務劇之始末》〔註67〕《記北平河南中學義務劇兩配角》〔註68〕《兩臺賑災戲》《記〈商報〉主辦之陝災義劇》〔註69〕《培才義務劇》〔註70〕《冬賑暨

〔註56〕《明星春宴餘興戲評》，《北洋畫報・戲劇專刊》，總第186期，專刊第11期，1928年5月9日第1期。

〔註57〕《明星春宴餘興戲評（下）》，《北洋畫報・戲劇專刊》，總第188期，專刊第12期，1928年5月16日第1期。

〔註58〕《宜於國難期間演唱的〈挑滑竿〉》，《北洋畫報・戲劇專刊》，總第920期，專刊第206期，1933年4月15日第1期。

〔註59〕《端節應景戲》，《北洋畫報・戲劇專刊》，總第1102期，專刊第264期，1934年6月16日第1期。

〔註60〕《上元節之應景戲》，《北洋畫報・戲劇專刊》，總第1206期，專刊第297期，1935年2月16日第1期。

〔註61〕《七夕應景戲之〈天河配〉》，《北洋畫報・戲劇專刊》，總第1278期，專刊第320期，1935年8月3日第1期。

〔註62〕《中秋節之應景戲》，《北洋畫報・戲劇專刊》，總第1296期，專刊第326期，1935年9月14日第1期。

〔註63〕《論應節戲》，《北洋畫報・戲劇專刊》，總第1511期，專刊第397期，1937年1月30日第1期。

〔註64〕《胡碧蘭舉辦之慈仁義務劇》，《北洋畫報・戲劇專刊》，總第338期，專刊第58期，1929年6月29日第1期。

〔註65〕《寒雲參加義務劇之經過》，《北洋畫報・戲劇專刊》，總第377期，專刊第70期，1929年9月28日第1期。

〔註66〕《唐山婦女協會義務劇誌盛》，《北洋畫報・戲劇專刊》，總第400期，專刊第77期，1929年11月21日第1期。

〔註67〕《唐山婦女協會義務劇誌盛》，《北洋畫報・戲劇專刊》，總第400期，專刊第77期，1929年11月21日第1期。

〔註68〕《唐山婦女協會義務劇誌盛》，《北洋畫報・戲劇專刊》，總第400期，專刊第77期，1929年11月21日第1期。

〔註69〕《記外交後援會義務劇之始末》，《北洋畫報・戲劇專刊》，總第401期，專刊第78期，1929年11月23日第1期。

〔註70〕《記北平河南中學義務劇兩配角》，《北洋畫報・戲劇專刊》，總第421期，專刊第85期，1930年1月9日第1期。

遼災義務劇兩夜紀》〔註71〕《北平記者協會義務劇》〔註72〕《北平記者會公演劇籌款之秘聞》〔註73〕《華樂義務劇》〔註74〕《義劇賑災》〔註75〕《電報局義劇》〔註76〕《談明晚永興賑災會之周瑜》〔註77〕《孟小冬唱義務劇》〔註78〕《永興義劇雜記》〔註79〕《醞釀中之義務劇》〔註80〕《慈善會義務劇角色談》〔註81〕《慈聯會冬賑義劇記》〔註82〕《賑災的戲》〔註83〕《慈聯冬賑義劇記》〔註84〕。而以《北洋畫報》相關史料為索引，進一步梳理民國報刊中的相關史料，則可清晰描繪民國戲曲生態發展的基本格局和脈絡。

二、都市「應節應景戲」的出現與退變

都市「應節應景戲」出現的本質原因是鄉土戲曲母體文化生態的延續。

〔註71〕《記〈商報〉主辦之陝災義劇》，《北洋畫報·戲劇專刊》，總第 479 期，專刊第 102 期，1930 年 5 月 31 日第 1 期。

〔註72〕《培才義務劇》，《北洋畫報·戲劇專刊》，總第 491 期，專刊第 105 期，1930 年 6 月 28 日第 1 期。

〔註73〕《冬賑暨遼災義務劇兩夜紀》，《北洋畫報 戲劇專刊》，總第 551 期，專刊第 123 期，1930 年 11 月 15 日第 1 期。

〔註74〕《北平記者協會義務劇》，《北洋畫報·戲劇專刊》，總第 652 期，專刊第 152 期，1931 年 7 月 18 日第 1 期。

〔註75〕《義劇賑災》，《北洋畫報·戲劇專刊》，總第 670 期，專刊第 158 期，1931 年 9 月 8 日第 1 期。

〔註76〕《電報局義劇》，《北洋畫報·戲劇專刊》，總第 674 期，專刊第 159 期，1931 年第 9 期，第 8 頁。

〔註77〕《談明晚永興賑災會之周瑜》，《北洋畫報·戲劇專刊》，總第 666 期，專刊第 150 期，1930 年第 9 期，第 22 頁。

〔註78〕《孟小冬唱義務劇》，《北洋畫報·戲劇專刊》，總第 676 期，專刊第 160 期，1931 年 9 月 12 日第 1 期。

〔註79〕《永興義劇雜記》，《北洋畫報·戲劇專刊》，總第 676 期，專刊第 160 期，1931 年 9 月 12 日第 1 期。

〔註80〕《醞釀中之義務劇》，《北洋畫報·戲劇專刊》，總第 1192 期，專刊第 292 期，1935 年 1 月 12 日第 1 期。

〔註81〕《慈善會義務劇角色談》，《北洋畫報·戲劇專刊》，總第 1195 期，專刊第 293 期，1935 年 1 月 9 日第 1 期。

〔註82〕《慈聯會冬賑義劇記》，《北洋畫報·戲劇專刊》，總第 1198 期，專刊第 294 期，1935 年 1 月 26 日第 1 期。

〔註83〕《賑災的戲》，《北洋畫報·戲劇專刊》，總第 1296 期，專刊第 326 期，1935 年 9 月 14 日第 1 期。

〔註84〕《慈聯冬賑義劇記》，《北洋畫報·戲劇專刊》，總第 1341 期，專刊第 341 期，1935 年 12 月 28 日第 1 期。

換言之，都市戲曲生態實質上是不自洽、不成立的。作為都市新市民的觀眾，其精神文化心理，實質上是依然眷戀鄉土文化。一個特別的場域，就是節慶。然而，隨著都市與鄉土的不斷割裂，基於農耕文明和儒家宗族文化的「節」事實上在文化上漸次消亡。這是都市「應節應景戲」退變的本質原因。由於節文化內涵的被抽空，都市「應節應景戲」名存實亡，淪為都市牟利、獵奇的手段和工具。

（一）「節」的消亡

鄉土社會瓦解，鄉土文化沒落，農耕傳統與文明被西方所謂現代文明取代。基於鄉土的「節」的內涵被逐漸消解。「應節」而無節可應，就如無源之水、無本之木。民國戲曲生態演進的最重要線索就是，鄉土母體文化瓦解之後，都市現代文化並未建立，至少未曾成為戲曲新的母體文化支撐。與真正的西方現代文明相比，我們的現代和啟蒙，至少在二十世紀上半葉的民眾精神世界，並未深刻扎根。都市市民，精神世界的根依舊脫離不了鄉土眷戀。然而，隨著都市與鄉土的不斷決裂和隔膜，鄉土文化終於淪為一種空洞而虛妄的過去式。體現在應節應景戲上，就是文化信仰的要素被抽離，都市的世俗惡趣被注入。

以農曆七夕應節戲《天河配》，中元節應節戲《盂蘭會》為例，前者講牛郎織女，後者演「目連救母」及「盂蘭盆供奉四方惡鬼」。前者宣揚的是基於鄉土的傳統美德，如織女的勞作，民間謂之「乞巧」。此外還包含鄉土社會以底層勞動人民為關照對象的愛情；後者則除了彰顯漢傳佛教的教義，還重點突出孝道這一民間倫理道德價值。此外，以盂蘭盆供奉四方惡鬼，顯示了我們民族互濟以濟世的人文關懷。這兩齣戲，在民間演出，十分親民，又兼具教化和娛樂功能，是很典型的應節戲。然而進入都市以後，民國應節戲的《天河配》《盂蘭盆》，往往以情色粉戲，獵奇、暴力的惡鬼，招徠觀眾，製造噱頭。都市觀眾的趣味也在不斷的被迎合中，越來越偏離了民族文化精神和戲曲藝術本真旨趣。

> 即以一般觀眾心理觀之，觀《天河配》，多著眼仙女洗澡等粉色場面；觀《盂蘭會》，多在意於穿插之雜耍等等。舍本逐末，至演出者站在生意經的立場上，為了迎合一般低級趣味觀眾之所好，乃不惜變本加厲，爭奇鬥勝。各以新花樣胡亂參加其間，失去原劇

編者之本意了。〔註85〕

　　事實上，民間鄉土應節戲並非拒絕民眾趣味，恰恰相反，寓教於樂從來都是民間演劇的要旨。然而，這種民間趣味的張揚是有限度的，其基本限度就是要在鄉土文化和人倫道德價值、集體精神信仰空間的約束之下。而真正藝術的自由並非是「變本加厲、爭奇鬥勝」，而是基於文化、信仰的「鬧熱」「風情」「奇趣」，這才是真正的藝術的可觀，迥然有別於迎合都市市民庸俗趣味的好看。其實，應節戲在清代中後期的「鬧熱」和「可觀」基本還在戲曲藝術規定的範疇內。如端陽應節戲，斬妖除魔，舞臺極為鬧熱而多奇觀，其演劇的鬧熱性在清人筆記小說如《揚州畫舫錄》《清稗類鈔》中有所體現。〔註86〕又比如端午節的《混元盒》也是鬧熱、奇趣的應節之戲：

　　　　端午應節戲，則常演《龍舟競渡》《屈原投江》，諸折，然皆崑
　　曲。後來用《封神榜》為藍本，摻雜九妖，樹立三教，命名《混元
　　盒》。穿插固近乎臆造，而文武並重。〔註87〕

　　在此有必要特別指出，在中國戲曲生態的發展沿革歷史進程中，民間線索事實上一直都是演劇的主流。即便是在明代中後期文人傳奇鼎盛時代，戲曲演劇的主流依然在民間。這一點，往往很容易被忽視。從上述應節戲史料不難發現，清代以後的花部興起，其實不過是民間那條潛隱的主流重新浮出水面。而雅部崑曲，不過就是民間演劇的材料之一，在民間，「崑曲衰微，亂彈興起」是一個偽命題。至少在民間應節戲的舞臺，崑曲和亂彈都是材料，如何選擇，具有相對的平等性。

　　第二，民間應節戲的演劇，十分重視鬧熱和可觀，但並非採取後來都市劇場濫用的情色、暴力、血腥、獵奇等非藝術化的手段，而是通過文武並重的鬧熱場面，實現藝術上的可觀和審美峰值體驗。應節戲的劇目，甚至可以是連臺本戲，充分滿足觀眾的審美和文化訴求。

　　第三，可觀的演劇呈現之上，是應節戲的文化主旨，如《混元盒》之「樹立三教」，即文化內核的教化，不可偏廢。換言之，一切藝術的出發點和歸宿，

〔註85〕《「天河配」與「盂蘭會」，舊七月裏兩出應景戲》，《民治週刊》，1947 年 5 月　　　　　10 日，第 1 期。

〔註86〕《端陽節應景戲均帶有斬除妖怪色彩》，《民治週刊》，1948 年 3 月 5 日第 1　　　　　期。

〔註87〕松生《端午應節戲：漫話八本混元盒》，《三六九畫報》，1943 年 12 月 22 日　　　　　第 1 期。

要落腳於鄉土文化和人民精神性信仰。這才是戲曲生態沿革的基本規律，也是應節應景戲的本質要求。然而，鬧熱可觀的《混元盒》，到了民國之後，很難上演。「試問能有若此盛大戲碼乎？江河日下，世事莫不如此，誠可哀也。」〔註88〕因為戲曲生態已經悄然發生變化，母體文化的鬆動瓦解是不爭的事實，藝術本體的泥沙俱下，難以為繼，外部生態的惡化，伶人與經營者的逐利，觀者的獵奇，所有這一切，構成民國戲曲生態的循環惡化。而歸根結底，是舊的鄉土母體文化已然退出，新的母體文化並未出現，成為都市文化無法承受之重。而都市文化一旦無法真正成為新的母體文化和民眾精神信仰，必然走向虛空，走向反文化、反藝術的糟粕和低級趣味。

民國時期引進西方的所謂現代文明，本質上沒有實現民族認同，至少沒能融入戲曲藝術，沒有成為滋長戲曲藝術的新的文化母體。然而，即便如此，現代文明的引入，使得很多舊的文化被取締，戲曲生態的母體結構被摧毀，此即民國應節戲發生改變原因之一：

> 充滿一番極濃厚神權色彩，論屬取締迷信，固與今日之時代精神不符。但就各戲之藝術而言，如《捉妖》《鬥法》種種，武生、武旦大開打，亦不失為幾齣好戲。〔註89〕

所謂今日之時代精神，自然就是西方的所謂現代文明。可是需要討論的是，所謂的神權、迷信並不能不能一概而論。比如民間的鍾馗、女吊、無常這些鬼，其實都是人們對素樸的公平、正義的呼喚，並非鬼怪迷信可以一言以蔽之。若剔除所有這些文化要素，僅保留「大開打」這些「炫技炫奇」的噱頭，那是十分可悲的。建國後，很多所謂的迷信、封建、情色的「壞戲」被解禁恢復上演，其實就是認清了屬於母體文化的「迷信」很可能是一種浪漫主義的民間精神訴求；同理「封建」可能是對廉政、親民的渴求；「情色」很可能是素樸的民間風情和天然愛戀。

（二）「應」的兩難

雖然說，都市戲曲生態下的應節戲陷入了文化漸次消亡，「應節」事實無節可應的尷尬境地。但無論是民間，還是社會精英階層，對於「應節」的「應」

〔註88〕松生《端午應節戲：漫話八本混元盒》，《三六九畫報》，1943 年 12 月 22 日第 1 期。

〔註89〕《端陽節應景戲均帶有斬除妖怪色彩》，《民治週刊》，1948 年 3 月 5 日，第 1 期。

的訴求，依然高漲。為了與都市的逐利和市民的惡趣相爭鬥，有人建議重拾文化。然而都市現代文明與鄉土已然格格不入，重拾並不容易，更不可能。於是，跨越鄉土文化，轉而求助士子文人的雅文化，期待從傳統的崑曲劇目中，尋找應節戲。以此調和都市現代文明和應節戲文化屬性之間的矛盾。然而這顯然是不可能成功的。應節戲源於鄉土母體文化，與文人雅文化並不親和。因此，當劉步雲建議以《紅梨記》列入「上元應節戲」〔註90〕，幾乎沒有造成任何影響，甚至連一篇相關的文章和演出記錄都查找不到。事實的情況是，到了民國中後期，應節戲已經舉步維艱：

> 今年之應節戲，尤顯不景氣。唯荀慧生及其女弟子吳素秋，均演《白娘子》，其餘大名旦班，已不見《混元盒》《乾坤鬥法》。蓋舊劇衰微，此亦可視為沒落之一端也。〔註91〕

不景氣，成為常態。當然，應節戲不景氣事實上只是舊劇衰微的一斑，母體文化沒落，影響的肯定是戲曲生態的藝術本體，絕非應節戲單獨一部分。應節戲劇目衰微的背後，是其文化內涵的虛空和剝離。中秋應節戲《天香慶節》和《混元盒》等戲，早已久無人唱。〔註92〕戲曲生態從來不拒絕新陳代謝，但民國戲曲生態的整體呈現，是畸變的，不自洽的。應節戲的衰微，是民國戲曲生態畸變的一個局部。唯一的對抗渠道，是民國大都市劇場，對表演的精微要求。然而，失去了母體依靠的表演的精微，最終淪為玩賞的精緻對象。這又是另一個意義層面的「雅化」，與崑曲的「雅化」但最終落敗，可資比對。「聽寒外史」據此論及程硯秋，言從民國六年到民國十八年，程硯秋七夕應節戲逐漸衰微，而程硯秋的精緻化表演，並無大的裨益。

> 民國十二年七月初七，華樂園和聲社程硯秋並未演《天河配》及其他應節戲，而將新排之《風流棒》初演之。可見彼時節，不甚重視演應節戲也。〔註93〕

對於程硯秋而言，都市觀眾對表演精緻化的訴求，對新戲的呼喚，讓他不願意再出演《天河配》等應節戲。他以新排的《風流棒》取代應節戲，事實上就是選擇背離戲曲的文化生態母體，轉而以追逐利益，迎合觀眾為第一要

〔註90〕劉步堂《紅梨記宜納入上元應節戲》，《新民報半月刊》，1941 年 5 月 7 日第 4 期。
〔註91〕《今年應節戲不甚景氣》，《三六九畫報》，1942 年 5 月 22 日第 1 期。
〔註92〕硯齋《今日中秋梨園應節戲》，《中華週報》，1944 年 2 月 20 日第 2 期。
〔註93〕菊生《程硯秋演〈天河配〉》，《立言畫刊》，1923 年 4 月 6 日第 2 期。

務。由此可見，即便是都市都市戲曲生態中最光彩奪目的名角，注定在藝術上無法實現戲曲生態體系的自覺、自治和圓滿，必然走向惡性循環的一途。而只有當程硯秋、梅蘭芳這些名角成為人民藝術家，以社會主義新文化滋養戲曲生態本體，才有可能解決民國戲曲生態無法解決的問題，這是後話。

　　而在民間，觀眾的選擇也開始偏離母體文化訴求，比如七夕有人要求上演《小放牛》。一個帶有調情一位的民間風情小戲，取代牛郎織女，顯示了觀眾對於文化理解的弱化：

　　　　雖然唱詞是描寫春景，然而無傷牛郎織女的本色。載歌載舞，
極富歡快以祝豐登的喜劇。〔註94〕

　　然而這種弱化，終究不是否定，不是徹底決裂。雖然傳統節俗的教化和文化內涵被弱化，但戲曲藝術本體審美的鬧熱，風情得以保留。這說明即便應節已經很難，但實際上仍在艱難延續。這種《小放牛》相較於「打中臺」之類應景戲，已經算是一種難能可貴的堅持：

　　　　所謂打中臺，即為滿足觀眾之喜歡新異之心理，借梨園以外之
新奇玩意，以應節應景！〔註95〕

　　迎合觀眾獵奇心理，遠離戲曲梨園本體，如此應節應景，正應節戲之末路。

三、都市「義務戲」與鄉土文化關懷

　　如果說，「應節應景戲」是在精神信仰和生命情感層面實現鄉土文化關懷，並滋養戲曲藝術，那麼「義務戲」則是在現實人生的層面，實現鄉土文化的特別關懷。都市「義務戲」相較「應節戲」，社會化功能更為顯著。然而由於文化的漸次偏離，都市「義務戲」最終走向了退變，甚至異化。

（一）義務戲之義利之爭——戲曲外界的奪利

　　義務戲作為常見的籌措善款的方式，在應對自然災害、戰爭等國家緊急狀況時，發揮了重要的民間補救作用。戲曲伶人雖然地位卑微，但在歷史上，常常主動舉辦義務戲，甚至聯合舉辦義務戲，讓人肅然起敬。民國以後，除

〔註94〕王伯龍老郎《秋之特號：七夕應景戲，宜演小放牛》，《立言畫刊》，1941 年第
　　　152 期，第 24 頁。
〔註95〕戲劇論壇燈節應景戲：多藉「打中臺」號召》，《遊藝畫刊》，1942 年第 5 期，
　　　第 6 頁。

了一般天災，義務戲還可以為公益事業籌款。因此許多社會組織機構通過舉辦義務戲來募集善款。可是，由於義務戲賴以維繫其信度的傳統鄉土文化規定被打破，加之組織機構構成的複雜程度加劇，監管又不透明，人為的貪婪開始顯露。以各種名義舉辦的義務戲，層出不窮，且舉辦義務戲還要向商戶和百信攤派相應的經濟任務。最終，老百姓苦不堪言，藝人也疲於應付。義務戲的演出質量自然難以保證，亂象叢生的義務戲，淪為都市戲曲生態畸變的又一犧牲品。

特別值得一提的是，母體文化要義的缺失，實難以行政手加以管控。〔註96〕民間義務戲和伶人義演具有自發性，在晚清災荒、戰亂頻仍的年代，發揮了重要的作用，反映了中國社會政治變遷。文化上的自覺，以及精神情感上的共情和認同，是保證義務戲成功的重要前提。然而從晚清到民國，京津滬等地慈善機構和慈善家，很多都是都市新興資產階級，甚至是大的財閥。很難寄希望於這些組織和機構能夠真正在文化上形成濟世的自覺。對於不少機構和老闆而言，義務戲是一樁都市生意，而且這個生意由於在文化上具有共情性的光譜凝聚力和向心力，受一般市民關注，且容易積累財富。因此，一時間資本對義務戲可謂趨之若鶩，「東也鬧著演劇籌款，西也嚷著募捐演劇，這個聲浪和空氣，幾乎充滿了內地」〔註97〕。有人是盯著財富，有人則盯上了無形的社會資本，看不見的社會影響力和話語權。資本家財閥、官員、甚至鄉紳地主，為了掌握更多社會公權，參入義務戲的組織隊伍，他們試圖通過積極參與社會公益活動來獲取民眾支持，獲取話語權，最後瘋狂攫取社會資本，從而有助於自身更長遠的發展。〔註98〕可以想見，無論是求財，還是求名，這樣組織起來的義務戲，事實上已經背離了義務戲的文化要義和初衷。義務戲功利化的傾向，是民國戲曲生態畸變的縮微。在半殖民地半封建的舊中國，藝術不是淪為玩物，就是淪為斂財工具，無論身處其中的伶人、藝人如何掙扎，戲曲生態的畸變惡化不會停止，這是二十世紀上半葉戲曲生態發展最大的悲哀。

〔註96〕王興昀《義務戲中的戲曲藝人和主辦方──以京津地區為中心的考察（1912～1937）》，《戲劇文學》，2019 年第 2 期，第 137 頁。

〔註97〕郭常英《慈善義演：晚清以來社會史研究的新視角》，《清史研究》，2018 年第 4 期，第 131 頁。

〔註98〕周淑紅《清末民初上海的義務戲演出》，《蘇州科技大學學報（社會科學版）》，2018 年第 2 期，第 36 頁。

（二）義務戲之義利之爭——戲曲內部的爭利

事實上，不僅是大資本家，財閥，官員拿義務戲開刀求財、求名，就是一般的伶人，甚至票友，也盯上了這塊肥肉。如天津，天津京劇票友，就曾積極參與義務戲演出，以彰顯自身的社會責任感，然而其實質，居然也是求財，商業色彩日益濃重。〔註99〕伶人，名角就更是如此。一次學校的義務戲演出，奚伯嘯居然獅子大開口，要價五百萬，由此甚至造成了一場風波：

奚嘯伯一出二進宮：非五百萬元不唱！這是王久善為對付佟瑞三，不換紅票『市立』玻璃被砸！某學校義務戲之風波！〔註100〕

然而如此高昂的出場費，勢必給義務戲的組織者帶來巨大的經濟壓力。然而義務戲的上座率向來難以保證，觀眾的認捐又無從預測。為了保持義務戲的演出水平和上座率，最終實現募捐的目標，請大牌成了義務戲組織者的重要手段。如此，從上到下，以利為導向，惡性循環，義務戲積重難返。值得一提的是，有的義務戲，乃官方強制組織執行，伶人往往都選擇拒絕演出，如童芷玲就因為罷演義務戲而被罰款五百元。〔註101〕行政手段催生的義務戲而為了保證斂財目的，常常以行政手段向商戶和居民派發紅票，即強制性地發票。

眼看又將迫近年關，眼見的義務戲常有二三十場。在如此物價高漲，生存艱難的時代，商戶被派發紅票，恐早不勝其擾！〔註102〕

這樣的義務戲，從上到下，毫無「義務」可言。義務戲已然成為一種社會累贅，甚至為一般民眾所厭惡。梅蘭芳在南京演義務戲，觀眾居然高喊「退票」，這是難以想見的。當然，論其原因，一是梅蘭芳要津貼太猛，而本質上，是主辦方義務戲的初衷，本來就是為了逐利。〔註103〕利成為主導，民間所謂

〔註99〕王興昀《民國天津京劇票友、票房探析（1912～1937）》，《戲劇文學》，2015年第11期，第144頁。

〔註100〕《奚嘯伯一出二進宮：非五百萬元不唱！這是王久善為對付佟瑞三，不換紅票「市立」玻璃被砸！某學校義務戲之風波！》，《戲世界》，1947年第349期，第11頁。

〔註101〕懷玉《江南藝訊 藥業巨商義務戲：五花洞節外生枝，潘金蓮罰款五百，童芷苓小姐得了一個教訓（附照片）》，《遊藝畫刊》，1943年第2期，第7頁。

〔註102〕《再會吧上海：白玉薇乘輪赴漢，慈母黯然回北平，天津義務戲連續不斷，派銷紅票不勝其煩》，《一四七畫報》，1946年第2期，第15頁。

〔註103〕《梅郎在京風頭十足：買不到票屢闖窮禍，義務戲要津貼太狠，末晚唱黑戲喊退票》，《影與戲》，1937年第13期，第15頁。

「小姐兩張票，窮人前日糧」，概由此可見一斑。〔註104〕前面已經說到，這樣的義務戲，演劇質量是無法保障的。伶人為了實現利益的最大化，往往採取應付的策略。卡爾登大劇院的義務戲，名角拱衛檯面，然並非「各顯所長，而是徒添噱頭」。〔註105〕梅蘭芳則逐漸放棄了《上元夫人》《嫦娥奔月》，而改唱營業劇，梅氏應節戲佳作，又成過去。〔註106〕此外，童芷玲還曾經在義務戲中演所謂的新戲《新戲迷傳》。這個戲實際上就是一個大雜燴，可以隨意穿插，有點類似今天的名家大聯唱。然而當時請到的名角只有童芷玲一人，於是他就只能一人應付，應付的方法就是隨意唱之，姑且唱之。甚至其中還可以穿插雜耍、武藝等江湖把戲。由此可見，當時的義務戲是多麼捉襟見肘，又多麼尷尬，這樣的義務戲可以說是令人汗顏。

這裡需要特別指出的是，名伶在畸變的都市戲曲生態中，為了生存，也學會了變通的方法，甚至是絕活。所謂「一招鮮，吃遍天」何嘗不是畸變戲曲生態之一種寫照。上述義務戲，為了應付主辦機構，童芷玲以「戲中串戲」的方式，高水平地完成了演出，獲得了好評。然而，即便如此，成功的是演員，而不義務戲，恐怕已然名存實亡。〔註107〕

雖然義務戲質量堪憂，社會號召力急劇下滑，然而卻已然泛濫成災。在一份政府公報中，就連一所小學新建操場，也要演義務戲籌款。這一次，票友為演出主體，效果可想而知：

> 指令本市私立普勵小學校，據呈四月三日約聽濤社票友於中
> 和戲院演出義務夜戲一場。籌款修墊操場，添置體育器材，准予
> 備案！〔註108〕

值得注意的是，這一則備案公文傳遞出一個重要訊號：作為傳統鄉土社

〔註104〕 《譚富英後半期義務戲裏，王蕙蘅六百萬過癮記：小姐票兩場窮人千日糧（附照片）》，《戲世界》，1947 年 348 期，第 348 頁。

〔註105〕 《紹蕭救災會義務戲之我見憶華》，《十日戲劇》，1939 年第 33 期，第 10～11 頁。

〔註106〕 《聊公秋節劇談：舊劇詞句頗多點綴秋節者，應節戲亦有新陳代謝之概》，《遊藝畫刊》，1941 年第 5 期，第 7 頁。

〔註107〕 《童芷苓留神！大義務中演新戲迷傳，主管當局派人去調查：唱的完全戲中串戲沒有出現規矩的地方》，《一四七畫報》，1948 年第 7 期。

〔註108〕 《社會局命令：指令本市私立普勵小學校據呈四月三日約聽濤社票友在中和戲院演唱義務夜戲一場籌款墊操場添置體育器械各節准予備案由》，《北平市市政公報》，1937 年第 401 期。

會文化內容的義務戲，原本完全出於自發，現在卻需要由社會局備案、批准，成為一種公務事項。由此可見，鄉土文化的瓦解，是義務戲衰敗的根源。民國都市社會機構，雖然也承載了一定的民意，但無法在文化上讓民眾實現共同的精神信念。這一問題，仍然要留待新中國成立以後，才能徹底解決。在民國後期的報刊史料中，義務戲的名稱常常淪「野雞義務戲」〔註109〕，鬧了很多笑話。〔註110〕更為有趣的是，社會局還曾經專門發文，下令一個學校不能一年內舉辦兩次義務戲演出。〔註111〕此外，募得款項必須嚴格報備，作為母體文化習俗的義務戲成為一種社會制度。義務戲的內涵，已經徹底被抽空。義務戲「名角雖名義上不收錢，但腦門兒費（場面和跟班的費用）委實高昂。串戲的票友不花錢過足了戲癮，上海的難民卻一個子兒都沒拿到。這樣的義務戲，演他幹嘛？」〔註112〕最後，義務戲淪為了資本、有錢階級、有閒階級的盛宴，難民卻一分錢都得不到，何其可笑，可悲。

四、戲曲生態母體文化的退守——鄉土到都市的艱難嬗變

需要特別指出的是，戲曲母體文化在都市戲曲生態漸次退出歷史舞臺，但喪失了母體的戲曲生態依舊在艱難嬗變，擔負著守護責任的，是以表演為中心的本體生態層面。

（一）戲曲生態的退守——母體退、本體守

前文已述，都市戲曲生態乃是一種畸變之發展，鄉土戲曲生態則被漸次排擠出歷史舞臺。然而，戲曲生態是具有頑強的自我修復功能的。這一點十分重要，值得特別指出。由於新的母體文化無法建構，舊的戲曲生態母體文化仍然在艱難據守，退到都市演劇的某些角落。應節應景戲，就是退守的最後陣地之一。雖然這個陣地也已經是千瘡百孔，但卻反映了母體文化的堅持和品格。此外，退守以外，戲曲藝術生態也在艱難實現由鄉土到都市的嬗變。這一點，在應節戲、義務戲的新變化中也可略微窺見。雖然只是一點點光亮，但也彌足珍貴。比如焦菊隱的復興戲曲學校，作為義務戲的新生主體，讓人精神為之振奮：

〔註109〕 《野雞義務戲》，《天津商報圖畫半週刊》，1931年第11期。
〔註110〕 《義務戲之笑話——不票》，《天津商報畫刊》，1932年第14期。
〔註111〕 《教育、命令、指令_令私立玉傑民眾女子職業學校_呈報補演義務夜戲由》，《北平特別市市政公報》，1930年第31期。
〔註112〕 《義務戲演他幹嗎？多事》，《天津商報畫刊》，1932年第6期。

焦菊隱領導戲校校友復興戲曲學校！十五日在藝術館開茶話
會，商演六場籌款義務戲：到王和霖宋德珠高玉倩沈金波等三十餘
人，推十一名籌委將來收回「翠明莊」為校址。〔註113〕

如果說舊科班代表的是鄉土戲曲生態的教育模式，那麼焦菊隱領導的戲校，讓我們看到了都市戲曲生態戲曲教育的方向。而且是反映了都市戲曲生態的健康發展方向。從舊劇改良，到國劇運動，平劇改革，延安秧歌劇運動，戲曲生態一直在頑強實現自洽。然而，戲曲藝術生態的這些自我修復，由於成效、堅持等都無法撼動以角兒為中心的本質審美法則，因此，並未形成改變生態方向的潮流。戲曲母體文化的剝離，讓藝術本體的表演層面頑強擔負起了引領戲曲生態潮流的責任。至少在當時，保留了戲曲生態發展最為珍貴的本體藝術自足，反映了民國戲曲生態嬗變的艱難據守。童芷玲，梅蘭芳等名伶，以自我修養和藝術水平，即本體生態層面的表演，努力守護戲曲生態之平衡。然而需要指出，這些名伶來自鄉土。他們的藝術和人格，源自鄉土文化，比如梅博士「輕財好義」，乃鄉土社會文人士大夫的遺存。梅蘭芳的演藝水平來自鄉土藝術生態下的坐科，他與楊小樓的《霸王別姬》，還有郝壽臣《賽太歲》，馬連良《馬義救主》，荀惠生《雙沙河》，尚小雲《戰金山》，此外還有譚富英，程硯秋，侯喜瑞，李慶才，王全奎，李多奎，光彩奪目。然而這份藝術光，隨著鄉土社會的瓦解，已經無法通過鄉土演劇，如社戲，賽社，應節應景戲反哺觀眾，因而也無法再獲取母體文化養分。換言之，只能通過本體演藝水平的精進，獲得在都市的生存：

《霸王別姬》，小樓老矣，畹華亦將息舞臺生涯，日後兩人的合
作機會太少，楊梅之《別姬》將成絕響……楊梅演來，雖非空前，
恐將後無來者了。〔註114〕

這種精進，因為缺少母體文化滋養，終將成為絕唱。以今日之視角反觀之，似乎已經應驗。如此再去看待民國都市戲曲生態的不可能實現自洽和圓滿，似乎就絕非危言聳聽。

（二）都市戲曲新生態之不可能

民國都市戲曲新生態建構之不可能，可從幾個方面言之：

〔註113〕《焦菊隱領導戲校校友復興戲曲學校》，《戲世界》，1947 年第 336 期。
〔註114〕弘鞠田《追述記北平看警察醫院義務戲，楊梅合演「別姬」，為不可磨滅之
　　　　一夕歡》，《十日戲劇》，1937 年 12 期。

第一，鄉土文化仍在據守都市精神文化空間。以上海為例，出自鄉土的劇種淮劇、越劇雖然實現了都市化，但已然保留了鄉土戲曲生態的精神生命。此外，以應節戲、義務戲為例，據守都市的此類戲劇，也反映出鄉土戲曲生態的頑強延續。

第二，民國都市戲曲新的母體文化無法構成，半封建半殖民地的社會結構和制度也不可能催生承載人民精神信仰和生命情感的新的母體文化體系。作為戲曲生態的主體，觀演雙方都一方面有限堅持母體文化情思，一方面默契選擇以母體文化背景下的風情、鬧熱、奇趣，以本體層面的精緻表演作為戲曲生態的推動力。換言之，這兩種選擇，本質上仍然是堅持鄉土戲曲生態。只是需要指出，隨著都市的不斷發展，這種堅持必然要經受艱難的考驗。而隨著鄉土社會的徹底退出舞臺，這種堅持本身也必然成為歷史。只是，整個二十世紀，這個問題我們都沒有解決。尤其是隨著二十世紀末多元文化和全球化的衝擊，戲曲生態面臨的文化選擇更加複雜，戲曲生態無論母體文化、本體生態還是衍生生態，都越來越難以重新達到默契和隆通，最終呈現出肢解的生態斷層。戲曲生態事實上或許在當下已經宣告死亡，換言之，戲曲藝術或許已經進入消亡。

第三，縱觀民國乃至整個二十世紀，母體營養的缺失，小戲運動的終止，戲曲的新生態事實上已經完全停止萌芽。戲曲生態的生命在母體文化，這是一切表演和演出內容的源頭。如果失去了這個生命源頭，一切的演繹都將最終難以為繼，或者淪為空洞的技巧。而沒有文化生命的支撐，演員的藝術生命也難以堅持。畢竟演戲本身極為嚴苛和艱苦，必須要文化的滋潤，以及同在文化層的觀者的激賞，才能支持藝術的前進。這一點，在二十世紀的後半葉，依然沒能得到充分地重視，殊為可惜。

義務戲、應節應景戲，在由鄉土到都市的過程中，艱難適應，但最終，難免落敗的命運，因為都市戲曲生態最終放棄了承載「應節戲、義務戲」的母體文化。義務戲承載傳統鄉土社會的人情關懷，是對社會制度和行政政策的一種民間補充。在民間鄉土文化和道德體系的完整健全的時代，節俗的教化、生命情感的慰藉、精神價值的信仰，在準宗教意義的應節戲之鬧熱、風情、奇趣的藝術世界中，得以彰顯，淋漓盡致。民眾的狂歡和宣洩成為一種人生的重要補充和能量來源。然而，都市戲曲生態下，這一切的文化默契被打破，共有的文化價值體系被打破，藝術的核心價值成為供人玩賞的標的物，

失去了生命意義上，生態意義上的體系化生長能力，這就是論斷民國都市戲曲生態重構絕不可能的重要前提。建國後的社會主義文化價值體系，本來可以成為新的母體文化源頭，然而卻沒有被充分挖掘。導致以此為基礎的現代戲和新編戲，並未在生態重構上實現自足。〔註115〕而基於原來的鄉土母體文化的傳統戲，則由於新的母體的出現，而左右彷徨。其中最鮮明的例證，就是作為傳統母體文化生態要素的諸多因子，在建國後仍然一再被否定為「迷信、情色、暴力」，這是值得深思的。因為前文已經說到，這些被批判要素是民國拋棄母體後造成的，並非源於母體。然而認識到這一點，又是多麼地艱難！〔註116〕

第四節　二元生態格局的時代漣漪──抗戰戲劇生態觀

　　新文學發展經歷了新詩和小說發展的二十年，在第三個十年達到了發展的高潮階段，在這個時代產生了具有抗戰時代特色的戲劇，如國防戲劇、空軍戲劇等，也產生了相應的抗戰戲劇理論與評論。

　　抗戰文藝的繁榮主要在於戲劇，體現在劇本的數量和演出與群眾參與的活躍程度。劇本和報告，由於普遍的需要，就量而言，幾乎成了八一三以來文學上唯一富裕的收穫。〔註117〕據田進的統計抗戰八年來產生的多幕劇共約一百二十部，加上獨幕劇和有些沒有公開發表的已經數以千計。〔註118〕當時以學生為主的熱血青年就業選擇除了直接前往一線戰場就是當醫生和演員，可見戲劇對於抗戰的作用，抗戰前期，投身於抗戰的演劇工作者總數已達十五萬人，僅劇協晉東南分會就轄有五百個演劇團體，連孩子和老人也組織起來，成立「孩子劇團」和「老太婆劇團」〔註119〕。到 1939 年止，前線、後方、根據地都有戲劇組織和演出活動、雜耍，到兩幕以上的多幕大戲，總的

〔註115〕吳民《拿什麼拯救你──20 世紀戲曲的兩次重大變革及其對當下的啟示》，《戲劇文學》，2013 年第 11 期。

〔註116〕吳民《政治禁演與民間風情的悖謬──建國初期「壞戲」藝術趣味重估》，《戲劇（中央戲劇學院學報）》，2015 年第 3 期。

〔註117〕李健吾《論〈上海屋簷下〉》，《咀華二集》，上海：復旦大學出版社，2005 年。

〔註118〕《抗戰八年來的戲劇創作》，《新華日報》，1946 年 1 月 16 日。

〔註119〕孫慶升《抗戰時期的戲劇理論與批評概觀》，《煙臺大學學報》，1955 年第 2 期。

來看有一百種以上。為什麼戲劇在抗戰時期如此繁榮更甚於和平年代、統一年代，由戲劇本身的性質和客觀環境決定。民族存亡下，任何國人都無法置身事外，理應動員全民族力量，利用起一切身邊武器戰鬥。但國內文盲眾多，教育發展不均衡的現狀下，戲劇比其他文藝形式更為合適，即其直觀性和易接受性。抗戰爆發之初，全民情緒高漲人心極度振奮，過於繁瑣複雜的表達方式和純文字的形式都不能普遍到每一個國人，街頭劇、廣場劇、活報劇等活動雖然簡單粗略，帶有一定煽動性，類似於演講的形式，但更為受歡迎；隨著轉入持久抗戰，宣傳工作不僅集中在前線，也深入到後方和邊區。此時電影雖然已經出現但由於拍攝困難，進口戲劇又不符合時宜，無法滿足人們全部的文化需要，所以無論是城市還是鄉村，戲劇仍然是最為活躍的抗戰文藝與演出部門。

　　《抗戰戲劇》的發刊詞中寫道：「抗戰的勝利，是中華民族的生存自由，獨立；抗戰的失敗，就是中華民族的絕滅淪亡。所以我們今日最大的問題就是如何來爭取這一個神聖的抗戰最後的勝利！」同時，《發刊詞》也明確表示要從四個方面呼應救亡戲劇運動，即「研討抗戰時期戲劇運動的理論與實踐」「綜合抗戰期中救亡演劇運動的經驗與教訓」「推進有抗戰意義的劇本的創作」和「報導抗戰期中全國各地救亡演劇運動的動向」下面將分別從抗戰時期戲劇運動的理論和劇本創作、救亡演劇運動的經驗與教訓、報導總結各地抗戰戲劇運動實踐來進行闡述。

一、抗戰時期戲劇運動的理論和劇本創作

（一）抗戰初期

　　「中國戲劇運動是中華民族解放事業的一部分。它的主要任務是通過戲劇藝術來爭取整個民族解放的徹底實現。」「戲劇工作就不僅有宣傳的任務而且有組織的任務，戲劇運動就不僅是一種文化運動，而且是一種群眾運動。」〔註120〕抗戰戲劇運動的倡導者們已經意識到戲劇的意識形態化和大眾化要求。意識形態是指戲劇為抗戰服務，作為黨政喉舌，工農大眾的精神教育。大眾化是指戲劇此時面對的受眾為全國民眾，包容性很強，但有所側重，著重於生活在農村的絕大多數民眾。側重的原因有以下兩點：一，1932～1940年雖然城市化發展，但中國長期以來的農業基礎和社會結構依然決定了大多

〔註120〕田漢、馬彥祥《發刊詞》，《抗戰戲劇》，1937 年 11 月。

數人人口分布聚居在廣袤的農村地區，龐大的農民數量在抗戰能否勝利中起到至關重要的作用，也是抗日統一戰線中的基礎部分；二，由於歷史和政治制度等原因這部分人又很難有機會接受基礎教育，文化水平較低，在對抗戰戲劇宣傳的接受性上，城市觀眾比鄉村觀眾有更多知識和眼界視野，更容易接觸和理解抗戰戲劇。因此，戲劇大眾化理論中必須有意識地主動向農民階層的理解能力和藝術審美靠近。文藝大眾化的思潮在二十世紀二十年代就已經興起，三十年代幾近成熟，所以抗戰戲劇運動對於大眾化理論的應用並非獨創而是沿革創新。前期的大眾化主要是出於階級革命的需要，以左翼戲劇為主流，左翼戲劇依然強調社會宣傳作用和大眾性，這裡的大眾也是側重於農民大眾，但卻並沒有抗戰時期戲劇運動的包容性那麼強，這是由它的革命任務決定的。左翼戲劇運動旨在根據是否無產階級劃分群體，進行階級鬥爭；而抗戰戲劇運動則要求淡化階級矛盾，建立抗日民族統一戰線，著重突出中華民族同一的民族性與正義善良勇敢的人性。〔註121〕

「大眾化」問題包括內容和形式兩方面：一是內容要與群眾的生活和鬥爭相適應，選取典型人物典型環境塑造民族英雄。二是形式要能接近群眾的理解力。即在主題和題材上易懂新奇，藝術風格通俗。「戲劇劇本的創作和採取，也須要下一番工夫。劇本的內容不可像文藝劇本那樣深奧！務必使每個文化水準以下的民眾都能看懂。」

劇本中某些歷史背景資料和思想主旨也許顯而易見，但是對於沒有受過基礎教育的農民來說未必簡單，所以都要通過人物對白或獨白來交代大概。在文化水平高的人看來這種交代毫無必要，且這樣也喪失了品味意蘊與回味無窮的樂趣，從審美和藝術角度來看並不合適，但於時局來說卻是最合實際的。普通大眾沒有那麼多的時間和精力去玩味一個戲劇演出，也沒有足夠的背景知識去猜測理解，只有全部都用最簡單直白的語言在演出中表現出來，才能最大程度保證觀眾全部接受到作者所傳達的理念，完成其啟蒙宣傳作用。第二點即是新奇有趣，劇作家沒有時間精心打磨藝術性和哲理性高深的劇本，全民族抗日的迫切也沒有時間慢慢提升大眾的知識與審美水平，觀眾之所以願意去接受抗戰戲劇的宣傳，更多是由於熱鬧的場面和曲折離奇劇情的吸引。只有這樣簡明易懂和新奇有趣的戲劇表演才能達到讓大眾接受和理解的目的，完成抗戰戲劇教育啟蒙的作用。

〔註121〕錢堃《劇運建設的諸問題》。

　　要推行有計劃大規模的戲劇教育，就要建立並完善戲劇制度。制度是有計劃有體系的（演出場次、地點、觀劇人數、劇本內容……），由政治力量保證執行，戲劇制度的內容包括兩點：第一，訓練人才，創辦戲劇學校。人才是戲劇制度得以推進的主體因素，以他們為先鋒進行抗戰宣傳，鞏固精神文化防線；第二是建立戲劇網，戲場和演出以人口密度為標準，在各省市區都創辦，使各地民眾都有機會接受以戲劇為中心的社會教育和戰時文化教育，走出文化盲區，喚起民族意識。

　　戲劇的傳承發展離不開戲劇教育，從《新新新聞》上刊載的史料來看，民國時期戲劇的學校教育在蓉渝地區十分常見。根據《新新新聞》中收錄整理的各類新聞消息和招生廣告來看，其中所提到的戲劇學校和類似的教育目的組織就有「西南愛國影片公司與重慶文藝學校合辦的戲劇系、國立戲劇校、四川省立戲劇教育實驗學校、四川省立戲劇音樂學校、華陽戲劇業學校、國立戲劇專科學校、四川省立戲劇音樂專科學校、教育部第三巡迴戲劇隊及其戲劇教育人員訓練班、重慶中華戲劇專科學校」等，演劇活動從 1937 年至1949 年持續不斷。以四川省立戲劇實驗學校為例，其辦學宗旨大致為「培養戲劇技能人才，研究戲劇教育，推行以戲劇為中心之抗戰愛國的社會教育」。除了發展戲劇本身之外，戲劇學校開辦的另一個重要目的就是「抗戰愛國的社會教育」。這些戲劇學校的招生基本上都要經過考試，對報考者之前的學歷也有一定的要求。從《新新新聞》上可見的招生信息來看，大多數戲劇學校的考試科目基本上有國文、英文、公民、常識、表演、體格檢查等，視招考專業不同還會有樂器考察等科目，最低學歷門檻基本為初中畢業，也有少數只需小學畢業或不限學歷但需有戲劇天才。以這些招考要求來看，戲劇的學校教育從招生到培養都是專業有門檻的。

（二）抗戰中期

　　抗戰中期，隨著戰爭進入相持階段有所緩和，民眾激昂的民族情緒也有所降低，像抗戰初期那樣的標語口號式劇本，演講式表演已經不能再使觀眾內心產生震撼，公式化了的戲劇理論與運動形成了「劇本荒」現象，戲劇的藝術質量在全民性、革命性等宣傳面前一度被忽略，但此時無論是劇作家還是受眾都意識到了戲劇改革的必要。劇作家的家庭出身、教育背景與普通大眾脫離，他們沒有走入大眾內部的現實生活，僅以一個旁觀者的觀察和想像來創作，而客觀環境的迫切又要求他們盡快寫作，所以劇作家們還沒有心理

情緒上的感同身受，對抗戰戲劇理解尚存偏狹，劇本作品必然有所侷限，流於宣傳表面。在題材的選擇上，著重宣傳抗戰英雄和批判漢奸，不曾發掘平凡現實生活對抗戰的貢獻與戰爭之間的聯繫，與大眾的日常接近性低；例如劉潤在《抗戰戲劇》第二卷第二、三期《如何使話劇深入到農村去？》寫到，「劇本不通俗，不切實，都市型的抗戰故事，浮面的暴露些敵人殘酷的事實和寫些『衝殺呀，血肉呀』口號化的東西，很少有適合農村環境農民口味的作品產生。」〔註 122〕這樣的戲劇雖然內容上做到了簡單易懂，普及率高，但實際效用卻未必達到了大眾化，生活在農村地區的廣大民眾並不能完全接受這些與自己生活相距較遠的作品。

要解決這一「劇本荒」現象，關鍵還在劇作家要做到區分大眾，理解大眾，團結起來集體創作。大眾化戲劇是寫給全國大眾看的戲劇，就必須融入到大眾的日常中，以生活為基礎，以讓觀眾相信和感悟為目標，區分藝術真實與現實真實。劇作家應該先停下筆走入他所寫的現實基礎中去，近距離接觸不同地區、職業、文化、層次的大眾，真正由心而發感受進行寫作，而非機械化地以一個印象裏的概念和抽象的成例總結來下定義，理所當然地認為以生活經驗來進行反覆類似的創作就能達到大眾化的標準。大眾的組成是多樣的，宣傳的方式也必須是複雜的。戲劇人堅守自己立場的同時，又站在大眾的立場上進行創作，能夠開闊自身視野、打開創作思路，寫出多樣而豐富的劇本。區分大眾無疑是戲劇人創作符合大眾化要求劇本的首要法門。〔註 123〕

劇作家深入群眾所耗費的時間、精力等成本太大，戰亂帶來的國家分裂也造成了一定困難，如果僅靠劇作家，劇本荒的現象很難在短時間內得到效果顯著的改善。因此，大眾化戲劇可以以另一種方式重新出現在抗戰中期，即全民參與，鼓勵廣大人民群眾參與到劇本的創作和演出中。一，可以增加劇本數量，二、可以適合各地形勢，適應自己的地域性和階層，三、各地創作者可以加強聯繫以劇本進行交流和經驗分享，彌補劇作人對大眾瞭解的缺乏。儘管在抗戰前期的戲劇教育已經對普通大眾有了一定的文化普及，但他們可能仍不具備書面化寫作的能力，這裡所說的大眾參與也並非是讓他們獨立完成撰寫，而是在題材內容、構思想法方面提出建議，口語表達，劇作家們結合自己的觀點立場融合進行最終呈現。集體性戲劇創作可以增強劇作家、演劇人員、民眾之間的

〔註 122〕《如何使抗戰話劇深入到農村去》，《抗戰戲劇》，第 2、3 期。
〔註 123〕唐嘉《〈抗戰戲劇〉的戲劇理論研究》，貴州師範大學，2019 年 6 月 2 日。

相互瞭解，有助於三者之間建立和諧緊密的關係，劇作家將反侵略和壓迫的思想傳遞給群眾，群眾之間又自覺地傳遞，民族意識覺醒的群眾增多，抗日統一戰線的群眾基礎就會更為廣泛，得到民眾支持更為鞏固。

（三）抗戰後期

大眾化的道路走向偏激，出現市儈主義作鳳，另外，此時有些人把戲劇發展的重心轉向技術運用而非政治宣傳，脫離了抗戰戲劇初衷。「由於客觀環境的困難大都急之於自身利害的關心和枝節技術的追求，把抗戰初期的寶貴的熱情大部分消歇了」因而一部分戲劇工作者提出過「招魂運動」〔註124〕，企圖改這種重視技術而非內容，著眼瑣事而非民族的風氣。在延安上演的劇目《雷雨》《欽差大臣》……被定義為日常瑣事脫離真實與藝術性而被打壓，可見此時無論是戲劇創作還是戲劇批評都出現了一定偏向。雖然發展出現了一些偏差，但主觀上都是為了抗戰戲劇宣傳。

二、救亡演劇運動的經驗與教訓

（一）歷史劇創作高潮

1941 年後，進入抗戰相持階段，國民黨統治區實行消極抗日積極反共的方針，長期的持久戰導致經濟衰頹，人民物質生活困難，政治上形勢也極為嚴峻，國民黨審查嚴格，抗戰戲劇較初期政治上缺乏民主，經濟上缺乏基礎這雙重保障。更多的戲劇作家不得不轉換方式，將宣傳抗戰和抨擊黑暗現實付諸歷史事件，借古諷今，以歷史給現實指導，湧現出了大量歷史劇作品。如郭沫若的《屈原》《高漸離》《虎符》，歐陽予倩的《忠王李秀成》，楊村彬的《清宮外史》，于伶的《大明英烈傳》等。

當時的歷史劇大致有三個種類，質量良莠不齊。有人借劇本荒的特殊環境投機取巧，創作一些藝術價值低的劇本圖利，借用謠言噱頭博人眼球，往往演過一次就沒有再利用價值；也有傳統的歷史正劇，情節婉轉值得反覆回味，但沒有將歷史與現實相結合，與抗戰迫切所需功利性不符，相比於郭沫若等左翼戲劇家的作品也沒有廣泛傳播；國民黨在面臨這種諷刺也做出了回擊，發行了一些御用文人創作的劇本，以曲折離奇和風流韻事而著稱，把戲劇作為政治的工具，遭到各界人士群起攻之。歷史劇起初被認為是浪漫主義

〔註124〕徐秉驪、陳白塵《論大後方戲劇運動的危機》，《戲劇月報》，第一卷第 5 期。

風格，劇作家在寫作歷史劇时，並非完全遵循歷史事實，目的也不是向受眾普及歷史知識，而是利用歷史劇這一表演形式借古諷今、借古鑒今，為現實所用，所以歷史劇的誕生和發展就是為了主題內容，帶有作者強烈的主觀色彩。浪漫主義歷史劇是劇作家將自己的主觀意識和情感注入歷史人物歷史事件，依據當下立場和現實情況改換原本歷史事件的既定解釋，為了主觀需要進行創新，但也時常使得歷史失實的情況頻頻發生。如屈原作為激勵人民奮進的新時代嚮往者，高漸離成為一個抗擊外敵，保衛民族不甘受辱的勇士……〔註125〕歷史人物高呼著打倒日本帝國主義侵略者的口號，完全造成了歷史劇內容的失真和審美的異化。這種劇作家主觀臆斷歷史來指導現實的歷史劇既沒有內容也沒有藝術美「翻案要根據歷史人物自身的特性和當下抗戰的歷史環境而定，像曹操固是在當翻之列，而在現在這個接骨眼忙於替秦檜做翻案的卻大可不必。」〔註126〕

　　借用歷史來指導現實的可能性在於塑造人物、環境與現實的相似性，歷史劇在歷史環境中展現歷史事件和歷史人物，歷史人物在特定的歷史環境中經歷同樣事件，產生現實意義，因為「籍前一時代特殊的風俗環境可以增加故事的真實性，使觀眾相信是實有其事」。〔註127〕

　　周鋼鳴對認為，當時存在四種歷史劇劇觀的理論鬥爭：「第一種是把握著正確的歷史觀，對歷史真實的追求是抱著很嚴肅的態度，很忠實地分析歷史，處理歷史的事件，顯示歷史的真面目，以達到歷史正確的再認識的地步」，「第二種是以歷史的故事當作自己趣味的滿足……只抓到歷史的一鱗半爪，來添油加醬」，「第三種是革命的主觀主義公式主義的歷史觀「，「第四種是虛偽的歷史觀」〔註128〕第二種是上面提到的浪漫主義歷史觀的異變，第三種是現實主義的僵化，而劇作家應該持有的歷史劇創作觀是第一種——正確的現實主義觀念，即正確把握藝術真實與歷史真實，既不是原原本本復刻現實生活，也不是主觀想像歷史，而是在生活的基礎上，借助想像，把現實作為可能性加以創造性的再現，必須把歷史人物和歷史事件還原到真實的歷史環境中去，從而體現現實主義精神，掌握適度原則。例如五四時期配合新文化運動的

〔註125〕黃寒冰《遊走在歷史與現實——抗戰時期關於歷史劇創作的論爭》，《四川戲劇》第 2005 年 9 月 30 日。
〔註126〕《歷史劇問題座談會記錄》，《戲劇春秋》第二卷第四期第 46 頁。
〔註127〕《歷史劇問題座談會記錄》，《戲劇春秋》第二卷第四期第 45 頁。
〔註128〕周鋼鳴《關於歷史劇的創作問題》。

「翻案」作風，反帝反封建，反對舊道德，提倡個性解放。如郭沫若的《卓文君》《王昭君》，批判舊式婚姻顛覆歷史道統。

抗戰時期的歷史劇，無論從數量上還是質量上都是一個巨大的飛躍。劇本選取的歷史人物和歷史事件不同，影響力不同，但所要表達的主題和傾向卻是大致相同的進步性，反抗侵略、反對專制、反擊賣國賊、堅持抗戰、團結一心等。這些歷史劇在全民族抗戰鬥爭中承擔了鼓舞與見證的角色，體現了對優秀傳統文化的自信與以史為鑒的歷史反思。

（二）舊劇改革

舊劇在當時可以成為抗戰宣傳最有利的武器，原因有三。第一，舊劇在歷史積累中有廣大的群眾基礎；各地都有自己的流行地方戲種；第二，舊劇符合中國民族的傳統心理，體現著忠孝節義等品質，也有反封建反壓迫的消極反抗態度；第三，舊劇發展的由來已經很久，已經形成了一套成熟的格式，表現為虛擬化、通俗化、寫意化等。劉念渠等不少新文藝工作者初期更多將希望寄託於新興話劇，認為話劇更為先進，舊劇只能作為補充，但隨著對現實情況的認識加深，他們普遍認識到舊劇的宣傳力度和廣度，開始認可舊劇的力量，並對舊劇進行改革。舊劇改革從內容和形式兩個方面展開。

上面提到舊劇已經形成了一套成熟的格式，張庚指出程式化是從圖式化出發，把一切事物定型化，導致京劇只有技術，沒有性格，成為僵死的藝術〔註129〕。

焦菊隱把程式化的表現手法稱為「拼字制」，指的是舊劇將固定的動作唱腔拼起來形成一個個劇本和舞臺，「造成了導演制度的闕如」〔註130〕曲調固定，變化老套，導致了「有音無樂」的缺陷〔註131〕「把後臺的一切組織變得極為機械，使後臺的分工制度很嚴格，似乎絲毫沒有戲劇的空氣」〔註132〕。舊劇固定的程式雖然有墨守成規止步不前的嫌疑，但也是在長期發展中過濾

〔註129〕張庚《談蹦蹦戲》，《張庚文錄》第 1 卷，湖南文藝出版社，2003 年，第 57
　　　　～59 頁。
〔註130〕焦菊隱《舊劇新詁》，《焦菊隱文集》第 2 卷，文化藝術出版社，1986 年版，
　　　　第 147 頁。
〔註131〕焦菊隱《舊劇構成論》，《焦菊隱文集》第 1 卷，文化藝術出版社，1986 年
　　　　版，第 277 頁。
〔註132〕焦菊隱《舊劇新詁》，《焦菊隱文集》第 2 卷，文化藝術出版社，1986 年版，
　　　　第 148 頁。

掉不必要的繁瑣動作，留下最精練能代表現實意義的部分，將表現誇大來明確地展示給觀眾，這些經驗的總結，由此成為寫意化的基礎，表演者也會在固定的程式內自由發揮翻新。但舊劇也不能完全歸類為象徵主義、浪漫主義劇目，需要意識到舊劇產生於舊的環境，在當時也是現實生活的映照，基於現實反映現實，仍是現實主義的理念。

舊劇程式化保留了最能代表現實意義的部分，說明不能對其全盤否定，可以接納保持舊劇的通俗手法。劉念渠總結了六點通俗手法的格式。開篇即提出故事主角，並簡要說明人物形象，故事情節儘量平鋪直敘，讀完即有清晰的認知，減少布景，舞臺更為簡單大眾，臉譜與服裝的運用符合傳統認知也將角色明確，是可以與新內容適應的舊形式，語言和腔調單純不含蓄，用當地演員，當地方言，心理上更有接近性。

舊劇在內容上存在與新文學不符，與新環境不符的幾個方面，與新文學不符的幾點錯誤思想，即迷信神明的消極宿命論、男尊女卑不平等的性別劃分、皇帝貴族與平民的社會階級劃分與奴隸自覺……抗戰時期需要喚醒民眾，使他們認識到沒有皇帝，自己才是國家的主人；只有團結起來積極禦侮才能贏得抗戰；區分日本侵略者和日本民眾，警惕偏狹愛國主義。

好的藝術產生完善需要合適的環境，聲音是「冬冬喤喤」，顏色是「紅的綠的」，場面是「一大班人亂打，兩三個人互打，在眼前閃躲」，形象是「嘴裏插著兩個點火的紙撚子，」戲又是「滑油山」之類。並且這樣描寫著的作者，覺得這是對他的一種災，是一種「奇誕的傀儡的舞踏。」「座次是無秩序的，一部分座位像私刑拷打的刑具，看客擁擠，使後來的人難以立足，看客的心中佔據著名角的偶然，而名角則又擺架子，只唱一個壓軸子戲，看客們又互相看不起戲者，戲院中的空氣惡劣得可怕，在院子門口立著一些看散戲之後出來的女人們，而戲劇藝術本身又如上所述。結果就使看者之一的魯迅先生，感覺到他在戲臺下不適於生存。」〔註133〕兩段對於《社戲》的闡述足以看出中國舊戲與都市環境不符，舊戲在城市中的積弊主要體現在以下幾個方面。其一，舊戲的內容不合於人類現實生活的真像，脫離現實生活；其二，劇場座次毫無次序，人潮擁擠，後排像「刑具」，觀戲體驗極差；其三，名角自負，戲者之間相互看不起與傾軋，競爭高於合作，缺少持續發展的可能；其四，看客重點不在戲劇內容，而在於捧名角，類似於現代的粉絲文化，好劇稀少。

〔註133〕《〈社戲〉中的戲劇觀（上）》，《新新新聞》，1949 年 2 月 22 日。

而 20 世紀 30 年代，中國各地已具備城市化規模，城市經濟繁榮，在鄉村中的舊戲急需改革創新才能在城市中繼續有意義地發展下去，而不是淪為享樂的工具。所以，戲劇好不好的評判標準除了其本身的劇本與表演，還在於與環境（自然／社會）是否協調。歸結起來談就是中國就戲劇在內容上落後於現實生活，形式過於僵硬固定，是「傀儡式」的，在場面上臺上野蠻亂打，臺下死氣沉沉地坐，這樣的戲劇既不能反映現實生活，對現實產生作用，也不能引起人們內心真實的感動，根本無法在抗戰教育中承擔民族責任感的教育，因此，無論是城市經濟發展，資本主義工商業還是戰爭的需求，都無法適應城市環境，必須改革。「魯迅先生早就肯定中國戲在鄉間自有其風致，這就是說中國戲是為中國老百姓所喜聞樂道的。然而他最後仍然認為中國舊戲藝術自體無論在什麼地方都少有價值，還是指那落後的古舊陳腐的成分言的；加之當時為了和中國舊戲崇拜狂作鬥爭，為了在原則上推崇新興話劇的合理適合於時代的要求，也不能不強調中國戲的落後和陳腐。」這一段說明舊戲雖有弊端，但並非全盤否定，都是糟粕，所以只需改革而非取替，其在抗戰教育中的全民性和實踐性也依然存在，另外，戲劇既然在鄉村中別有風致，那麼在教育全國民眾中也有著與之相應的重要性，可以運用這樣的民間藝術形式推進通俗文化工作，展開教育與宣傳，不會因為文盲的情況而受到阻礙，在五四新文化運動開展以後，新文化的先鋒們們對於中國舊文化的各個部門進行改造，繼續深入地進行批判研究，其中之一，就是戲劇部門。舊戲劇文化開始演變為新興話劇，文明戲。例如魯迅先生的《社戲》作品，就是自覺地、有意識地把對於舊戲弊端的人生體驗上升為文學體驗，訴諸文學以戰鬥的任務。

三、由戲劇實踐得出的經驗教訓總結——以西南劇展為例

西南劇展是一場非商業性質的演出，不以營利為目的，在一段時間內邀請多個劇團持續演出，以戲劇節的公益形式為基礎。1938 年 9 月 24 日第一屆戲劇節在重慶召開，決定通過演劇籌資為前線戰士募捐寒衣。包括話劇、歌劇演出以及各地方戲種演出和學校演劇。如川劇上演張德成、傅三乾的《喬太守》，各學校組織起來的「五分錢演出」等。1938 年大片國土淪陷，上海、南京相繼失守，國民黨政府撤出武漢，抗戰進入戰略防禦階段。抗戰戲劇的重心發生了偏移，以重慶為代表的西南地區成為除上海外全國戲劇家們最為

集中的地區。此時的戲劇宣傳理論在經歷了慘痛的戰爭後，國民黨政府做出了改變。喊出的口號是「體現戲劇界大團結。」其實實質上曹禺、宋之等人合作專門為這次戲劇節公演活動改編的話劇《全民總動員》劇本所要表現的是國民政府「後方重於前線，政治重於軍事」的方針，寫如何肅清在大後方的奸細。但就當時的全國戰局來看，理應全國一致對外，把抗擊民族侵略者作為第一要務。儘管國民黨此時的方針消極，但我們依然可以看出戲劇在其中發揮的理論性質的宣傳作用和理論指導下的實踐運行。

抗戰中後期進入僵持階段，此時戲劇環境以及戲劇家的心態和觀眾的心態已經與抗戰初期截然不同。單純依靠政治推動或民族情緒支撐的戲劇遲早會回歸到其平淡的日常當中去。在「西南劇展」之前，夏衍就有前線軍隊中抗戰戲劇演劇熱潮消退的描述：「抗戰以來，曾經盛極一時的部隊戲劇工作，漸漸地消退了。政治部的十個抗敵演劇隊，只有半數還能在極端艱苦的條件之下繼續工作，一部分變了質，一部分解散了。武漢會戰前後，很多部隊和戰區政治部都自己組織了演劇隊，一時也有了相當的成績。但幾年來這些戲劇隊伍也漸漸地變成無聲無息，而終於停止活動了……」〔註134〕現實中表現為劇本荒和程式化的困局，公式化概念化的內容和演講式的表演形式難以為繼，更多戲劇界人士認識到需要確立現實主義的創作態度和表演風格，深入到民生日常以小見大完成民族精神展現，要把「臺上臺下的人格統一起來」〔註135〕。西南劇展就是在這一個節點召開，總結抗戰前期的劇運，把中後期的劇運改革推向新高潮。

1944年2月在桂林召開5月結束，歷時三個多月，演出一百七十七場，觀眾達十五萬人次。這次劇展不僅有常規的主體部分戲劇公演，還有戲劇工作者大會和戲劇資料展覽。資料展覽持續近二十天，包括劇本手稿、創作心得、孤本古籍、舞臺劇照各種資料。在這次會議中，前線和後方的演劇工作者做了1938～1944年期間的經驗與教訓總結，並討論如何繼續開展接下來的環境，提出了許多有利於戲劇客觀環境發展和戲劇人持續創作的決議，包括「請求政府豁免戲劇公演娛樂捐稅以利劇運案」「請求政府改善劇本出版及演出的審查制度案」「請減免運輸費、旅費以減低劇團赴部隊工廠、鄉村演出負擔案」「擬興辦劇人醫院並附設托兒所案」「確定舊劇性質，加強與其他戲劇

〔註134〕夏衍《我們要在困難中前進》，《新華日報》，1944年12月12日。
〔註135〕田漢《關於抗戰戲劇改進的報告》，《戲劇與文學》。

團隊合作案」等〔註136〕。這些決議體現出了即將開展的下一階段劇運需要遵守的準則。認清政治與軍事的客觀形勢,繼續保持抗戰熱情,藝術質量與精神內核統一;改革舊劇,陸續擴大舊性質如歌劇、戲曲等的創新研究;繼續面向更大規模的群眾,成立工廠劇團、兒童劇團,發動劇運到前方農村,成立戲劇學校;尊重集體,加強各地劇團合作。

西南劇展和之前舉辦過的各屆戲劇節目都使得各地不同劇種、不同劇團可以集中在一處,各地的戲劇家在一個跨劇種的載體上互相關注,互相交流;是一個承前啟後的節點,對上一階段戲劇工作進行總結,從而及時轉變下一階段劇運方針。同時,它們也是戲劇家們的指南針,既時刻提醒他們將劇本和演出維繫在抗戰這一條主線上,又不能忽視戲劇本身的價值和藝術性,激起受眾的關注興趣。

以上所總結的「抗戰時期戲劇運動的理論和劇本創作」「救亡演劇運動的經驗與教訓」「報導總結各地抗戰戲劇運動實踐」廣義戲劇理論,雖然是20世紀在抗戰這一特殊環境下的產物,但對於今天也有一定實際性的指導意義。

復現1932~1944年的抗戰生活,真實展現當時情景。戲劇理論要求劇作家深入現實生活,立足實際進行現實主義創作,刻畫了許多除現在周知的抗戰英雄、漢奸外無名的各類小人物,他們的人生境遇與抉擇。真正吸引觀眾的只能是那些真實有代表性、接近自身心理與地域的,能夠表達人們心聲的作品。也因此,當時的一些劇本、理論研究足以瞭解抗戰生活,感受時代氛圍,回到那種緊張和高昂的情緒當中去。任何一個時代都有不同階層不同狀態的人物,抗戰時期也不僅有那些英雄群像,更有迷茫受挫的知識分子,也有市儈普通民眾……對當下的戲劇、電視劇電影作品也提供了一些借鑒。要被觀眾喜歡,就只有深入人們生活,反映時代精神,並結合主觀立場和想要表達的態度;即使是歷史劇也是滿足受眾或好奇或發洩或渴望的某些情感,不是靠臆想和完全淺薄的敘述。且各劇作家來自不同區域,參與大眾戲劇的民眾也能反映不同地區的風貌。這些戲劇劇本和演出的傳承是珍貴的歷史史料。

面向大眾,抗戰時期的戲劇要求大眾化是為了全民族抗戰,而當下的大眾化則更多是為了收視率、上座率,保證經濟效益。21世紀的戲劇據統計更多集中在幾個大城市,發展水平極其不均衡,這樣做有它的現實原因。在各種

〔註136〕田漢《當前客觀形勢與戲劇工作的任務》,1944年。

電視劇電影衝擊下，能夠主動花費整段時間和金錢去欣賞傳統戲劇的人大規模減少，戲劇又通常需要專業的舞臺、服化道，對成本和技術的要求都不低，這種情況下，只有在大城市才能保證演出的上座率和經濟效益。雖然有情可原，但卻不能一直將戲劇縮在狹小的範圍裏發展。否則廣大民眾不去主動接觸戲劇，戲劇也不來接觸新的受眾，那就很難擴大領域，只能是小範圍、小圈了的一種集體活動，很難獲取更多注意力，影響力。現代戲劇要想走大眾化道路，就必須要轉變觀念，主動接觸民眾。首先要演出舞臺多樣化，不必侷限於某一特殊場地，對特效技術要求過於強制。只要有觀眾就要有舞臺，效果固然重要，但如果太重視效果就一定會失去大規模受眾。無論是廣場、街邊還是鄉村的田地，都應該有戲劇演出的身影和與之相符合的劇本；如果具體的演出場地音響條件無法達到標準，讓所有的觀眾都清晰地聽到演員的臺詞念白，那就應該從劇本上考慮改變，選擇臺詞對白少的，人物動作多的，著重於視覺的保證演出順利召開。這一點在今天仍然是極其必要的，新媒體時代眼球經濟更勝從前，信息冗雜如何取捨，還是看能否引起大眾注意，注意力就意味著傳播的範圍和效果效益。

值得注意的是當時的戲劇家們雖然在創作思想和主題上必須保持高度的政治性，但他們還是將作品的藝術性作為自己不可動搖的底線，避免淪為僅供宣傳的工具。這樣一來，抗戰戲劇向現代觀眾呈現的就不僅是沉重的歷史和滄桑的變化，還運用了多種藝術表現手法，將要表達的思想和觀念深入到人性的深處，深入到瑣碎的生活，在受眾心中產生震撼。以此為鑒，現在的戲劇創作工作應在形象、環境塑造方面追求多元化、綜合化的特徵，既是「局中人」又是「劇中人」，保證塑造的人物性格具有現實性和典型性。

第五節　四川抗戰戲曲生態

武漢大撤退後，隨著重慶成為國民政府的陪都，大量工商企業、文化團體匯聚四川——四川成為中國抗戰的大後方並迅速成為全國政治、經濟、文化和輿論的中心，也成為中國報業的彙集地〔註 137〕。《新新新聞》日報創刊於 1929 年 9 月，是 1950 年前成都報界發行量最大、經濟效益最好、影響面

〔註 137〕 參看周勇《重慶通史第 3 卷近代史（下）》，重慶：重慶出版社，2003 年，第 1319 頁。

最廣的民辦報紙〔註138〕。在成都不斷「城頭變幻大王旗」的惡劣政治環境下，眾多報館「朝生夕亡」的特殊社會歷史背景中〔註139〕，其生存時間達 20 年之久〔註140〕，日均銷售量達 10000 多份，多時甚至高達 22000 多份〔註141〕。

從內容來看，《新新新聞》的報導緊隨時勢變化，省內大事未曾遺漏，戰事消息亦不斷跟進。單將目光聚集在戰時，可將《新新新聞》的新聞報導分為兩個階段：1931～1936 年的前期宣傳和 1937～1945 年的後期宣傳。抗戰初期，由於成都地區受影響較小，《新新新聞》此時仍以國內、省內新聞為主，多報導市民生活，對國際新聞〔註142〕、政治新聞、外交新聞等也有所涉及。抗戰全面爆發後，與戰爭有關的新聞大幅增加，宣傳抗戰的新聞如公演獻金、募捐寒衣、鼓舞士氣等一度占到版面 60%以上〔註143〕。

要研究四川戲劇在抗戰時期的情狀，《新新新聞》無疑是一個相對持續的、值得信賴的觀景臺。一方面，《新新新聞》的商業化性質決定其必須靠近大眾，娛樂是成都人民生活的重要組成部分，自然受到特殊關注；另一方面，《新新新聞》的報館經理陳斯孝，主筆陳秋舫、楊叔咸等人都是川籍人士，學歷不俗〔註144〕，有人還有留學經歷，因此有關評述人多攜帶知識分子的精英視角〔註145〕。由此，我們不僅可以在《新新新聞》看到大量戲曲業活動的準確記錄，還能結合相關評述瞭解知識分子在急需「救國」之時如何看待和鞭策大眾娛樂。

〔註138〕 流沙河在為原《新新新聞》員工鄧穆卿著《成都舊聞》一書寫的序中說：「童年在金堂縣城讀到的第一份口報就是成都的《新新新聞》。這是一家民營報紙，燈下夜讀，啟我童蒙，乃知世界之大。回想起來，這家報紙特色有五：一是小張小版似今《參考消息》；二是多載四川各縣消息；三是新聞篇幅甚短；四是每月增刊諷刺性的漫畫；五是署名小鐵錐和尖兵的兩個專欄，文風犀利敢言。」

〔註139〕 參看《解放前成都新聞報刊統計表》載《成都報刊史料專輯》第 18～21 輯，1928 年成都各種報紙數量為 24 家，1931 年 20 家，1933 年 16 家，1937 年 15 家，1938 年下降為 8 家，1940 年僅餘 2 家。

〔註140〕 《新新新聞》日報從 1929 年 9 月 1 日創辦，到 1950 年 1 月 12 日被成都軍管會新聞處代管，期間經歷了 20 年零 4 個月。

〔註141〕 《1950 年偽成都〈新新新聞〉報申請登記的報告》，川西行署新聞處，建西 34，四川省檔案館藏。

〔註142〕 報導日本較多。

〔註143〕 參看王伊洛《新新新聞》報史研究，四川大學，2006 年。

〔註144〕 都具有專門學校以上的文憑。

〔註145〕 參看王伊洛《新新新聞》報史研究，四川大學，2006 年。

　　以下我們將以 1931 至 1945 刊載於《新新新聞》之上的與「戲劇抗戰」相關的宣傳報導為切口，從戲劇為何「抗戰」；戲劇如何「抗戰」；實際效果與評估三個方面出發對其時四川戲劇在「抗戰救亡」的大背景下的獨特生存樣態進行研究。

一、戲劇為何「抗戰」

　　經 20 餘年的市場化發展，到 30 年代初，成都市內形成了較為穩定的戲曲演出市場，「聽戲」更是成為了成都市民生活中不可或缺的部分。然而隨著抗戰全面爆發，「救國」成為全民的首要任務，報刊輿論在此時構建出的「商女不知亡國恨，隔江猶唱後庭花」這類將「娛樂」與「救國」相對立的話語，讓戲曲演出的娛樂屬性在此時喪失了正當性。〔註 146〕

　　1936 年 1 月 5 日，《新新新聞》刊載《救亡的戲劇運動——敬致成都戲劇界》一文。此文首先渲染抗戰情勢的危急「在目前我們已陷入了最深的苦難的程度，敵人的鐵蹄已踐踏了我們的全身，可怕的毀滅快要降臨」，而後呼籲建立全民族的「救亡戰線」。又由於「救亡戰線」要向廣大的人民大眾間展開，作者將任務落到了「能夠『直接地』組織起人民大眾的意識形態，變更人民大眾的一切生活態度」的戲劇之上——「我們以為『戲劇』是更適宜和更有力來擔負起這一個巨大的任務」，並稱戲劇為「我們建立『救亡戰線』的最有力的手段，向民眾之中擴大我們戰線的最好的武器」〔註 147〕。和 1937 年抗戰全面爆發之後直接尖銳的批評相比，此文對戲劇的態度十分寬容，甚至對它「委以重任」。

　　然而，七七事變爆發之後，報刊輿論針對戲劇的評論隨即急轉直下。7 月 25 日，批評本地戲曲娛樂的聲音便以漫畫的形式開始出現——「宣演『玉堂春』的廣告下人頭攢動，『抗敵宣言』前只孤零零一人」〔註 148〕，暗指「娛樂」耽誤「救國」，批評成都市民沉迷娛樂，顛倒「輕重」。同年 8 月，《新新新聞》「七嘴八舌」〔註 149〕欄目再次發聲：直指戲曲是「靡靡之音」，

〔註146〕參看車人傑《救國與娛樂：抗戰時期成都戲曲行業面臨的輿論壓力及其應對》，《四川師範大學學報（社會科學版）》，2016 年第 43 期，第 160～170 頁。
〔註147〕《救亡的戲劇運動 敬致成都戲劇界》，《新新新聞》，1936 年 10 月 05 日。
〔註148〕《馬路上的兩種看客》，《新新新聞》，1937 年 7 月 25 日。
〔註149〕是一個短評欄目，一開始叫「七嘴八舌」，由黃紹顏用「棉花匠」為筆名主持，後來由姚俊聞以「聖‧彼得」筆名寫作，最後由鄧穆卿以「打更匠」「尖兵」等筆名寫作。後來，鄧穆卿將《七嘴八舌》改為《大眾園地》欄目，除了他自己寫以外，還刊登一些讀者來稿。

是「亡國的徵象」，讓我們無法「與普遍的抗戰情緒取得聯繫」〔註150〕，構出戲劇休閒氛圍和抗戰情緒的完全對立。隨後，對戲曲的批評指責聲頻出並逐漸成為主流。

隨著淞滬會戰爆發，「戲曲」與「抗戰」間的矛盾日漸尖銳，大眾對「抗戰戲曲」的觀看甚至也變得無法容忍，如在 1937 年 9 月，「七嘴八舌」便諷刺看《保衛蘆溝橋》〔註151〕後哭的觀眾是「神經衰弱」，因為「演《蘇三起解》他們也會一樣哭」，但對於長城、吳淞正演著的「更偉大，情節更逼真的真刀真槍的戲」，卻沒有人哭過。〔註152〕

如果是上述只是對觀眾的批評，到 1938 年，輿論攻擊的重點便完全轉移到了戲曲行業上。有人主張將劇團「驅趕出城市」，因為它們打著「抗日救亡」的旗號，實際上卻在「借著國難發橫財」〔註153〕；有人認為成都被戲曲業敗壞了聲名，戰時竟還「笙歌管絃，朝秦暮楚，直如昇平氣象」〔註154〕；有人甚至反對演劇商業化，認為現階段的戲曲的中心任務是「抗戰宣傳武器」，因此戲劇工作者不能成為「劇商」〔註155〕。上述之外，一些諸如「妨礙疏散」「奢靡」之類的「罪名」也紛至沓來〔註156〕，戲劇業一時成為眾矢之的。對於戲曲這一服務於大眾的藝術形式而言，來自報刊輿論的影響往往會直接反映到營業收入之上，戲院承受的壓力甚至可能不亞於來自政府的打壓和審查。對此，戲曲行業當然不會置之不理。基於戲劇的高臺教化與社會教育功能，戲曲行業想要化解上述對立，最為有效的方式便是參與抗日救亡。

二、戲劇如何「抗戰」

（一）劇目選擇

要將「抗日救亡」落到實際，最切合實際的仍是演戲。問題在於，戰時應該演出什麼樣的戲曲呢？顯而易見的答案是，帶有「救國」色彩的戲曲。

〔註150〕《消夏瑣記》，《新新新聞》，1937 年 8 月 4 日。
〔註151〕1937 年 9 月，抗日話劇《保衛蘆溝橋》在成都上演，觀眾反響熱烈。
〔註152〕戲劇還是戲劇》，《新新新聞》，1937 年 9 月 7 日。
〔註153〕《成都市的怪現象》，《新新新聞》，1938 年 2 月 18 日。
〔註154〕《快快覺醒》，《新新新聞》，1938 年 8 月 15 日。
〔註155〕《「戲劇與文學」第七期——劇評人語錄》，《新新新聞》，1943 年 11 月 1 日。
〔註156〕參看《新新新聞》刊載的《希望太太小姐捐奢侈費救國！以盛妝美食打牌看戲的錢慰勞戰士救濟災民》（1937 年 10 月 5 日），《請娛樂場實行加國難捐》（1937 年 11 月 11 日），《成都市的怪現象》（1938 年 2 月 18 日）等文。

然而，如何將這一元素巧妙的融入戲劇中並獲得讓觀眾喜聞樂見的效果，不啻於一大難題。

對 1937 到 1945 年《新新新聞》上刊載的對戲劇抗敵公演進行宣傳且涉及具體劇目名稱的新聞條目進行統計，發現此類報導共 30 餘條，涉及劇目 100 餘篇。對具體劇目進行整理和統計，主要發現了以下幾種類型：改良戲；時裝戲；傳統戲。

1. 改良戲

抗戰前後，在成都戲院裏表演著的許多所謂「傳統」戲目，其實已經是「戲曲改良運動」後改編的「改良」戲了。〔註 157〕這些劇本多以歷史人物、場景為基礎進行架構，但戲中多灌輸了「衛國」「愛國」「忠誠」等新觀念以嘗試與抗戰形勢發生關聯。代表作品有 1938 年為紀念雙十節（國慶節和戲劇節）山東省立劇院在蜀一表演的《梁紅玉》《祭長江》《罵曹》及《漢宮魂》《刺虎》《岳家莊》等〔註 158〕。

然而，在新的歷史形勢面前，戲曲行業的批評者們對這些「改良戲」卻仍然不甚滿意，認為它們在題材和思想上仍「是封建社會的產物」，依舊充斥著「宿命論」「奴隸思想」「男尊女卑」，是「與國家與民族不發生任何關係的」〔註 159〕。還有人從藝術表現形式上提出批評，認為創作先驅們對「改良」本身即認識不足：「認為只要在舊形式中填上新的內容，戲曲就改良了」，然而「所謂『改良』多是『改裝』而已」〔註 160〕。鑒於以上種種，他們提出對充斥著「風花雪月，神仙鬼怪」的傳統戲目的完全拋棄，而要「多演一點民族抗戰的戲」〔註 161〕。這為時裝戲的流行做下了鋪墊。

2. 時裝戲

「時裝戲」〔註 162〕的登臺演出，最具代表性的有 1938 年 10 月 10 日（雙十節）計省立戲劇實驗學校由王瑞麟領導表演的《雙十萬歲》，國防劇社由孫怒潮導演的《當兵去》，熱血劇社張屈光導演的《死裏求生》，星芒抗宣團出

〔註 157〕參看鄧運佳《中國川劇通史》，成都：四川大學出版社，1993 年。
〔註 158〕《戲劇界紀念戲劇節今舉行抗敵大宣傳省立戲劇校遊行表演雙十萬歲各縣劇團亦舉行公演》，《新新新聞》，1938 年 10 月 10 日。
〔註 159〕參看劉念渠《戰時舊型戲劇論》，重慶：獨立出版社，1940 年。
〔註 160〕參見鄧興器《當代中國戲曲》緒論，當代中國出版社，1994 年。
〔註 161〕《消夏瑣記》，《新新新聞》，1937 年 8 月 4 日。
〔註 162〕是以表現現實生活為主的新編戲曲，因演員穿戴「時裝」而得名。

演的街頭劇《流浪者之歌》《我們的國旗》，成都劇院出演的《王銘群殉國》，悅來出演的《漢奸的下場》等。此類劇本大多根據其時的戰爭相關場景進行創作，對觀眾進行愛國教育及抗戰引導。

在題材上獨樹一幟的，當屬所謂「空軍戲劇」。1939 年 3 月 25 日，王彤發表《藝術滋養與空軍戲劇》一文。此文首先借談藝術的估價與藝術的本質，得出「空軍戲劇」是新興偉大藝術和民族的新力量，因此我們要把握這一種新力量去健全空軍，打敗敵人的結論。而後，作者闡釋了建立空軍戲劇的迫切需要並談論如何創作和發現空軍戲劇。〔註 163〕在這一則報導中，我們捕捉到了「空軍戲劇」這一概念。很明顯它並非一個全新的獨立的劇種，而是指稱以空軍生活為題材、特為「滋養」空軍而作的戲劇。且不論這一題材應該如何登上戲劇舞臺，但從接受對象（空軍）來看，其受眾範圍便十分狹窄。而要依靠一種尚在襁褓的劇類去建設軍隊思想，無疑也是缺乏現實基礎的。

需要補充的是，這類題材並非新概念。早在 1936 年，戲劇壇中有人提出了樹立「國防戲劇」的口號，認為「國防電影的題材應該不再是軟性的男女愛情，無聊的呻吟，而是悲壯慷慨的反帝鬥爭」，並批評部分以「九一八與一二八事變為題材的電影」，呈現出的是「一種弱者傷感的哀鳴」。最後請求「精明的電影製作者」，「在斤斤較量的估計生意眼之外估量一下我們民族的存亡」〔註 164〕。口號提出後，一系列在題材和表現形式上都有所突破的國防劇作應運而生〔註 165〕。在表現形式上，為適應形勢、便於宣傳，新劇作多採用獨幕劇，演出也不需布景——由此，短小精悍的「獨幕劇」數量急劇增多，「街頭劇」「廣場劇」「活報劇」也一時盛行〔註 166〕。

據南京師範大學孫夢曉〔註 167〕統計，在 1931～1938 年期間，國內戲劇的年均出版量呈持續上升趨勢，其中全面抗戰初期（即 1937 年 7 月～1938 年 10 月）上升幅度最為明顯。根據相關出版信息，抗戰題材的「時裝戲」在其中佔據了大壁江山〔註 168〕。

〔註 163〕 《藝術滋養與空軍戲劇》，《新新新聞》，1939 年 3 月 25 日。
〔註 164〕 《國防戲劇與國防電影》，《新新新聞》，1936 年 8 月 21 日。
〔註 165〕 包括《走私》（洪深）、《漢奸的子孫》（尤兢）、《後防》（熊佛西）、《賽金花》（夏衍）等。
〔註 166〕 王衛國、宋寶珍、張耀傑著《中國話劇史》，文化藝術出版社，1998 年 1 月，第 61 頁。
〔註 167〕 孫夢曉《全面抗戰初期抗戰戲劇研究》，南京師範大學，2019 年。
〔註 168〕 參看孫夢曉《全面抗戰初期抗戰戲劇研究》，南京師範大學，2019 年。

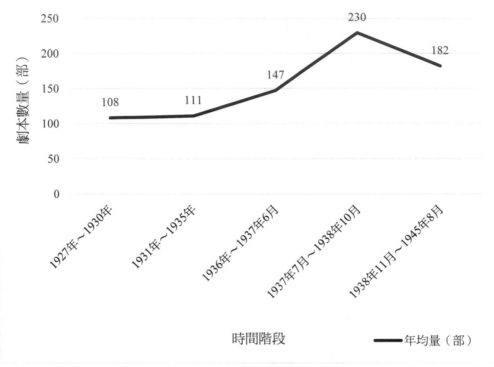

圖 1：1927～1945 年國內戲劇年均量走勢

　　「時裝戲」的題材來源，除從國內歷史事件、社會情景進行擷取創造之外，還有對異國影劇的引入和改編，代表性的如 1939 年 3 月 17 日至 19 日四川華西，金陵、金女大、齊魯、中央等五所大學聯合發起的勞軍戲劇公演劇目《再會吧東京》及《河內歸》兩劇。報社評論稱，此兩劇為「敵國反戰風潮高漲暴露敵國弱點之作」，並就公演的布景、服裝方面進行了宣傳，「一律以道地之日本風習出演」「這在成都蓬勃之話劇空氣中，必有一番特殊之情趣」〔註169〕。

　　1938 年之後，針對戰時戲劇應該如何選取常用題材的探討成為慣例〔註170〕，到 1938 年後期，劇評人似乎對輿論對戲劇、電影界帶來的改變十分滿意，稱「偉大的抗戰使娛樂業成了教育，使閒散悠逸變成了勇敢進取」，讚揚國內流行的戲劇和電影，終於都變成了「慷慨激昂的抗戰故事」，並替大眾表態稱：「再也不要看那些風花雪月，淺薄無聊的作品了」〔註171〕。然而，劇評家的

〔註169〕《建軍宣傳活動　戲劇界極活躍》，《新新新聞》，1939 年 3 月 7 日。
〔註170〕此類討論通常在《新新新聞》的「社會常識」板塊出現。
〔註171〕《戰時戲劇與電影常用題材》，《新新新聞》，1938 年 10 月 7 日。

滿意並未持久——到 1941 年，成都戲院時常排演的戲目，竟仍又回到了「忠孝節義故事」〔註 172〕。

「人民大眾」並未按照劇評家們期待的路徑行走，體現出知識分子和普通群眾間的割裂。對於受過高等教育的知識分子而言，「抗戰」話語應該落腳在生活的各方各面，戲曲這類並不「必需」的「娛樂」在此時完全可以被拋棄，甚至應該被拋棄。而他們沒有意識到的是，人民群眾也有自己的選擇和鑒賞力，適當的「抗戰」話語輸出大家喜聞樂見，但處處被灌輸政治話語，被揪著耳朵去走既定路線，連生活中可以用來放鬆常為戰事緊繃的神經的娛樂都被完全擠佔，其效果往往過猶不及。

3. 傳統戲

儘管相比於執著於歷史題材的「改良戲」和「與現實脫節」的「傳統戲」，採取現實題材的「時裝戲」看起來最適合戲曲行業「抗日救亡」，但從相關報導來看，「時裝戲」並未取代傳統曲目的演出，反而在諸多場合甚至呈現出被邊緣化的姿態。

如 1938 年 10 月 18 日，成都電影院、京川劇院為助力抗戰，捐一日所得票價為前線募捐寒衣。在報紙列出的眾多演出戲目中（除電影），只有《蘆溝橋姐妹花》一劇屬於「時裝戲」，且只在「新又新戲院」上演。其餘各戲院〔註173〕皆演出《玉堂春》《殺子成名》《情探》《別宮出征》《奪寶還國》等傳統劇本〔註 174〕。為抗戰募捐而演的劇目構成如此，在日常演出中「時裝戲」的邊緣地位也就可以想見。

李一非先生記述稱，在 1939 年四川的大部分戲院裏，仍是《三娘教子》《掛印封金》類的傳統劇本在輪番上演，演出情況則是「一場場的演，一場場的滿座」〔註 175〕。而大部分「時裝戲」，不僅排演時間、場次算不上好，加入了「抗敵」因素的內容本身也招致了諸多批評。在求「新」的批評者們看來，「時裝戲」的藝術表現形式是「舊的」，雖然思想內容可以改換，但終覺「隔靴搔癢」；傳統川劇藝人劉成基，則批評其因「生搬硬套話劇和電影的形式和

〔註 172〕《一年來的成都市》，《新新新聞》，1941 年 1 月 6 日。
〔註 173〕包括成都戲院、京川劇院、春熙舞臺、悅來戲院、永樂戲院、新又新戲院、智育電影院等。
〔註 174〕《電影戲劇業捐一日所得——製寒衣送前線》，《新新新聞》，1938 年 10 月 18 日。
〔註 175〕李一非《舊劇的整理與運用戲劇新聞》，1939 年，第 8～9 頁。

手法」，脫離了「賴以生存、發展的土壤」〔註176〕，「走進了死巷子」。時裝戲的式微，雖然有其數量和種類單薄，劇本質量參差不齊的緣故，根本原因卻是為「新舊不容」──一方面，新派觀眾和戲劇界認為它是「舊瓶裝新酒」，卻連「新酒也變了味」，終究無法輸入抗戰中心思想〔註177〕；另一方面，多數劇本口號化嚴重、情節扁平，脫離了川劇特色，為「舊」不喜，最終陷入尷尬處境。

（二）形式探究

除演出帶有抗戰內容的戲劇外，戲劇業的還主動或被迫地參與了眾多公演募捐和劇組下鄉動員宣傳。

1. 公演募捐

由於戲劇演出可獲得門票，大多數公演募捐即是用部分或全部門票錢捐出以「勞軍」。如1938年3月31日，川康社即報導成都戲劇界將為「慰勞前線英勇抗戰川軍，特發起聯合大公演」〔註178〕，並聞「該會此次聯合公演，其預定募寄前方慰勞川軍數目為一萬元」。此類聯合公演，一般為多個劇團輪流演出，表演形式也較為豐富。

4月17日，聯合大公演正式開始。在《新新新聞》刊載宣傳的公演參與者即有上海業餘劇人協會、成都劇社、國防劇社、曙光劇社、星芒演劇、劇人協社、熱風劇社等，演出內容也不限於單一藝術形式，而是傳統戲曲〔註179〕、話劇乃至魔術多種形式同臺演出，如4月26日少域公園大光明影劇院影院便宣傳了「傅潤華抗敵魔術」〔註180〕。這類「大雜燴」式的聯合演出形式，為後續出現的「遊藝大會」〔註181〕做下了鋪墊。如1938年11月13日在新又新大戲院舉行的「遊藝大會」，便有京、川劇名角〔註182〕和外籍音樂名家等共同參與〔註183〕。這種情況下，戲院往往只充作演出場所，戲院裏戲班則作為表演者之一參與其中，並不佔據主位〔註184〕。

〔註176〕指川劇的特色。
〔註177〕《應該努力幹劇運工作》，《新聞夜報》，1937年12月5日。
〔註178〕《戲劇界演劇勞軍鄧主任捐助經費參加劇團包括平劇川劇話劇預訂募寄一萬元》，《新新新聞》，1938年3月31日。
〔註179〕據報導，光是傳統劇種便包括「平劇、川劇」等。
〔註180〕《成都戲劇界勞軍聯合大公演》，《新新新聞》，1938年4月26日。
〔註181〕所謂「遊藝大會」，即完全不拘泥於藝術形式，各類表演均可登場。
〔註182〕王泊生、賈培之和白楊等。
〔註183〕新又新大舞臺「遊藝大會」廣告》，《新新新聞》，1938年11月13日。
〔註184〕《九十五軍熱血劇團公演廣告》，《新新新聞》，1938年10月30日。

1938 年 5 月 6 日至 5 月 9 日，成都市戲劇界聯合勞軍委員會委員又邀請二十八集團軍正心俱樂部及全川名票發起了「第二次勞軍公演」，公演的目的同樣是「是向各方募捐，籌備經費」〔註 185〕。兩次公演間隔時間之短雖令人咂舌，但也從側面反映出聯合公演反響良好，獲利頗多。

除戲劇界自發組織募捐外，戲曲行業也會參與由官方組織或者帶有官方背景的募捐活動〔註 186〕。如在 1938 年 10 月 18 日，蓉市各電影院、京川劇院便進行了名貴影片及戲劇公演，並以所收票價為前線捐贈寒衣〔註 187〕。此次公演規模巨大，成都戲院幾乎悉數參與〔註 188〕，且日夜場均有劇目安排，盛大非常。不過，此類官方募捐往往帶有「強制性」：一方面，戲院籌得的款項應交由專門的組織──「徵募寒衣委員會」，最終由政府接收這筆捐款。另一方面，所有營業的戲院都不能缺席，新開業的也不例外，否則就會受到政府介入「監督」〔註 189〕。

2. 演劇隊下鄉宣傳

由於地理和時空限制，「聯合公演」「遊藝大會」這類活動只適合在人流密集、場地充裕的中心城市展開；除此之外，想要獲得數目可觀的門票，用「名角」「名戲」吸引彙集具有經濟實力不俗的觀眾也必不可少──以上決定了公演募捐的侷限性。那麼，更為廣大的鄉村僻野應該如何開拓呢？

戲劇工作者們顯然也意識到了這一問題。1938 年 1 月 21 日，省師校陳文英發表《中學生展開戲劇游擊戰》一文，該文從抗戰形勢的緊迫性出發，指出面對「全民抗戰中漢奸頻出」的狀態，我們需要「將民眾組織起來一心抗敵」。而對於如何組織民眾，其提出「中學生應當下鄉去把民眾組織起來」，具體舉措則是「展開戲劇游擊戰」，將戲劇思想「實實在在地游擊到鄉下的每一個工農大眾的頭腦中去」〔註 190〕。其將「戲劇抗戰」並「下鄉」宣傳的

〔註 185〕《戲劇界聯合公演定十八日起舉行》，《新新新聞》，1938 年 4 月 12 日。

〔註 186〕如戰時每年 9 月後的「捐寒衣」熱潮，後來演變為帶有官方性質的「徵募寒衣運動」。

〔註 187〕《電影戲劇業捐一日所得──製寒衣送前線》，《新新新聞》，1938 年 10 月 18 日。

〔註 188〕包括春熙舞臺、悅來戲院、成都戲院、永樂戲院、新又新大劇院、三益公大戲院、智育電影院、新明影院、大光明影劇院、青年會、裕明、昌宜等。

〔註 189〕政府接受捐款後指出新開業的華瀛大舞臺也應該參與寒衣募捐，為此專門派員前往華瀛舞臺監督募捐。

〔註 190〕《中學生展開戲劇游擊戰》，《新新新聞》，1938 年 1 月 21 日。

義務，落到了「中學生」身上。

那麼，「中學生」們表現如何呢？以「中學生」為檢索詞對 1938 年《新新新聞》刊載的新聞進行搜索，和抗敵有關的新聞有「募捐款」〔註191〕「投身抗戰」〔註192〕「製寒衣」〔註193〕等。與戲劇活動相關的，僅有 1938 年 10 月 10 日為紀念「國慶」和「戲劇節」安岳省立劇校獻演《中華民族的子孫》；灌縣學生集訓一總隊出演《後防》和《岳路》〔註194〕；1939 年 1 月 7 日四川省立戲劇教育實驗學校在中央戲院義賣公演《後防》〔註195〕。以上史料說明，要要求缺乏戲劇訓練的中學生「下鄉游擊」幾乎沒有可行性，劇校學生獻演也大多侷限在特殊節日和場合中。

1938 年 1 月 24 日，田禽發表《我們要把戲劇送到鄉下去》一文，指出「『戲劇』不再是供一般少爺小姐們消遣的東西，也不是專供一般有閒階級娛樂的藝術，而是激動群眾參加抗戰的一種工具」，又強調如果戲劇「只在都市裏打圈子，絕不能充分的發揮它的使命」。而後，其以青年戲劇工作者的口吻對下鄉演劇進行宣傳：「我們這一群青年的夥伴，看到農村工作的重要，把原有的職業犧牲掉，專心專意從事農村演劇，藉著戲劇這工具來喚起農民參加全民抗戰，而期最後勝利能早日實現」〔註196〕。和陳文英相比，田禽將工作主體落到了「青年戲劇工作者」上，這顯然比「中學生下鄉組織民眾」更契合實際，也在後續史實中證明了其可操作性——流動性強、作用豐富的「抗敵演劇隊」隨即應運而生。

1938 年 4 月，國民政府軍事委員會政治部第三廳成立。隨後其藝術處陸續組建了十個抗敵演劇隊，武漢撤退前，各隊曾赴山西、浙江、湖南、廣東、廣西等地進行抗戰宣傳。〔註197〕1937 年 8 月〔註198〕，中國劇作者協會也代表戲

〔註191〕《協進中學生努力募捐款　援助前方將士》，《新新新聞》，1938 年 4 月 10 日。

〔註192〕《我國大中學生英勇參加抗戰》，《新新新聞》，1938 年 4 月 26 日。

〔註193〕《省女中學生　親手製寒衣》，《新新新聞》，1938 年 10 月 26 日。

〔註194〕《戲劇界紀念戲劇節今舉行抗敵大宣傳——省立戲劇校遊行表演雙十萬歲　各縣劇團亦舉行公演》，《新新新聞》，1938 年 10 月 10 日。

〔註195〕《四川省立戲劇教育實驗學校第一屆學生公演三幕抗戰劇「後防」》，《新新新聞》，1939 年 1 月 7 日。

〔註196〕《我們要把戲劇送到鄉下去！》，《新新新聞》，1938 年 1 月 24 日。

〔註197〕參看孫夢曉《全面抗戰初期抗戰戲劇研究》，南京師範大學，2019 年。

〔註198〕具體為淞滬會戰爆發後的第二天。

劇界成立了十三支「救亡演劇隊」〔註199〕，除兩隊留滬宣傳外，其餘十一隊均赴內地開展工作。為取得更好的宣傳效果，演劇隊隊員們往往登臺演出〔註200〕，講演、辦壁報宣傳，歌詠、美術募款多線進行。同時，他們還參與看護傷員、挖戰壕，協調物資運輸等戰區活動〔註201〕，處境艱險，辛苦非常〔註202〕。

上述兩個演劇隊，都有明確組織歸屬、專人領導管理，行走路線、宣傳方式都較為程式化，取得了較為良好的成效。除此之外，同時期還有大量官方或非官方的抗敵演劇隊在各地成立，如「抗戰劇社」「四川旅外劇人抗敵演劇隊」「西北戰地服務團」「前哨劇社」「群眾劇社」等〔註203〕，體現出人們對於「戲曲救國」的期盼。

（三）宣傳口號研究

要達到較好的募捐或宣傳效果，首要的一步便是吸引觀眾。因此，廣告宣傳語的功效也必不可少。以成都戲劇界1938年4月17至27日舉行的「慰勞川軍聯合大公演」和5月6日至9日成都市戲劇界聯合勞軍委員會委員邀請二十八集團軍正心俱樂部及全川名票發起的「第二次勞軍公演」為例，刊在報上的宣傳語有如下幾條：

「你出錢，我出力，解囊義助又看戲，又勞軍，一舉兩得」〔註204〕

「花點少數的錢，又勞軍又看戲，一舉兩得請快早到大光明影劇院影院去！」〔註205〕

〔註199〕演劇隊成員包括洪深、馬彥祥、宋之的、鄭伯奇、冼星海、張季純、王瑩、應雲衛、鄭君里等人。

〔註200〕演出劇目包括早先經典劇目《放下你的鞭子》和劇隊獨創劇目《八百壯士》（崔嵬、王震之執筆）、《保衛上海》（崔嵬、王震之執筆）、《舊關之戰》（宋之的）、《飛將軍》（洪深）等。

〔註201〕田本相、宋寶珍著《中國百年話劇史述》，遼寧教育出版社，2013年8月，第304頁。

〔註202〕田漢在《關於抗戰戲劇改進的報告──軍委會政治部的範圍》一文中以表格的形式將這十三支抗日「救亡演劇隊」的基本情況記錄了下來，在介紹第四隊情況時，田漢特地強調了隊員劉瓊因過度勞累染上白喉，卒於演劇途中。同時，眾多成員冒著危險奔赴前線進行排練和演出，甚至付出生命。

〔註203〕參看孫夢曉《全面抗戰初期抗戰戲劇研究》，南京師範大學，2019年。

〔註204〕《成都戲劇界勞軍聯合大公演飛將軍》，《新新新聞》，1938年4月17日、1938年4月18日、1938年4月19日。

〔註205〕《成都戲劇界勞軍聯合大公演女戰友》，《新新新聞》，1938年4月20日、1938年4月21日。

「捐錢看戲，既可盡國民責任，又可看名票佳劇！誠屬一舉兩得！」〔註206〕

「慰勞前敵將士，盡是精彩好劇；全川名票串演，機會絕難多逢」〔註207〕

「川戲著名票友集於一堂逐日上演精彩之拿手好戲！自流井之名票黃漱寒君等亦來省參加表演。諸君務希早臨！」〔註208〕

不難看出，除對「名票」「名劇」等隸屬於表演本身的賣點進行宣傳外，此類宣傳語的核心均在於強調「勞軍」和「看戲」的兼得。究其實質，則是在嘗試化解「娛樂」和「愛國」「救國」之間的對立。儘管從事實上來說，人們的娛樂需求並不會因「抗戰」情勢而憑空消解，但此類宣傳語無疑給了觀眾一顆「緩釋劑」，使他們得以部分卸下報刊輿論批評和對自我的道德要求帶來的精神壓力走進劇場。然而不可否認的是，此類宣傳語往往同質性強，話語單一，長期使用未免效果衰減，吸引力下降。

三、實際效果及評估

要探求戲劇在抗戰中發揮的實際效果，我們首先要將眼光轉移到對戲劇參與抗戰的動因追溯上來。作為一種以娛樂為主要功能的藝術形式〔註209〕，戲劇「參與抗戰」的原因大致可以分為以下兩類：政治對戲曲的介入；知識界、輿論界對戲曲演出的干預性評價。為應對以上兩者直接或間接帶來的不利情形，戲劇界主要採取演出「抗敵戲劇」和參與公演募捐兩類方案。雖說舞臺演出傾向於思想動員，募捐獻金偏向實際貢獻，但在實際操作中，兩者往往同時展開。

通過創作和演出「抗戰戲劇」，應該說戲曲行業也在「抗戰救亡」上作出了

〔註206〕《成都市戲劇界聯合勞軍委員會委員會特煩二十八集團軍正心俱樂部及全川名票義務助演拿手好戲》，《新新新聞》，1938 年 5 月 6 日、1938 年 5 月 8 日、1938 年 5 月 9 日。

〔註207〕《成都市戲劇界聯合勞軍委員會委員會特煩二十八集團軍正心俱樂部及全川名票義務助演拿手好戲》，《新新新聞》，1938 年 5 月 6 日、1938 年 5 月 8 日、1938 年 5 月 9 日。

〔註208〕《成都市戲劇界聯合勞軍委員會委員會特煩二十八集團軍正心俱樂部及全川名票義務助演拿手好戲》，《新新新聞》，1938 年 5 月 6 日、1938 年 5 月 8 日、1938 年 5 月 9 日。

〔註209〕有待商榷。事實上，抗戰時期的一些藝術界人士極力搬清藝術與娛樂的關係。參見：史東山《對於藝術的認識：藝術的真正目的所在決不是供人娛樂》，《國訊》1942 年總第 297 期，第 9～10 頁。

自己的努力。但從演出的實際效果來看，卻是不盡如人意。一方面，報刊輿論的反響表明，戲曲評論者們並不領情，除少數讚揚聲音外，多是稱其為「不倫不類」「怪現象」的批評之聲〔註210〕；另一方面，「抗戰戲劇」也無法依靠自身魅力在戲曲舞臺上站穩腳跟，這固然有劇本質量參差不齊，口號化嚴重〔註211〕、情節單一的緣故，深層原因還是在於其一味「舊瓶裝新酒」，而最終沒有探索出屬於自身的審美模式，最終不為「新」「舊」所容，觀眾所喜。

除此之外，當時還有很多新編時裝新戲劇本只出現在報刊雜誌、文人案頭，而並未進入到表演劇場之中。甚至更有一部分劇本只有題目和提綱，而最終沒有人將其補充完整。這固然和中國文學、戲曲有「案頭」和「場上」兩重文化屬性有關，但也部分說明抗戰時期戲劇界創作的浮躁和激進。〔註212〕

在公演募捐方面，首先我們要肯定部分募捐對抗戰起到了積極作用。然而在實際操作層面，仍然存在著諸多問題。比如1931年後，戲院募捐所得錢財並不都作抗戰之用，還要充作各類捐費，如彈壓捐〔註213〕、辦公辦差所用的警費、警察服裝費〔註214〕、警察學校的辦學經費甚至市政設施的維修改建費等。如此名目繁多的經費，自然會讓戲劇業在一定程度上勉於應對，因此要求減免稅款的請求屢見報端，戲院往往苦口陳述「自軍興以來，日見蕭條座客寥寥收入無幾，且捐款繁重，折本甚巨」，因此聯名「懇請軍警團，市政府核減戲捐及附加各款，以恤商艱」〔註215〕。然而，此類請求往往不被批准，各類經費經層層中飽，最終還靠戲劇業這一「肥肉」予以補齊——這難免讓戲院募捐成為一項難以應付的「差事」，而非自發自願的愛國、救國行動。

總結來看，戲曲業在戰時所作的相關努力有所成效，但最終並未完全扭轉其在社會輿論中的不利處境。同時礙於種種現實因素和時代侷限，「戲曲救國」

〔註210〕　參看胡度《川劇藝聞錄》，上海：上海文藝出版社，1985年。
〔註211〕　如劇本《保衛盧溝橋》（由中國劇作者協會集體創作）中，「把鬼子兵趕出去！」「中華民國萬歲！」「盧溝橋是我們的墳墓！」「保衛盧溝橋！」「盧溝橋是我們的墳墓！」「死守盧溝橋！」「宛平是我們的！」等口號充斥全劇。
〔註212〕　參看馬睿《晚清到民國年間（1902～1949）政府對四川地區戲曲表演活動的介入與控制》，四川大學，2007年。
〔註213〕　民國以來，近代的政府組織建立起來，新式的警察制度要求進入到娛樂場所的管理之中。政府擬訂了一系列的規章條文要求劇場遵守，並設立專門專人到劇場進行彈壓管理。
〔註214〕　《成都市志‧公安志》，第446頁，副篇‧捉襟見肘的警察經費。
〔註215〕　《娛樂場所不是生意經　軍興以來營業蕭條　一致聯名請減捐款》，《新新新聞》，1933年5月26日。

最終也只是遺憾地停留在了知識分子一廂情願的理想化表述中。在全面抗戰這一特殊背景下，將「救國」話語置入大眾娛樂本是特殊情景下的合理選擇。但對於戲曲這一大眾喜好決定其生存狀況的藝術形式而言，採取何種方式對其進行改造、如何把握改造的尺度，都需要長時間探索和實踐，最終恐怕還要落到藝術性和工具性的論爭，人類天性和社會規訓的搏鬥上來。

第六節　抗戰戲劇生態的末路——工具論

在 1937 年抗日戰爭全面爆發之後，戲劇內容發生了從娛樂到抗戰的功能性轉變。在抗戰初期戲劇是由民眾主導自覺地轉向抗戰；而隨著抗戰的深入進行，戲劇在人們思想教化上的廣泛影響性逐步凸顯，黨政勢力對戲劇的管控也就逐漸深入，以至到了 1940 年代戲劇被官方高度工具化。但與此同時，依舊有劇人堅持著對戲劇本體的追求，呼喚其回到與民眾緊密聯繫著的創作土壤中來。

《新新新聞》是「1950 年以前成都報界發行量最大、經濟效益最好、影響面最廣的民辦報紙」〔註216〕，其內容突出地方特色，娛樂性、趣味性強，記錄著四川人民風俗、娛樂、節慶、經濟消費等富有風味的許多側面。而戲劇作為民國時期四川地區人們生活必不可少的日常娛樂活動，在該報紙上的記載條目更是繁多。戲劇是一個時期地域內風俗人情、社會風貌、節日慶賀等的集中體現，通過對檢索到的《新新新聞》1932～1949 年間的戲劇史料中豐富多樣的戲劇實踐活動進行相關研究，民國時期四川地區蓬勃欣榮的戲劇生態得以重現。

縱觀 20 世紀上半葉四川地區的戲劇生態發展，以 1937 年中華民族全面抗戰為時間節點，可以將其概分為兩個部分：在 1931 年九一八事變之後，社會上雖有呼聲要求政府「懲儆圖利而忘國恥的奸商，給他們一個封，封，封」〔註217〕，減弱戲劇的娛樂性，但 1937 年之前的戲劇仍以娛樂性質為主，戲劇的本體性並未受到損壞，且隨著國外聲光電、布景機關等戲劇理論、戲劇技術的傳入使觀眾更具觀看代入感和趣味性；在 1937 年之後，在日本帝國主義侵略之下，中華民族面臨著前所未有的亡國滅種的危機，全國各地的革命活動如火如荼地開展，戲劇的演出方式、演出劇目等也隨之發生了變化。且由於戲劇在社會宣傳、思想教化上的重要影響力，其逐漸被軍方黨派所注

〔註216〕王伊洛《〈新新新聞〉報史研究》，四川大學，2006 年。
〔註217〕《春熙舞臺》，《新新新聞》，1932 年 10 月 5 日。

重並利用，戲劇工作者自覺意識深化，戲劇生態在政治與審美之間的雙重作用力下發生斷裂。但在戲劇被軍方高度工具化的同時，亦有劇人堅持著對戲劇藝術本體的呼喚與追求。

一、全面抗戰爆發後大眾自覺的抗戰意識

自 1937 年全面抗戰爆發之後，各條戰線上的抗戰活動都在如火如荼的開展，而戲劇作為文藝戰線上的重要一員自然也不例外。在全面抗戰初期，戲劇自覺地轉向了以宣揚愛國精神、激發民族抗戰意識為主導的劇目演出。此時興起的抗戰戲劇的演出符合人們愛國精神的時代需要，是戲劇界抗戰意識的自覺的體現。抗戰戲劇的廣泛流行主要有兩個原因：一是大量愛國抗敵劇人組織的蜂起；二是大眾輿論的推動。

而在 1937 年前後，戲劇內容在劇人的積極推動下發生了由娛樂性向抗戰性的轉變。此時在報紙上出現了大量的有關「戲劇救亡」的輿論文章，人們認識到戲劇在思想教化上的重要性，「戲劇是一種最有力的藝術，它能夠『直接地』組織起人民大眾的意識形態，變更人民大眾的一切生活態度。所以它是我們建立『救亡戰線』的最有力的手段，是向民眾之中擴大我們戰線的最好的武器。」〔註218〕，由此呼籲所有劇人工作者在戲劇抗日戰線上積極展開救亡運動，廣泛深入地進行愛國抗戰思想的宣揚。戲劇「在目前它不能再是供一般少爺小姐們玩玩的束西了！同時也不能專供一般有閒階級娛樂的藝術了！」〔註219〕，在此時沒有自發轉向對抗戰進行宣傳而仍然進行娛樂劇目演出的劇院、劇團則會受到大眾的斥責和批評，在「1937 年 7 月 25 日，即『盧溝橋事變』爆發後的第 18 天，《新新新聞》首次出現批評本地戲曲娛樂的聲音。其刊載的漫畫《馬路上的看客》為：馬路邊貼著『本園重金禮聘京滬超等馳名文武花旦今夜登臺玉堂春』的廣告下『人頭攢動』，而『抗敵宣言』前卻只有『看客』一人。」〔註220〕這張漫畫無疑是諷刺了人們只顧娛樂、不思國難的麻木不仁。而此種大眾輿論的批評又會直接影響到劇院、劇團的經營，對其造成道德上的壓迫，從而迫使其進行內容轉向。

同時，在社會中也出現了大量自發成立的愛國劇社劇團、抗敵協會等，

〔註218〕《救亡的戲劇運動　敬致成都戲劇界》，《新新新聞》，1936 年 10 月 5 日。

〔註219〕《我們要把戲劇送到鄉下去》，《新新新聞》，1938 年 1 月 24 日。

〔註220〕車人傑《救國與娛樂：抗戰時期成都戲曲行業面臨的輿論壓力及其應對》，《四川師範大學學報（社會科學版）》，2016 年第 43 期，第 160～170 頁。

還出現了劇人自動聯合在一起形成的全國戲劇界抗敵協會,「全國戲劇界抗敵協會三十一日晨在漢開成立大會,推選陳立夫,張道藩,洪深,田漢,熊佛西等九十七人為理事」〔註 221〕,在各地還設有分會,「全國戲劇界抗敵協會重慶分會在當日上午九時於國泰大劇院成立,雖細雨霏霏,而參加開會者甚踴躍,計到有如泉劇團,洪盛評劇團,昇平鼓書,國立戲劇學校,中大劇社,怒吼劇社,文支演劇隊,青年劇社,等十九團體,私人有李劍飛,余上沅,趙銘彝,陳治策,萬家寶等十七餘人」。〔註 222〕與此同時,大量的戲劇學校在這一時期也紛紛創立。在全面抗戰初期這些戲劇團體組織的出現雖也有黨政人士參與,但多由劇人自主推動,是劇人自覺的愛國抗戰意識的體現。這些應時成立的劇社、劇團、協會、學校等在各地積極開展著戲劇公演活動,演出抗戰劇目,宣揚愛國抗戰民族精神。此時演出的劇目既有極富抗戰意識的《最後勝利》《怒吼吧中國》《香姐》《反正》《東北一人家》《我們的故鄉》《一年間》等戲劇,又有對傳統劇目進行改編以適應當下抗戰需求的《岳飛》等劇目。

因此全面抗戰初期在民眾愛國抗戰意識的推動下,戲劇內容自動地發生了由娛樂到抗戰的變化。

二、公演組織者的變化──以戲劇界、學校為主體

除戲劇演出內容發生了以娛樂性為主到以抗戰性為主的轉變外,在戲劇公演中占主導地位的組織者也有了改變。在 1937 年之前,戲劇演出的組織者多為單個的戲劇團隊,如春熙大舞臺劇院、中華戲劇學會劇社等;而 1937 之後,從演出組織單位大體概觀,公演已從單個劇團、劇社等的獨場演出變成了整個戲劇界聯合在一起舉行的勞軍公演,且隨著戲劇學校的組建興起,由學校組織的戲劇演出隊伍也成為這一時期公演的中堅力量。

(一)戲劇界聯合勞軍公演

在全面抗戰爆發之後,戲劇界聯合勞軍公演成為公演的主要形式。勞軍大公演最頻繁的開展在 1938 年,僅在 1938 年的 4 月,就出現了 8 則有關勞軍公演的報導,分別為「戲劇界昨日座談會商討勞軍聯合公演」〔註 223〕

〔註 221〕《全國戲劇界抗敵會成立》,《新新新聞》,1938 年 1 月 1 日。
〔註 222〕《重慶劇界團結戲劇協會分會成立──黛麗莎鈺靈芝等任理事定期舉行公演》,《新新新聞》,1938 年 6 月 6 日。
〔註 223〕《戲劇界昨日座談會商討勞軍聯合公演》,《新新新聞》,1938 年 4 月 6 日。

「戲劇界聯合公演定十八日起舉行」〔註224〕「成都戲劇界慰勞川軍聯合大公演」〔註225〕「成都戲劇界勞軍聯合大公演飛將軍」〔註226〕「成都戲劇界勞軍聯合大公演女戰友」〔註227〕「成都戲劇界勞軍聯合大公演米、長城月」〔註228〕「成都戲劇界勞軍聯合大公演阿比西尼亞的母親、國仇、天津的黑影」〔註229〕「成都戲劇界勞軍聯合大公演」〔註230〕。勞軍公演開展之盛由此可知。

　　勞軍聯合大公演主要是聯合當時的各劇社、劇團、票社，如「業餘劇人協會，成都劇社，星芒演劇隊，熱風劇社，愛國劇社，曙光劇社，已巳票社，七三票社，大江票社，成都戲院等二十餘單位」〔註231〕進行公演，集中各戲劇團隊的核心力量進行抗戰宣傳。由於其聯合了眾多的劇社、劇團，擁有許多有豐富演出經驗的平劇、話劇、川劇等各個劇種的劇人，因此能「集中力量幹大事」：在公演劇目上，有豐富多樣、經典精彩的演出劇目可供觀眾觀看，如1938年5月6日的這一則報導中介紹該次勞軍聯合公演的劇目就有：「五月七日晚場劇目：《打龍朋》《挑袍》《經堂》《殺橋》《失岱州》《龍會蘭》《逼線》《問病逼宮》；五月八日晚場劇目：《再生緣》《訪黑》《假投降》《淮河營》《黑虎緣》《錦江樓》《裙畫》《陽河堂》；五月九日晚場劇目：《雙族門》《臨江宴》《逼姪》《牧虎關》《殺家》《│美國》《和番》《關王廟》」〔註232〕等眾多經典精彩的傳統劇目；在宣傳方式上，可以在報紙上多天連續刊登大篇幅戲劇演出廣告，使即將進行的演出得到更好的推廣與宣傳；在演出地點上，也多在當地的大戲院、大劇院、大影院進行演出，如少城公園大光明影院、春熙路三益公大戲院等。

　　勞軍公演的主要形式即為組織各劇社公演劇目，然後將公演所得收入匯往前線支持抗戰，因此其宣傳口號為「你出錢，我出力，解囊義助又看戲，又勞軍，一舉兩得」〔註233〕「花點少數的錢，又勞軍又看戲，一舉兩得請快早

〔註224〕　《戲劇界聯合公演定十八日起舉行》，《新新新聞》，1938 年 4 月 12 日。

〔註225〕　《成都戲劇界慰勞川軍聯合大公演》，《新新新聞》，1938 年 4 月 12 日。

〔註226〕　《成都戲劇界勞軍聯合大公演飛將軍》，《新新新聞》，1938 年 4 月 17 日。

〔註227〕　《成都戲劇界勞軍聯合大公演女戰友》，《新新新聞》，1938 年 4 月 20 日。

〔註228〕　《成都戲劇界勞軍聯合大公演米、長城月》，《新新新聞》，1938 年 4 月 22 日。

〔註229〕　《成都戲劇界勞軍聯合大公演阿比西尼亞的母親、國仇、天津的黑影》，1938 年 4 月 25 日。

〔註230〕　《成都戲劇界勞軍聯合大公演》，《新新新聞》，1938 年 4 月 26 日。

〔註231〕　《戲劇界昨日座談會商討勞軍聯合公演》，《新新新聞》，1938 年 4 月 6 日。

〔註232〕　《成都戲劇界勞軍聯合公演》，《新新新聞》，1938 年 5 月 6 日。

〔註233〕　《成都戲劇界勞軍聯合大公演飛將軍》，《新新新聞》，1938 年 4 月 17 日。

到大光明影院去」〔註234〕，這些口號點出了勞軍公演的優勢，抓準了戰時人們的普遍心理。在抗戰時期，由於戰爭的緊張形勢，娛樂和愛國似乎互不相容，在此時進行觀賞戲劇等娛樂活動會使人們具有負罪感，而勞軍公演的口號巧妙地化解了娛樂和愛國之間的矛盾，人們買下劇票、觀看戲劇，就相當於為前線的戰爭貢獻了自己的一份力量，這無疑減輕了人們的道德壓力。勞軍公演這一公演形式既宣傳了愛國抗戰精神，又使人們緊張壓抑的戰時心理得到了放鬆，同時也在實際物資上對前線抗日戰爭的軍隊有所援助。

（二）學校公演

除戲劇界聯合勞軍公演外，戲劇學校也開展了數量極多的戲劇公演。在1938年到1940年間，學校的戲劇活動最為頻繁。這一時期進行公演的學校有國立戲劇校（國立戲劇專科學校）、省立戲劇學校流動宣傳隊、省立戲劇音樂學校、私立夏聲戲劇校、四川省立戲劇教育實驗學校等。戲劇學校公演的主要方式是由老師帶領學生外出巡演，「國立戲劇校師生50餘人，已由漢乘輪抵萬，將在萬縣公演三日，然後來渝，今後則擬於重慶成都兩地巡演公演」〔註235〕，巡演的方式擴大了宣傳範圍、增強了抗戰宣傳效果。僅就國立戲劇校來看，其巡演的範圍多為成都周邊宜賓、重慶、萬縣、樂山以及川北等地區。

同時，戲劇學校由於其戲劇人才數量較少等原因，可供演出的公演劇目一般較少，每次公演一般只有兩三部戲劇，「現該校師生等，定本月二十日離萬來渝，假借一園大戲院出演三日，劇目為【香姐】【反正】【東北一人家】等劇。」〔註236〕、「四川省立戲劇教育實驗學校第一屆學生公演三幕抗戰劇『後防』」〔註237〕「四川省立戲劇教育實驗學校排演抗戰史劇四幕八場秦良玉」〔註238〕「宜賓訊，江安國立劇校將來宜公演岳飛等佳劇」〔註239〕，演出戲劇均為愛國抗戰劇。在公演結束之後，學校就會將公演募捐所得匯往前線支持抗戰。

總的來說，戲劇界聯合勞軍公演和戲劇學校的公演均為1937年後戲劇

〔註234〕 《成都戲劇界勞軍聯合大公演女戰友》，《新新新聞》，1938年4月20日。
〔註235〕 《國立戲劇校將到渝公演》，《新新新聞》，1938年2月15日。
〔註236〕 《國立戲劇校將到渝公演》，《新新新聞》，1938年2月15日。
〔註237〕 《四川省立戲劇教育實驗學校第一屆學生公演三幕抗戰劇「後防」》，《新新新聞》，1939年1月7日。
〔註238〕 《四川省立戲劇教育實驗學校排演抗戰史劇四幕八場秦良玉》，《新新新聞》，1939年2月26日。
〔註239〕 《國立戲劇校將赴宜公演》，《新新新聞》，1941年3月17日。

公演的主要形式。兩者相較而言，從演出劇目來看，戲劇界聯合勞軍公演因為聯合了眾多的劇團、劇社，擁有大量極具經驗的戲劇人才，因此演出的劇目比學校公演更豐富精彩，吸引到的觀眾流量更大，匯往前線的捐款數額也就更多。但就劇目內容來說，勞軍公演演出的劇目更多為傳統戲曲節目，學校公演的劇目內容則以愛國抗戰為核心。從演出地區範圍來看，戲劇學校公演因為其戲劇隊伍人數較少，出行簡便，因此能在多地巡演，其宣傳範圍比勞軍公演更廣、宣傳效果也更好。兩種公演形式各有所長，互相補益，均為抗日戰爭貢獻出了自己的一份力量。

三、戲劇界、學校中黨政勢力的暗影

　　在全面抗日戰爭爆發初期，各項愛國抗戰公演活動如戲劇界聯合勞軍公演以及學校公演等雖主要是由劇人自身推動，但在戲劇界以及學校等戲劇組織機構內部已有黨政勢力的暗影蹲伏。

　　在學校公演中，開展公演活動最為頻繁的即是國立戲劇學校，在《新新新聞》中多次出現有關國立戲劇學校公演的報導，「國立戲劇校將到渝公演」[註240]「國立戲劇校巡迴團到萬」[註241]「國立戲劇校赴重慶演劇」[註242]「國立戲劇校將赴宜賓公演」[註243]「國立戲劇專科學校劇團公演四幕十二景古裝歷史劇岳飛」[註244]等。國立戲劇學校後在1940年改名為國立戲劇專科學校，其建校原址在南京，並非四川本地學校，而是在抗戰爆發後由南京避難到湘，由湘移渝，再從渝遷到四川江安，「國立戲劇學校以自南京撤退後，最初遷往衡陽，重慶，後又移至江安，曾在宜賓等地舉行公演」[註245]。國立戲劇學校有深厚的官方背景，是中國歷史上第一所官辦戲劇學校。「這所由國民黨中央宣傳部與教育部聯辦的戲劇學校,從籌備到成立不過4個月的時間」[註246]，其創立的主要推動者有張道藩、王祺、李宗黃、洪路東、段錫朋、馬超俊、

〔註240〕《國立戲劇校將到渝公演》，《新新新聞》，1940年3月23日。
〔註241〕《國立戲劇校巡迴團到萬》，《新新新聞》，1938年2月14日。
〔註242〕《國立戲劇校赴重慶演劇》，《新新新聞》，1940年4月2日。
〔註243〕《國立戲劇校將赴宜賓公演》，《新新新聞》，1941年3月17日。
〔註244〕《國立戲劇專科學校劇團公演四幕十二景古裝歷史劇岳飛》，《新新新聞》，1943年9月7日。
〔註245〕《戲劇學校動態》，《新新新聞》，1939年11月18日。
〔註246〕傅學敏《1935～1937：國立戲劇學校在南京》，《戲劇（中央戲劇學院學報）》，2019年第04期，第160～168頁。

陳立夫、梁寒操、覃振、焦易堂、褚民誼、羅家倫等人，均為國民黨中央委員，在國民黨內部具有舉足輕重的地位。由此可見國立戲劇學校與黨政聯繫之深。

而在戲劇界聯合成立的組織與舉辦的活動中，黨派勢力也有所牽涉。如前文提到的全國戲劇界抗敵協會，在其成立之初被推選為理事的 97 人之中就有張道藩、陳立夫等國民黨內部人員。在該協會成立之日所發布的決議中，有一條為「電慰蔣委員長及全國將士」〔註247〕，其政治偏向已不言而喻。

而公演主要形式之一的戲劇界聯合勞軍大公演之所以能順利進行，更是離不開黨政勢力的幫助。在籌備公演時，公演委員會為了籌措公演進行所需要的經費，經常會向黨政人士請求維助，「本市戲劇界為慰勞前線英勇抗戰川軍，特發起聯合大公演，並組織公演委員會消息，已志前訊，該會為謀便利推動工作，籌備公演經費，特推出夏雲瑚，張善，陳彝，孫怒潮，鄧名芳，黃侯等紛問各軍將領請求維助」〔註248〕、「成都市戲劇界聯合大公演，原為募捐慰勞前線川軍而發起……公演委員會正向各方募捐，籌備經費，除主任捐二百元外，現孫軍長又捐助一百元，司令捐五十元，昨（十一）日該會復設代表孫怒潮，張善，吳雪等五人赴行拜謁雷處長，及二十三軍潘軍長，並四十四軍王軍長，及郭軍長，均表示願意幫助，以資提倡」〔註249〕、「成都市戲劇界聯合勞軍委員會委員會特煩二十八集團軍正心俱樂部及全川名票義務助演拿手好戲」〔註250〕，以上均為公演委員會向黨政人士求取經費上的幫助的實例，公演委員會在經濟上是依賴於黨政勢力的。

因此在全面抗戰爆發後初期，戲劇界聯合勞軍公演、學校公演等戲劇抗戰活動雖是劇人自發進行，但黨政勢力已初步滲入其中。

四、戲劇節——官方管控的深化

隨著戲劇抗戰活動在救亡戰線上的深入展開，戲劇在思想教化上的重要影響力逐漸被黨政人士所意識到，黨政勢力對戲劇進行了深入滲透。到了 1940 年代，官方政府對戲劇的演出形式、演出內容進行了嚴格的管控，戲劇也由此

〔註247〕 《全國戲劇界抗敵會成立》，《新新新聞》，1938 年 1 月 1 日。
〔註248〕 《戲劇界演劇勞軍鄧主任捐助經費 參加劇團包括平劇川劇話劇 預訂募寄一萬元》，《新新新聞》，1938 年 3 月 31 日。
〔註249〕 《戲劇界聯合公演定十八日起舉行》，《新新新聞》，1938 年 4 月 12 日。
〔註250〕 《成都市戲劇界聯合勞軍委員會委員會特煩二十八集團軍正心俱樂部及全川名票義務助演拿手好戲》，《新新新聞》，1938 年 5 月 9 日。

失去了藝術創作上的自由，被高度支配和工具化了。

到了 1940 年代之後，大量的禁令和審查條約湧現，對戲劇進行審查管理的專屬機關也紛紛設置，從而達到對戲劇工作進行全面控制的目的：首先是對某些種類戲劇的禁演，主要是「取締荒淫神怪戲劇」〔註 251〕，禁演淫蕩、妖鬼以及一些具有「反革命情節」的戲劇，如武松殺嫂、金蓮調叔、玉堂春等；其次是對劇本內容的嚴格審查，所有劇本無論出版或上演，都必須經過當時的中央圖書審查委員會或各省市圖書審查委員會的審查；再次是對劇團演出的控制，「未經依法向戲劇主管機關立案之劇團，一律不准公演，也不得假借任何機關名義演出」〔註 252〕。在劇團進行公演時，黨部也會派內部專員對其進行檢查。凡是違背了審查禁令的，一律要予以停演、罰金的處分。黨政勢力對戲劇的管控深入至此，戲劇可供自身發展的空間被不斷壓縮。而除發布大量演出禁令和審查條約之外，戲劇節也是官方控制戲劇的重要路徑。

戲劇節即由戲劇界各劇社、劇團、協會等共同為戲劇發展舉行的節日慶賀，「中國現代戲劇節從 1937 年擬辦、1938 年初創到 1949 年謝幕，貫穿『現代戲劇的黃金時代』，是中國現代戲劇發展史上少數可以貫穿該時期的劇人群體活動之一」。〔註 253〕

在中國之所以會興起戲劇節，與當時的社會環境、社會思潮密不可分。在整理的條目中第一次出現「戲劇節」，是在 1936 年 7 月 28 日的一則新聞報導中，新聞標題為「蘇聯舉行盛大的戲劇節，各國來賓齊聚一堂」，其主要內容為蘇聯舉行第四屆戲劇節——「從本年九月一日起至九月十日止，照例是蘇聯的【戲劇節】，又稱【狂歡節】，此次為第四屆」〔註 254〕，邀請各國藝術家參觀，中國文化界和電影界的很多人都想前去學習參觀，文末還附上了前往莫斯科的具體路線及所需路費。在這一則條目之後，才陸續出現了有關中國戲劇節的報導。結合當時的社會環境，在十九世紀三四十年代蘇聯無論是軍事、經濟還是思想等方面一直對中國具有引領作用，蘇聯戲劇節對中國戲

〔註 251〕《省府取締神怪戲劇》，《新新新聞》，1939 年 1 月 4 日。

〔註 252〕《中央重視戲劇宣傳預布出版演出辦法　未經立案劇團一律不准公演》，《新新新聞》，1942 年 4 月 4 日。

〔註 253〕梅琳《中國現代戲劇節的演出機制考察》，《勵耘學刊》，2018 年第 2 期，第 143～162 頁。

〔註 254〕《蘇聯舉行盛大的戲劇節，各國來賓齊聚一堂》，《新新新聞》，1936 年 7 月 28 日。

劇節的創立極可能具有啟發作用，而「隨著新文化運動將戲劇逐步納入主流文化範疇，戲劇開始參與社會文化事務，擁有自己的節日成為可能」〔註255〕，且在全面抗戰爆發之後，戲劇由於其社會功能文化地位極大提升。在這多個因素的合力作用之下，中國的戲劇節誕生了。

戲劇節於 1938 年初創，1949 年謝幕，可分為前後兩期。前期為 1938 年～1940 年，又稱雙十節，由全國戲劇抗敵協會共同商議決定在每年的 10 月 10 日舉行；後期為 1943 年～1949 年，由政府明文規定於每年的 2 月 15 日舉行。後期戲劇節相較前期戲劇節組織管理更成體系，與黨政勢力的聯繫也更為緊密。在前期戲劇節中處於游離地位的黨派勢力在後期的戲劇節中成為了主導者，對戲劇工作者進行著嚴格的管控。

在前期戲劇節，為了對戲劇節的公演進行更加有效地籌備、對公演各劇人進行更加科學地管理，成立了公演委員會，在 1939 年 10 月決定為公演委員會聘請指導委員，指導委員為「本市黨政主管長官多人」〔註256〕，此時黨政勢力已初步滲入戲劇節內部。

而在後期戲劇節中，黨政勢力已成為戲劇節的主導者，並且通過戲劇節繼續加深著對戲劇工作者的控制，對戲劇從創作內容到演出方式等都進行了限定。後期戲劇節於 1943 年擬辦，1944 年開始盛行。1944 年 2 月 15 日為後期首屆戲劇節，受到了社會各方面的廣泛關注。在《新新新聞》上，1944 年 2 月 15 日到 1944 年 2 月 16 日刊登了多則國民政府文化部門高官的長幅講話，分別有「今日戲劇節 梁部長書告戲劇工作者 教部將宣布回劇本獲獎」〔註257〕「蓉垣昨紀念戲劇節 魏紹徵宣讀中宣部長訓詞 二百餘劇人同開慶祝大會」〔註258〕「首屆戲劇節 陪都人士熱烈慶祝 梁部長致詞願盡力協助」〔註259〕等，發表講話的有當時國民政府的中宣部長以及羅學濂等人。其講話以戲劇界管理者高位姿態的口吻對接下來劇本的主要內容以及演劇的中心

〔註255〕梅琳《中國現代戲劇節的演出機制考察》，《勵耘學刊》，2018 年第 2 期，第 143～162 頁。

〔註256〕《本市戲劇界總動員 籌備戲劇節大公演》，《新新新聞》，1939 年 10 月 3 日。

〔註257〕《今日戲劇節 梁部長書告戲劇工作者 教部將宣布回劇本獲獎》，《新新新聞》，1944 年 2 月 15 日。

〔註258〕《蓉垣昨紀念戲劇節 魏紹徵宣讀中宣部長訓詞 二百餘劇人同開慶祝大會》，《新新新聞》， 1944 年 2 月 16 日。

〔註259〕《首屆戲劇節 陪都人士熱烈慶祝 梁部長致詞願盡力協助》，《新新新聞》，1944 年 2 月 16 日。

工作進行了規定，「我熱望全國戲劇工作者，本此精神，充分運用成熟的舞臺熱情，現身說法把革命的真理，向廣大民眾作深入而普遍的宣揚」〔註260〕，即利用戲劇對廣大民眾進行革命思想的宣傳。

　　除在口頭對戲劇內容進行規定外，當時的教部還設置了「優良劇本審查與獎勵委員會」等組織機構，其主要作用就是審查評選出優良劇本，並對其給予獎勵，且獎勵的數額並不低，「關於獎金之發給，經投票決定如次，【桃李春風】老舍、趙清閣合著，共獎金二萬元，【蛻變】曹禺著，獎金五千元，【杏花春雨江南】于伶著，【金玉滿堂】沉浮著，各獎一萬元，此外【桃李春風】之導演吳永剛，【蛻變】及【杏花春雨江南】之導演史東山，【金玉滿堂】之導演潘子農，各獎五千元」〔註261〕。這一設置既吸引了更多的劇作家進行創作，鼓舞了劇作家的創作熱情和創作活力；同時也意在為今後的劇本寫作樹立起榜樣和學習的典範，對劇作的內容、書寫方式等進行規範與限定。若說禁令和審查條約是規定了戲劇不准如何寫，那麼優良劇本審查與獎勵委員會就是規定了戲劇應當如何寫。在這兩者的交互作用下，黨部對戲劇內容進行了深入的規定。

　　戲劇節雖是黨政勢力加深戲劇管控的窗口，但其對戲劇發展亦有推動作用。戲劇節的出現即是戲劇社會地位大大提升的標誌，戲劇有了專屬的節日，這無疑極大鼓舞了劇人工作的熱情和信心。同時，戲劇節亦有推廣戲劇教育、普及戲劇之效，「本年度戲劇節轉瞬即屆……發起推廣戲劇教育運動紀念之，紀念日期自戲劇節前夕【二月十四日】起，紀念節目約如下，一，公開徵募劇本分贈各地方民眾教育館閣電室，各圖書館，各學校，二，舉辦戲劇展覽會，三，分函各大中學出演街頭劇或在校演出，免費招待民眾，並發動各劇團選演教育意義最趣之劇本戲劇節目，舉行戲劇界慶祝，……六，舉辦戲劇講演座談會。」〔註262〕通過這些活動擴大了戲劇的影響力和普及性，使更多的民眾得以瞭解戲劇，增強了社會的文化氛圍。

　　黨政勢力對戲劇的滲入和管控利弊相兼，其對戲劇的管控越是嚴格，也就側面反映出戲劇的在文藝界中的地位越高。黨政勢力對戲劇的重視使得

〔註260〕　《今日戲劇節　梁部長書告戲劇工作者　教部將宣布回劇本獲獎》，《新新新聞》，1944 年 2 月 15 日。
〔註261〕　《今日戲劇節　梁部長書告戲劇工作者　教部將宣布回劇本獲獎》，《新新新聞》，1944 年 2 月 15 日。
〔註262〕　《本年戲劇節　推廣戲劇教育運動》，《新新新聞》，1945 年 2 月 7 日。

劇人的社會地位提高、創作條件改善，從而吸引了越來越多的文藝工作者從事戲劇創作，並通過推廣戲劇教育等活動增強了戲劇的影響力，在某種程度上推動了戲劇的發展。同時，黨政勢力可以有效地維護戲劇演出的秩序，「隨著國民政府對社會公共領域控制的加強，和袍哥勢力逐漸被削弱的過程中，官方政府與警察的力量開始越來越多地參與到了對戲曲演出場所的秩序彈壓中。」〔註263〕戲劇演出的秩序得以良好運行。此外，黨部通過成立統一的審查組織和管理組織將劇人聯合起來，「勁往一處使」，集中創作宣揚革命真理、激發愛國抗戰意識的戲劇，使戲劇的戰鬥能力增強、戰鬥效率提高。

但也正是這種僅將戲劇視作抗戰武器的戲劇工具論的思想，使黨政勢力將戲劇如同一把武器一般仔細打磨、嚴禁嚴查，從而使得戲劇失去了自由發展的空間，其內容被形式化、機械化了。對「淫蕩神怪」劇目的禁演與禁寫更使得戲劇演出脫離了其原生鄉土母體，失去了民間向有的種種熱情奔放、粗獷質樸等民性因子，與民眾的距離拉大，其根生的生命力也就隨之耗竭。在官方的嚴格管控下創作出來的戲劇是無生命力的、無持續性的、無法贏得觀眾的、無法經典的死的戲劇。

此外，黨部除將戲劇用作思想教化的工具外，還將戲劇用作斂財的工具，通過對戲劇演出進行印花稅、娛樂稅的高額抽取以中飽私囊。而捐稅的過多則直接影響到劇團的演出經費以及劇人的正常生活，為了滿足黨部大額捐稅的要求，劇團不得不降低演出成本，去「迎合『生意眼』的演出」，這是「完全毀滅了藝術的目的去降低水準。」〔註264〕為了滿足自己的利益，黨部完全不顧及戲劇的發展規律，這也必然導致戲劇生態的敗壞。

五、官方管控下劇人對戲劇藝術本體性質的堅持

而就是在這種官方嚴格管控和榨取下類似「真空」的戲劇創作環境中，激起了許多劇人對戲劇藝術本體的呼喚與堅持。這一時期劇人對戲劇本體的堅持主要通過兩個方面來顯現：戲劇演出和戲劇理論。

（一）戲劇演出

在1937年之前，公演的內容仍以娛樂性質為主，戲劇中的民俗氛圍濃厚、

〔註263〕馬睿晚《清到民國年間（1902～1949）政府對四川地區戲曲表演活動的介入與控制》，四川大學，2007年。
〔註264〕《戲劇與文學》第十七期，《新新新聞》，1944年2月15日。

人倫因子活躍，蘊含著強烈的傳統民間精神，與戲劇生態母體的聯繫十分緊密。此時演出的劇目內容多為一些傳統劇目，既有歷史戲劇、傳奇戲劇，又有一些佛家故事，均為人們喜聞樂見的作品。在 1930 年代前期，《新新新聞》中有大量關於春熙大舞臺的戲劇演出的記載。

春熙大舞臺是位於春熙路的一家專演京劇的戲院，長期的苦心孤詣的商業經營使其擁有了大流量的戲劇觀眾，成為成都的觀劇名院。首先，春熙大舞臺供應的戲劇劇目豐富多樣，在一則公演新聞中列出了將要演出的劇目，有「全部奇雙會，販馬起，團圓上，定星期二夜演，又全部慶頂珠，劫法場上，定星期三夜演，一捧雪全部，搜杯起，刺湯止，定星期夜演，以上皆北派聲路，尚有回荊州，四進士等」〔註265〕，在 1934 年 7 月到 11 月間，春熙舞臺還分午臺和夜臺兩場日演，每天所演戲目又各有不同，一般午臺、夜臺各三場戲，如「午臺：借清兵、杏頭關、珠簾寨，夜臺：小上墳、洪羊洞、收姜維」〔註266〕，熱鬧非凡。其次，春熙大舞臺亦追求對戲劇演出技藝的不斷改進和完善，「春熙大舞臺，二月十四日，午臺，頭本，《濟公活佛》，夜臺，《新大香山》全本，即《觀世音得道》，全班名角合演奇幻機關唱作新奇。又二十五日，午臺，七本濟公活佛，全班乾坤名角合演神秘機關。夜臺：第四本封神榜，全班乾坤藝員合演五光十色應有盡有。」〔註267〕「春熙大舞臺，定國曆二月廿三日古曆正月二十日夜臺起開演，開關洪荒太古歷史京滬秘本，曾在上海開演，本臺從未演過新制幻術神秘機關。《開天闢地》，全班乾坤名角合演，打破演新戲的新紀錄，空前絕頂新戲不惜重大犧牲。」〔註268〕春熙大舞臺耗費心力物力引進機關布景、創新聲色體驗，從而使得「唱作新奇」，使觀眾在進行戲劇觀賞時擁有更逼真地體驗感和更高的審美趣味性，在為戲院吸引了更多的觀眾流量的同時，亦推動了戲劇生態的發展。從春熙大舞臺的戲劇活動中，1937 年之前的生機勃勃、欣欣向榮的戲劇生態可見一斑。

而在 1937 年之後，雖有大量的愛國抗戰戲劇出現，但仍有少數劇團依舊進行著娛樂性質的戲劇演出。如在 1938 年 7 月中華戲劇學會在中央大戲院的演出，演出劇目有《英雄與美人》等外國名劇，在燈光效果和布景服裝上

〔註265〕《陳富年任戲劇主任在春熙舞臺排演北派古本戲劇》，《新新新聞》，1934 年 10 月 31 日。

〔註266〕《春熙舞臺》，《新新新聞》，1934 年 9 月 29 日。

〔註267〕《新新新聞》，1935 年 2 月 14 日。

〔註268〕《新新新聞》，1935 年 2 月 20 日。

大費了一番工夫，使其「富有異國情調，誠本市空前之舉」〔註269〕，將國外的戲劇燈光布景造型等藝術引入了中國的戲劇演出中。在 1941 年 1 月時，三民主義青年團在中山公園裕民大劇院分日夜兩場分別演出了「《問病逼宮》《賣水記》《臨江宴》《柴市殉節》《拾黃金》《梅龍鎮》《改良勸夫》《三評醋》《永漢宮》《殺家告廟》《借東風》《汾河灣》」〔註270〕等眾多精彩劇目。其中川劇《問病逼宮》為《隋宮亂》中一折，講的是隋文帝病危，次子楊廣乘看父親之機，探聽虛實，圖謀王位一事。中有一片段為楊廣遇父妃陳氏，垂涎其美貌而調戲之，有唱詞如「美人兒配父王未必心甘，她青春我年少逼她心變」等狎戲無倫之語，這無疑是違背了早在 1939 年就發布的取締荒淫神怪戲劇的禁令，但是其中卻蘊涵著濃濃的鄉土民性韻味，因而深得觀眾喜愛。在 1942 年 4 月，華西研究會還在東勝街沙利文演出了劇目《面子問題》，該劇由老舍創編，為三幕話劇，寫國民政府的一群小官僚和公務人員為了面子而爭鬧不休的故事，既是對國民劣根性的批判，又是對國民黨內部機構的腐敗官僚作風的諷刺。因此這三場演出，演出的戲劇有國外劇目、傳統劇目和現時的社會問題劇，既對外國戲劇藝術有所引進，又對傳統戲劇有所繼承，同時中國的戲劇也在吸收多方創作理論後進行了創新和突破。劇人對戲劇的多方演繹，使得戲劇本體在官方的嚴格管控下依然不斷發展更新著。

（二）戲劇理論

與此同時，隨著黨政勢力對戲劇滲透的不斷深入，戲劇可供生長發展的土壤越來越貧瘠，不少的戲劇家對此進行了強烈的斥責和有力的批評，提出了回歸戲劇藝術本體的要求。

在 1943 年開設的《戲劇與文學》就是主要關注戲劇本體發展的專欄，其引入了許多外國的戲劇理論、譯介了許多外國的文學戲劇作品，如在「論戲劇天才產生的基礎（上）」〔註271〕中就介紹了許多外國著名劇作家和他們各自所處的時代環境，如莎士比亞、莫里哀、易卜生、高爾基等。該專欄同時還關注對戲劇藝術的批評，如在「評『家』的兩位導演」〔註272〕中，對賀孟斧

〔註269〕 《中華戲劇學會公演三大名劇》，《新新新聞》，1938 年 7 月 26 日。
〔註270〕 《民族戲劇實驗場京川名票名角聯合大公演》，《新新新聞》，1941 年 1 月 21日。
〔註271〕 《戲劇與文學》第一期，《新新新聞》，1943 年 10 月 5 日。
〔註272〕 《戲劇與文學》第三期，《新新新聞》，1943 年 10 月 14 日。

和章泯這兩位導演對曹禺的《家》這一劇本的處理與演出方法進行了評判和比較。此外，該欄目還注重觀眾、劇評人以及如何培養戲劇藝人等戲劇內部生態的內容，促進了戲劇藝術的發展。

同在此專欄中，借著後期第一屆戲劇節舉行之機，不少劇人提出了戲劇節舉行的意義。此時已為 1944 年，全面抗戰爆發後戲劇從自覺地轉向為抗戰服務到逐漸淪為黨政勢力所控制的工具，黨部出臺的大量禁令條約，專設的許多劇本、劇團、演出審查機構以及戲劇大額捐稅等規定都使戲劇失去了自由生長的空間，戲劇藝術面臨枯萎的困境。此時不少劇人開始反思戲劇的「根」。

賀孟斧認為中國的新興戲劇本就如中國人一樣是「生不知其所以來，死不知其所以去」，它一直是自由發展、自生自滅的，「也正因為它是野生的，它可以呼籲更多的自由，它也獲得了更多的滋長，繁榮的機會。沒有束縛盡情地傾吐，發出正義的直言，說出民眾的心聲」，戲劇始終是和民眾緊緊聯繫在一起的。而在抗戰爆發之後，在革命優先、民族優先的大前提下，戲劇自發地為抗戰服務，但戲劇卻在黨政勢力的深入管控下「在不知不覺之門，跳進了一個真空管，它窒息了，最多也只是在喘息，它缺乏了新鮮的呼吸，它不再是民眾的心聲。」而是被「作為美麗的裝潢戲劇從野生進入了宮廷，變成了『內廷供奉』，變成了粉飾明面的圖書，變成了記錄工作的專車。戲劇離民眾愈遠了，它給自己砌起了無數道牆垣，把民眾隔離在門外。」戲劇被工具化的同時脫離了民眾、脫離了鄉土母體，戲劇因此是死的戲劇，它既沒有為藝術而藝術，也沒有為社會而藝術，而是成為黨政勢力任意操縱的玩偶。

在此種情形下，賀孟斧熱情呼籲要讓戲劇「跳出這真空管，推開這高大的垣牆，再讓戲劇回歸到野外來，無拘無束，呼吸自由的空氣，作為民眾的心聲」〔註273〕，這也就是回歸到戲劇本體，回歸到最初戲劇與民眾密不可分的關係中，回歸到戲劇生之本源的民間生活。

除戲劇演出和戲劇理論兩方面外，也有戲劇界人士將視野投向了國際，在國外廣泛開展戲劇活動，如在《新新新聞》1942 年 3 月 22 日的新聞中報導的「美人歡迎中國戲劇」〔註274〕，中國的《王寶釧》一劇即將在美公演，1948 年 7 月 1 日的新聞中又報導了「世界戲劇研究會，余上沅任宣委會主席」，

〔註273〕《戲劇與文學》第十七期，《新新新聞》，1944 年 2 月 15 日。
〔註274〕《美人歡迎中國戲劇》，《新新新聞》，1942 年 3 月 22 日。

「我國話劇代表團余上沅，熊式一等一行，於廿七日抵布拉格，出席昨日開幕之第一屆戲劇研究會之大會，開幕時到有二十一國代表四十人」，而這次會議的主要內容有「考慮各國交換學生研究戲劇藝術之計劃。」〔註275〕；由此可見，這一時期內中國戲劇的發展與國際的戲劇發展的步伐同步邁進，既吸收了外來的戲劇創作、藝術思潮等，也將中國某些特有的戲劇藝術帶向了國際。通過對1937年全面抗戰爆發前後的戲劇活動進行梳理，戲劇從娛樂到抗戰的功能性轉變得以凸顯，與之相應則是戲劇發展的兩條線索。從全面抗戰初期劇人自發地轉向抗戰到後期黨政勢力對戲劇管控的逐漸加深，既是戲劇逐步受到重視的體現，又是戲劇逐漸工具化、失去生命力的體現。官方對戲劇的嚴格管控雖使劇人工作的開展更有組織化、效率化，但是在根本上也讓戲劇漸漸成為黨政勢力用以思想教化以及牟取利益的工具，戲劇發展離開了其根生的民間土壤，失去了與大眾的緊密聯繫，因此逐步邁入了「真空」之中。但在這同一時期，依然有劇人堅持著對戲劇本體的追求，在因受官方管控而逼仄的空間中堅持著對戲劇的繼承和更新，同時熱烈地向社會呼喚回歸到戲劇本體中、回歸到戲劇的原生土壤中來進行戲劇創作。這應對當代的戲劇發展乃至任何藝術創作都有啟示，包括戲劇在內的任何藝術創作都不是無源之水、無根之木，它們的源與根就在民間鄉野，就在這充滿著美與丑、愛與恨、勤勞與懶惰、質樸與狡詐等熱烈動人民性的大千世界中。

〔註275〕 《世界戲劇研究會，余上沅任宣委會主席》，《新新新聞》，1948年7月1日。

餘論　從衰微到消亡——20世紀戲曲生態演進

　　論及 20 世紀中國戲曲的發展，以往的研究成果多以成就論，統而論之。事實上，20 世紀中國戲曲若以生態演進趨勢而言，呈現不可逆轉之衰微態勢。20 世紀戲曲衰微的歷史，是百年中國戲曲生態演進之基本面貌和客觀狀況。而論及戲曲衰微之歷史與戲曲生態演進之過程，有三個基本階段：鄉土母體文化生態階段，都市畸變戲劇生態階段，改良革新與現代化階段。以大的歷史分期而言，則主要以建國為分界線，前半部分是鄉土的解體與畸變都市的最終終結；後半部分則前承戲曲改良之精神，後接續延安戲劇改革之紅色主體文化藝術特質，開啟人民戲劇生態與戲劇現代化的新的生態格局。遺憾的是，新的人民戲劇生態格局經過特殊時期的停滯與衝擊，進入新時期以後，難以為繼。轉而回歸鄉土傳統與都市現代化二元格局，而新的二元格局不僅疊加了民國戲曲生態的癥結，還加入了新的時代阻礙元素。最終，在經歷了戲劇探索、戲曲化與寫意化，都市化與現代化，回歸傳統與創新，非遺與博物館化等一系列局部生態修正之後，最終邁入 21 世紀的戲曲消亡階段。從 20 世紀戲曲生態衰微到 21 世紀戲曲消亡，教訓是極為深刻的。

　　20 世紀的世紀之初，中國戲曲生態格局深受社會文化變遷之影響，同時又具有相對的獨立性。社會文化之影響與戲曲生態的獨立品格之間，形成一個巨大而無形的張力。簡而言之，社會變革要求戲曲生態注入時代強音，包括思想變革，藝術形勢的西化與現代化等。而事實上，需要特別指出的是，20 世紀初期，恰是中國戲曲生態的本體層面，尤其是本體表演層面處於藝術

審美峰值的特殊時期。以表演為中心的美學生態本質，很難被改變。更為特殊的事實是，影響戲曲生態整體嬗變的母體文化要素——鄉土文化，在 20 世紀初面臨解體。因此，維繫戲曲生態體系穩定的主要因素和根基，係於本體藝術層面的以表演為中心的美學體系。作為社會變革浪潮的戲曲改良，並未對戲曲生態產生根本性影響。變革思想並未成為戲曲生態新的母體文化推動力量。同理，同一時期的西化觀念，時裝新戲等，都不可能成為戲曲生態體系的主流。

20 世紀前半葉，戲曲生態演進的核心推動力量，依然是依靠傳統的鄉土文化生態基礎上的表演為中心的本體生態，進行為生存而衍生的生態模式。換言之，生存是根本目的，鄉土文化體系之上的戲曲生態，以表演為中心的本體審美特質，依舊是生態之主流。然而隨著鄉土的不斷瓦解，都市化成為戲曲生態發展嬗變的基本趨勢。鄉土—都市二元格局，基本確立。然而這一格局注定是無法延續的，因為鄉土的瓦解隨著半殖民地半封建社會的性質確立，必然崩塌；而民國都市的都市精神的不自洽和畸變，又注定無法為戲曲生態提供新的文化母體。因此，民國鄉土—都市二元格局的本質，是搖擺與鄉土—都市二者之間的苟延殘喘。鄉土被逐漸拋棄，都市畸變審美趣味更難以真正進入戲曲審美核心，戲曲生態事實上已經步入衰微的進程。

希望存在於兩個方面，一是如三慶會、易俗社等鄉土生態基礎上的戲曲組織，企圖調和鄉土、都市的文化矛盾，將都市作為鄉土的延續。在藝術上，則保留鄉土戲曲生態的民俗性與表演中心主義，以移風易俗，啟迪民智，提供人民精神食糧為宗旨，取得了一定的成績。此外就是延安的戲劇改革和歌舞劇運動，以紅色文化為母體文化，充分利用，乃至創新歌舞演故事的戲劇內涵，建構新的戲劇生態，也取得了重大成就。而這兩個方面殊途同歸的方面，是以人民性作為新的母體文化要素，以為人民的審美追求，重新確立戲曲的母體文化與本體生態，進而適應新的時代和社會文化生態環境。而事實上，鄉土戲曲生態的根本性要義，也是人民性。換言之，一個健康的戲曲生態體系，其本質就是助推人民文化和審美的進步，而非淪為消閒甚至低級趣味的工具。

建國後，戲曲改革，傳統劇目整理，開放禁戲，鼓勵新編歷史劇與現代戲，為人民戲劇生態奠定了良好的基礎。在母體文化層面，重拾鄉土的精華性，人民性因子，同時注入新社會的文化要素和現代化的文化訴求；在本體

層面，不僅尊重並發掘以表演為中心的美學因子，以傳統戲和老藝人為審美範式進行本體藝術傳承，還注入劇本創作意識，加入現代戲劇創作審美因子；在外部生態層面，提倡戲劇為時代服務，為社會服務，成為真正的人民藝術。雖然有一些注入，比如導演制、劇本制、斯坦尼體驗性表演等並不符合中國戲曲生態實際，但整體而言，戲曲生態從民國的衰微狀態獲得一定的恢復。然而隨著時代環境的變遷，現代戲取代了戲曲生態的整體。在特殊歷史階段，戲曲生態的體系被嚴重破壞，僅殘存寄於藝術家的表演本體生態要素。

　　新時期以後，借助老藝術家和傳統戲的戲曲生態遺留，以及國家的文藝政策，力圖恢復建國初期的人民戲劇生態。然而在戲曲生存危機的根本性要素影響下，事實上戲曲生態回歸了鄉土—都市二元格局。鄉土的解體貫穿二十世紀，新的都市文化在多元文化時代的裹挾下，難以真正給戲曲生態留存足夠的文化和生存空間。雖然歷經戲曲探索，都市化與現代化，傳統文化與經典化，戲曲化與寫意化，非遺保護與傳承等一系列生態修復。但無法逆轉戲曲生態整體衰微的趨勢。母體文化缺失，本體傳承斷裂，外部生態嚴重擠壓，是 20 世紀戲曲生態衰微的根本原因。而以創新、思想性、行政性等非戲曲生態要素因子為指揮的形勢下，戲曲生態步入新世紀。在對戲曲生態體系和嬗變規律嚴重漠視，對藝術規律嚴重忽略的情況下，戲曲生態的繼續演進事實上已經陷入停滯，直至終結。而隨著本體層面傳承的斷裂，戲曲生態整體或局部博物館化，也喪失可能。戲曲生態最終步入消亡的歷史：母體文化徹底斷裂並無法重新激活或取代；本體層面徹底喪失美學意義上的獨立性，變異為非藝術或異端藝術；外部層面喪失根本性存在土壤和根基。而值得深思的是，戲曲的鄉土母體文化事實上依舊存在，並在都市有所延續；戲曲的本體在歌舞和詩意等層面依然且必然延續；外部生態層面也必然呼喚民族本體藝術。換言之，戲曲生態之衰微與消亡，本非必然。

一、鄉土母體文化的解體與民國都市文化的畸變

　　中國戲曲史經歷了「花雅之爭」與徽班崛起之後，又迎來了京劇的輝煌和小戲的崛起。可以說，19 世紀中後期是戲曲生態最後一個高峰，也是鄉土—都市二元生態格局最後的良性範本。之所以成為高峰，是因為這一時期直至 20 世紀上半葉，鄉土文化隨著移民進入都市，鄉土文化滋養下的小戲隨著商業逐利亦進入都市。新興都市涵蓋了戲曲生態的完整體系。雖然鄉土小戲

和民間母體文化在都市化的過程中，拋棄了相當的教化和勸善內容，流於土俗甚至低級趣味，但其內核仍然是以滿足都市中下層，帶有強烈鄉土文化訴求的市民精神文化所需。小戲在全方面與都市京昆等大戲共同佔據著都市戲劇市場。然而這樣的生態格局是注定極其穩固的。

第一，新興的都市，需要建構新的都市文化內核，諸如文明、衛生等等。因此，採取了對戲曲，尤其是小戲的激烈地禁燬和打壓，只能借助租界等文化飛地進行繁衍和發展。與此同時，都市中下層觀眾的文化訴求，事實上隨著鄉土文化的解體，更加流於惡俗。小戲的文化和藝術品格，難以為繼，不得不轉向符合都市文化訴求的大戲看齊。誠如傅謹所言：

> 20 世紀初，中國戲劇領域出現了大量由「小戲」發展形成的新劇種，形成一場聲勢浩大的「新劇種運動」。滬劇、越劇、評劇、楚劇等劇種形成與發展並且日漸擴大其在演出市場中的影響，從中足以看到這場新劇種運動的過程與內涵。新劇種的迅速崛起與中國近代的城市化進程有著密切的關聯，面對政府與行會的雙重壓迫，新興城市的娛樂需求以及租界的存在，都成為這些小戲勃興的重要推動力。同時，小戲在美學上努力模仿大戲，汲取其藝術積累與經驗，是它們的主要發展路徑。新劇種的發展改變了中國戲劇原有的美學秩序，但是它並非只對秩序構成挑戰，同時還表現出另類的歸化。〔註1〕

小戲的歸化，小戲走向大戲，事實上宣告了母體生態的藝術源頭的斷流。而隨著鄉土文化的解體，新的小戲孕育的可能也被斬斷。進入都市的小戲，能否真正與大戲一道，脫離鄉土戲曲生態，建構獨立的都市戲劇新生態呢。需要指出的是，20 世紀上半葉的中國都市，是不具備獨立的都市文化品格的。都市大戲的美學規範，並不完善，仍然是以滿足都市觀眾的趣味，追求商業價值為第一位。因此，小戲在禁燬和求生存之際，放棄了鄉土文化訴求，在大戲化的過程中，逐漸喪失了獨立的藝術和美學品格，最後成為僅具聲腔意義的所謂大劇種。事實上，在戲曲生態意義上，已經不具備繼續演進，更不具備孕育新的戲曲生態的能力。從這個意義上而言，小戲大戲化、都市化，乃是源於鄉土文化解體的戲曲消亡史源頭。

〔註1〕傅謹《「小戲」崛起與 20 世紀戲劇美學格局的變易》，《戲劇藝術》，2010 年第4 期，第 43～55 頁。

　　第二，如果說小戲反映的母體鄉土文化的解體和戲曲母體文化生態的斷裂，那麼都市大戲的發展，則反映了戲曲本體生態的淪落。而這一切，都受到外部生態的強烈影響。筆者曾分析過啟蒙者魯迅的戲曲觀，其中核心的觀點就是：

　　　　魯迅在文學成就以外，其對傳統文學藝術的研究也頗有成就，集中體現在小說和戲曲領域。魯迅的戲曲觀，乃是在鄉土母體文化的背景下滋生，受到五四新文化運動啟蒙精神的感召，具有極強的鄉土意識和時代革命精神。在魯迅看來，鄉土母體文化滋長的民間民俗戲曲藝術，是值得同情地理解的；兼具傳統鄉土母體文化基因與時代啟蒙精神的改良戲曲，也是值得激賞的；然而與鄉土母體文化斷裂，與時代啟蒙精神無涉的都市雅致京劇，甚至精粹如梅蘭芳博士，都是需要加以批判地理解的。〔註2〕

　　也即是說，都市雅化、精緻的戲曲藝術，反映了都市戲曲生態對戲曲藝術的嚴苛要求，但另一方面，切斷了戲曲本體與母體文化的聯繫，使之成為僵化的記憶追求和玩賞興趣。這樣的精緻化的表演藝術，在戲曲生態的意義上而言，是僵死的。

　　第三，都市文化自身品格的不能成立，加劇了戲曲母體文化生態的斷裂和本體藝術生態的僵化。由於都市─鄉十二元生態格局中，都市文化品格不能自洽，因而加劇了對鄉上文化的打壓以提高自己的位置。

　　　　二十世紀上半葉，是中國戲曲生態格局發生重大轉折的關鍵歷史時期。總體而言，清代中後期形成的戲曲生態格局，在二十世紀以後，受到多重外部生態要素影響，不斷發生改變。其中，從鄉土到都市的變遷，是所有影響要素中最大的影響因子。內在的母體鄉土文化的驅動力漸次減弱，戲曲不再單純敘說農耕文明與傳統封建士大夫主張的文化價值體系。戲曲本體生態雖然延續了清代中後期戲曲生態體系中的精緻化表演傳統，但都市興起的新的觀劇訴求，又在悄然內耗著戲曲表演的體系。尤其是西方舞臺經驗和技術的傳入，以及商業化票房的驅使，母體生態、本體生態隨著外部生態嬗變，隨著母體文化的驅動力喪失，都市戲曲新生態的獨立品格訴求

〔註2〕吳民《魯迅戲曲觀及其對當下的啟示──兼與南京大學陳恬商榷》，《戲劇文學》，2015 年第 6 期，第 4～12 頁。

突出。即都市戲曲生態體系對鄉土生態體系的取代之勢，不斷抬頭。
然而這注定是無法完成的歷史任務。晚清民國報刊所載「應節應景
戲」「義務戲」則反映了民國戲曲生態由鄉土向都市嬗變過程的艱
難，以及注定無法完成的命運。〔註3〕

而事實上，這種擠壓不僅針對母體文化，也針對戲曲本體。都市文化的
不自洽，讓戲曲生態陷入畸形的發展。一方面，文化的缺位，引起了對鄉土
文化的更加輕視，以及對惡俗低級趣味的迎合。另一方面，文化的不自洽，
轉變為對戲曲本體表演的畸形化擠壓，從精緻化、雅化表演，到機關布景，
真刀真槍，暴力、血腥、情色。建國前，壞戲橫行，可見一斑。

二、從延安到北京──戲改與戲曲生態革新

20世紀上半葉，戲曲生態的演進絕非毫無希望。小戲的崛起和進入都市，
本身即是戲曲生態自我修復和更新的重要途徑。然而由於母體文化的解體，
都市文化的不自洽和不能成立，再加上外部生態的急劇影響，這種自我修復
最終以失敗告終。

與此同時，人為因素也在介入。啟蒙者陳獨秀、傅斯年、劉半農，包括
魯迅、周作人，此外還有戲劇者歐陽予倩，余上沅等等接受了西方戲劇觀念
者，都在努力做一件事情──戲曲改良。更難能可貴的，實際上是戲曲人自
我的救贖和改良。其中陝西易俗社、四川三慶會，都是其中的典範。20世紀
上半葉戲曲生態最和諧的場域，易俗社、三慶會這些班社，當有一席之地。

然而，無論是思想改良，還是內容改良，都無法阻擋戲曲生態體系性格
局的發展步伐。改良的成功之處，一部分事實上是回歸了鄉土母體，一部分
則是以宣教代藝術，犧牲了藝術的部分品格。這一點，過去很長一段時間，
學界不願意承認。而今天我們不得不承認，改良並未重構和改進戲曲生態，
而是延緩了生態演進，或偷換了戲曲生態的部分內核。其功績，是留下了寶
貴的經驗，留下了大量經典可傳的作品。

真正的希望，來自全民擁護的延安戲改和紅色文化。延安秧歌劇運動和
平劇改革，以紅色文化為母體，以民間戲曲本體為藝術表達範式，以適應解
放區政治、社會生活為旨歸，取得了可喜的成績。

〔註3〕 吳民《從鄉土到都市：晚清民國報刊「應節應景戲」「義務戲」史料與近代戲
曲生態嬗變》，《新疆藝術學院學報》，2019年第3期，第90～99頁。

　　抗日戰爭初期「舊瓶裝新酒」改革方式的失敗，以及話劇界「大戲熱」的盛行，促使延安戲曲界開始探索新的改革方式以適應時代的需求。以延安平劇院成立為開端，以《逼上梁山》的編演為標誌，延安戲曲界探索出一種新的戲曲改革模式。這種改革模式在劇目創作上呈現出思想第一、題材內容具有現實針對性以及集體創作三個特色。在表演方面打破京劇的傳統角色體制，創造出融合多個行當於一體的新角色形式，並且在念白和程式方面有新的發明和創造。延安戲曲改革為解放戰爭時期的戲改試驗以及新中國建立後大規模開展的戲改工作奠定了基礎。〔註4〕

　然而戲改的延安模式並沒有獲得戲曲生態重構意義上的延續，同樣沒有獲得重視的還包括梅蘭芳模式和田漢模式。這些有益的生態重構努力，最後被歸為一種強烈理想主義的現代化，力圖開創一個全新的藝術世界。而這顯然是不符合戲曲生態演進規律的。建國後的戲改，曾力圖重構一個社會主義戲曲的新生態體系。

　　具有強烈理想主義情懷的新政府決不滿足於單事勝利和政權更替，更要在所有方面──包括戲劇──建立一個全新的中國，戲劇改進（以下簡稱戲改）就是這個雄心勃勃的新政權在傳統戲劇領域的努力。那麼，傳統戲劇──至少其中的「毒素」，會像國民黨那樣不堪一擊嗎？〔註5〕

　在這個過程中，做了很多努力，其中 1956、1957 年兩屆劇目工作會，尤其是 1957 年，曾放開了一批劇目。

　　這些年來我們舞臺上只剩下幾齣戲在「苟延殘喘」，我把「成事不足，敗事有餘」這樣的文字來加在戲改幹部的頭上了。這樣的說法我自己越看越覺得不對頭。造成戲曲舞臺上節目稀少的景況有許多客觀原因，結合這次黨內整風正是為我們的一切工作，包括戲改工作在內的好好地徹底地進行一次檢查的機會。〔註6〕

〔註4〕任榮《論延安戲曲改革的特色和意義》，《文藝研究》，2014 年第 5 期，第 97 ～106 頁。

〔註5〕傅謹《「戲改」八年──優秀傳統文化命脈如何延續》，《南方文壇》，2021 年第 4 期，第 5～10 頁、第 27 頁。

〔註6〕吳祖光《吳祖光同志的來信》，《戲劇報》，1957 年第 12 期，第 9 頁。

　　然而此後隨著意識形態領域的風向轉向緊張，現代戲成為戲曲生態體系的最後留存。事實上，宣告了建國後戲曲新生態體系的流產。

　　在這個過程中，有幾個問題值得一提。第一個就是關於精華和糟粕的問題。

　　　　建國初期，「壞戲」遭到禁演。這些「壞戲」大部分都曾經是舞
　　　　臺上的常演劇目，在這些劇目的盛行與被禁之間蘊含著戲曲藝術接
　　　　受（包括一些低級趣味，如色情、兇殺、暴力等）與國家政治教化
　　　　的極大鴻溝。而 1957 年對禁戲的全面解放，是國家在意識形態層
　　　　面第一次向藝術接受規律妥協，但這種妥協必然是不徹底的，也必
　　　　然是短暫的。超越政治教化以外太遠的藝術，或是完全依附於政治
　　　　的藝術，都必然是短命的。〔註7〕

　　事實上，即便是在意識形態主流話語的影響下，戲曲生態亦然頑強保留著母體文化品格及其民間話語立場，依然頑強延續戲曲本體藝術品格，以最大程度適應外部生態的變化。如「越劇《碧玉簪》借助諧謔的力量，將悲劇扭轉為喜劇，傳遞出對世俗人生的執著，彰顯其民間話語立場。」還通過「送鳳冠」這一極具成人儀式的關鍵性情節彌合民間趣味和主流意識形態〔註8〕。莆仙戲《團圓之後》歷經「初稿本」「選集本」「文藝本」「劇本版」「電影本」「修訂本」六個版本〔註9〕，亦是戲曲生態不斷自我修復的一個重要而成功的範本。一個良性的戲曲生態體系，從來不懼怕傳遞思想，適應環境。然而，隨著意識形態為主導的加劇，戲曲生態已經漸漸不堪其重。而更為致命的是，上層話語以西方話劇的觀念，以戲曲藝術現代化的訴求，蠶食和肢解戲曲生態的體系性和完整性。在這個過程中，瀕危戲曲現代化、戲曲藝術話劇化和地方小戲大戲化〔註10〕，戲曲生態體系結構被逐步瓦解。

　　一個特殊的例子，是福建的古老劇種梨園戲。

〔註 7〕吳民《政治禁演與民間風情的悖謬——建國初期「壞戲」藝術趣味重估》,《戲劇（中央戲劇學院學報）》，2015 年第 3 期，第 57～67 頁。

〔註 8〕張豔梅《諧謔的力量：從越劇〈碧玉簪〉看「戲改」中的話語裂隙與彌合》，《戲劇藝術》，2021 年第 3 期，第 118～126 頁。

〔註 9〕黃靜楓《莆仙戲〈團圓之後〉文本創改始末》,《戲劇藝術》，2021 年第 3 期，第 102～117 頁。

〔註10〕鄒元江《「戲曲現代化」焦慮與當代戲曲發展的未來走向》,《戲劇（中央戲劇學院學報）》，2021 年第 1 期，第 89～117 頁。

　　在梨園戲的搶救領域，可以看到相對精英化的傳統如何與國家
　話語結盟，共同抗拒捨棄民間力量。梨園戲堅守劇種傳統、以繼承
　為劇種劇團存續主軸在「戲改」時相當獨特。〔註11〕

　　梨園戲等福建古老劇種的獨特戲改遭遇，一直到新時期以後，乃至新世
紀以後，都為福建戲曲生態的重構，提供了長效的動力，不得不說是一個不
小的奇蹟。與福建戲曲的幸運相比，變革依然是主旋律。然而，這個奇蹟並
不具備廣譜效應，更不足以成為戲曲生態重構的根本性動力。相反，更多的
傳統戲曲生態的母體文化因子，本體訴求被批判。1960 年，中國戲劇家協會
的機關刊物《戲劇報》陸續發表 15 篇文章，針對張庚在 1955～1958 年發表
的多篇文章和講話提出批評，其中最主要的批評內容，是張庚有關「忠孝節
義也有人民性」的觀點〔註12〕。為了彌合戲曲生態斷裂和垮塌帶來的效應，
導演制承擔了無法承受的藝術之重。

　　在全國戲曲領域推行與建立導演制是「戲改」的重要內容之一。
　《新戲曲》雜誌 1950 年 8 月 25 日主辦的「如何建立新的導演制
　度」座談會，全曲討論了建立導演制的意義、目標與路徑。但參會
　者對傳統戲曲的演劇體系及生態未有深入瞭解和考察，此後導演制
　的推動過程步履維艱，直到 20 世紀 80 年代後戲曲導演制才真正逐
　步成為現實。戲曲導演制的引進改變了中國傳統戲的劇目創作模
　式，有效地推動了戲曲演出的整體性與規範化，重塑了戲曲演出生
　態。但是，導演制的建立和推廣，亦使劇目乃至戲曲在整體上失去
　了不斷自我更新的活力，窒息了演員自由創造的空間，更失去了原
　有的民間性。〔註13〕

　　戲曲導演制，從根本上而言，是以導演的個人藝術修為，取代戲曲生態
體系化、整體化的藝術本體審美規律。更進一步，以導演個人化的趣味，取
代戲曲生態體系範疇內的民間趣味和本體藝術旨歸。這也進一步說明，政府
對劇團干預過度，讓戲曲與市場脫鉤；限制了劇種藝術在更大範圍內的傳播，

〔註11〕白勇華《新文藝的介入和舊傳統的新生——「戲改」過程中梨園戲的搶救》，
　　　　《戲劇藝術》，2021 年第 1 期，第 128～139 頁。
〔註12〕傅謹《「忠孝節義」有什麼不好》，《中國圖書評論》，2007 年第 12 期，第 13
　　　　～18 頁。
〔註13〕傅謹《戲曲導演制的引進與得失平議》，《文藝研究》，2020 年第 10 期，第 88
　　　　～101 頁。

弱化了戲曲的生命力〔註14〕。一個鮮明的印證，就是伴隨著導演制度下的革命現代京劇的正式亮相，農村現代戲逐步於主流話語浪潮中悄然退場〔註15〕。戲曲現代戲的現代追求，成為主流意識形態關照下的革命訴求。因此，引入導演制度，背後隱含的實為意識形態的力量。改革開放以後，「戲曲化」的提出〔註16〕，則是一種撥亂反正。可惜的是，戲曲化本身，爭論頗多，莫衷一是，這一點，後面還會論及，此不贅述。

1964年京劇現代戲觀摩演出大會，再次重申：戲曲必須成為我們時代的鏡子，鼓舞人民為反對資本主義、封建主義和一切反動勢力而鬥爭〔註17〕。演出的大小三十五個劇目，每個劇目都寫了評介。人民日報、光明日報、北京日報做到了「每劇必評」〔註18〕。戲曲改革，不是別的，是指毛澤東文藝思想體現在戲曲傳統問題上，以至一切文化傳統問題上所提出的「百花齊放，推陳出新」的指導方針及其貫徹在民族戲曲方面全部的工作內容〔註19〕。首先，現代劇目和政治結合，和生產結合，而且這個結合是表現在為社會主義革命、為社會主義建設服務，宣傳總路線，反映工農業生產大躍進，用共產主義精神鼓舞勞動人民，教育勞動人民〔註20〕。

然而，需要特別指出的是，1964年的現代戲，包括新歌劇、舞劇，很多問題的認識是有偏差的。現代戲的現代化問題且不提，「在民族我曲的基礎上發展新歌劇」，即便在當時，也被指責為是發展新歌劇的「絆腳石」「枷鎖」等等〔註21〕。歌劇的本體，舞劇的本體與戲曲本體並不相同，無法納入戲曲生

〔註14〕 朱恒夫《20世紀50年代戲曲劇團體制改革研究》，《藝術百家》，2020年第5期，第89～96頁、第163頁。

〔註15〕 魏欣怡《被化約的題材：戲曲現代戲的革命化趨向》，《北京電影學院學報》，2020年第4期，第93～103頁。

〔註16〕 傅謹《20世紀戲曲現代化的迷思與抵抗》，《戲劇藝術》，2019年第3期，第1～17頁。

〔註17〕 璧《京劇現代戲觀摩演出大會隆重舉行》，《人民音樂》，1964年第7期，第8頁。

〔註18〕 華代《京劇演現代戲是文化革命中的一件大事——介紹首都報紙宣傳「一九六四年京劇現代戲觀摩演出大會」的情況》，《新聞業務》，1964年第8期，第13～14頁。

〔註19〕 馬少波《高舉毛澤東文藝思想旗幟正確地對待戲曲傳統》，《陝西戲劇》，1960年第5期，第29～32頁。

〔註20〕 劉芝明《為創造社會主義的民族的新戲曲而努力》，《戲劇報》，1958年第15期，第10～15頁。

〔註21〕 艾克恩《能夠「因噎廢食」嗎？》，《人民音樂》，1957年第6期，第8～9頁。

態的體系，此其一。而悠久歷史的古典劇種：如崑曲，高腔、漢劇、梨園戲，年青的劇種，如呂劇、黃梅戲、錫劇、滬劇、楚劇等等，其各自的本體規定性，及在戲曲生態的位置也不盡相同〔註22〕。如此複雜的戲曲生態問題，在1964年事實上是被嚴重簡單化的。

三、戲曲現代化──鄉土生態的徹底斷裂

　　新時期以後，戲曲迎來了新生的機遇。如果說，民國時代戲曲消亡的緣起於鄉土母體文化的解體和新興都市文化的畸變，從延安到北京則受到主流意識形態過重的思想期待，那麼新時期以後，從某種意義而言，面臨著的卻是雙重的考驗和衝擊。因此，生機時刻恰是危機的埋伏。從80年代中期出現的戲曲危機，是一個不需要爭論的鮮明印證。戲曲生態在新時期伊始的反思主要是兩點：

　　　　一是田漢先生在時針對當時的戲曲工作寫到毛主席教導我們「推陳出新現在是推翻有餘而推進不足」。二是張庚先生曾在一封寫於年代的公開信中說到千萬不能重複「五四」時期的錯誤──盲目崇拜西洋。〔註23〕

　　此外，確立以戲劇作為商品來為觀眾服務的意識，將過去的「劇團演什麼觀眾只好看什麼」（觀眾也有一個撒手鐧，就是「不看」！）顛倒為「觀眾想看什麼，劇團就演什麼」〔註24〕。重新考慮賦予戲劇以商品性而導致的戲劇向注重群眾性、娛樂性、通俗性這「三性」轉變所可能起的作用。歷史的教訓值得重視。古往今來，戲劇衰亡的原因之一，正在於那一時期的戲劇違反了它應有的群眾性等「三性」。這可以說是一種發展規律。

　　20世紀80年代初，「戲曲化」開始成為戲曲新劇目創作的新取向，尤其在遭遇激進的反對意見後，更堅定了張庚等一代戲曲理論家的信念。戲曲化的目標是為了糾正話劇加唱的錯誤傾向。事實上，戲曲化的核心要義應該是戲曲生態化，就是重構戲曲生態體系，而非局部、片面地追求戲曲的表現方法，如程式化、寫意化等等。

　　　　戲曲現代戲創作的理論與實踐得失，「分工論」「話劇加唱」「程

〔註22〕伊兵《謹慎地繼承戲曲遺產》，《劇本》，1956年第112期，第81～83頁。
〔註23〕陳多《「辯證」而後「施治」》，《上海戲劇》，1997年第4期，第43頁。
〔註24〕陳多《戲曲危機與文化市場》，《民族藝術》，1998年第2期，第20～25頁。

式與程式化」是相關討論中最複雜的三個理論問題。在戲曲現代戲創作領域建議京劇等古老劇種和新興劇種有所分工的「分工論」，實際上是為了避免戲曲的工具化而提出的，卻低估了京劇等成熟劇種的題材適應性。對現代戲成為「話劇加唱」的批評，代表了要求戲曲堅守本體的理念。認為戲曲的程式不能很好地表現現實生活及英雄模範人物的觀點，混淆了戲曲具體程式和程式化原則之間的區別。在現代戲創作表演中，所有傳統程式都可以捨棄，但如果背離了程式化原則，就離開了戲曲本體，因此應該是「不要程式，要程式化」。〔註25〕

成熟劇種和新興劇種需不需要分工，如何分工，其實涉及到戲曲生態體系一個十分重要的問題。成熟劇種代表了比較成熟的戲曲本體規定性，而新興劇種一部分是停留於母體文化生態下的小戲，一部分是已經脫離母體文化生態，大戲化的劇種。事實上，母體文化生態下的小戲，具有孕育性，可以不斷豐富本體，創造新生態。然而分工論把這種孕育和創生特性，武斷地處理為肆意地，不按照戲曲生態整體體系性規律進行的閹割和肢解，從而導致戲曲生態體系遭到破壞。而之所以強調程式化，則是對戲曲生態體系性規律的不自覺尊重和回歸。母體生態、本體生態、新生態之間，是一個互動的體系，要尊重這個體系的規律，找到「化」的規律。

現代戲曲的「現代」不是時間範疇，也不是題材選擇，不應是現代思想的宣教工具，不應是現代科技手段的應用，而是具備現代性品格的戲曲創作與演出。新文化運動推動中國戲劇轉型時試圖用散文化的話劇取代韻文式的戲曲的努力未能成功，戲曲現代化的重心才轉向對戲曲的改造。一個多世紀來，戲曲在藝術形態上發生的最重要的變化，就是它從廣場和廳堂藝術轉換為劇場藝術，由此促進了戲曲劇目的整體性傾向和精緻化追求。這些改變或有現代性內涵，但只有在堅持戲曲化的前提下才具積極意義。〔註26〕

然而，將戲曲化的追求，寄希望於導演制度，實際上使劇目乃至戲曲在整體上失去了不斷自我更新的活力，窒息了演員自由創造的空間，更失去了

〔註25〕傅謹《戲曲現代戲的三個理論問題》，《學術研究》，2021年第3期，第144～152頁、第2頁、第178頁。

〔註26〕傅謹《「現代戲曲」與戲曲的現代演變》，《戲劇（中央戲劇學院學報）》，2021年第1期，第74～88頁。

原有的民間性〔註27〕。是不符合戲曲生態規律的。20世紀戲曲的藝術形態出現重大變化，這一變化的動因主要源於「戲曲現代化」的迷思。戲曲的「現代化」，包含了戲劇內涵、戲劇形態和戲劇體制這三大方面，當其涉及戲曲藝術形態這一根本特徵時，立刻遭遇強烈的反抗〔註28〕。

　　事實上，在戲曲現代化的過程中，不僅傷害了成熟劇種的戲曲本體和母體，還拔苗助長式的導致了諸多母體生態小劇種的死亡。戲曲母體文化孕育的小劇種，經過人為的拔高，成為了所謂的大戲劇種，這是戲曲走向消亡的又一個重要原因。

　　　　本文作者以自20世紀50年代初其親歷的浙江淳安「竹馬—採茶—睦劇」實況為切入點，考釋「竹馬」「採茶」（及其別稱「花鼓」「花燈」）、「茶馬」「竹馬」與「採茶」的歷史淵源，考察其現況，析述此類「戲弄」扮演的特徵，以及對此類本以「戲弄」扮演為主的戲劇活動在解放後演化為「戲文」的過程及收效提出反思。〔註29〕

　　1983年，《中國戲曲志》「長沙會議」，江西的流沙說：「你們浙江一個小小的『睦劇』，在《（中國）大百科（全書·戲曲卷）》裏佔了400字；我們江西有30多個『採茶戲』劇種，個個都是大大的，總共只占3500字，不大公平吧。」洛地先生說：「這個小小的所謂『睦劇』，是施振楣、金孝電和我在1954年『發明』的〔註30〕。在造劇運動過程中，睦劇這樣的劇種，一出現，其實就已經走向消亡。這是近年來劇種消亡的重要原因之一。」

　　　　戲曲藝術的危機和消亡，是一個發展過程，非瞬間斷面。戲曲危機事實上貫穿整個中國戲曲發展史，戲曲消亡的歷史，則源於20世紀初，到21世紀以後成為不可逆轉、無法新生。消亡與危機的區別在於，前者的藝術生態僵化終結，而後者則可延續藝術生態的活性，可以實現新陳交替。21世紀後20年，鄉土、都市二元戲曲生態步入終結，而在現存的戲曲生態元素殘餘，暫無法融入、重構新

〔註27〕 傅謹《戲曲導演制的引進與得失平議》，《文藝研究》，2020年第10期，第88～101頁。

〔註28〕 傅謹《20世紀戲曲現代化的迷思與抵抗》，《戲劇藝術》，2019年第3期，第1～17頁。

〔註29〕 洛地《跳竹馬，唱採茶》，《浙江藝術職業學院學報》，2008年第1期，第9～18頁。

〔註30〕 洛地《竹馬—採茶》，《中華藝術論叢》，2007年第7輯，第249～266頁。

的戲曲生態體系。而隨著戲曲母體文化生態的凋零，本體生態傳承的失效，進入博物館的意義也逐漸趨於弱化和虛無。在這種情況下，一旦外部生態圈層徹底放棄戲曲生態元素殘餘，或肆意曲解、畸形化戲曲生態殘餘，則戲曲新生態或徹底喪失演進可能。屆時，宣告戲曲藝術的終結，則絕非危言聳聽——戲曲生態徹底失活，且博物館化也無從實現。

中國戲曲發展史，實質並非戲曲文學發展史，也非單純的戲曲演劇發展史，而是戲曲生態演進史。過去很長一段時間，包括當下，學界理解戲曲史，或陷於文學、曲學觀；或限於場上、案頭矛盾說，很多問題，就無法釐清。其中關於戲曲的生命延續問題，尤其難以討論。以文學論，戲曲文學史從未斷裂，即便到今天，編劇隊伍十分龐大，完全可以延續戲曲文學的生命。以場上演劇論，舞臺上仍將不斷有新的劇目上演，似乎根本無所謂危機，更遑論消亡。因此上世紀八十年代關於戲曲危機的大討論最後的結論就是：戲曲危機是可以通過現代化、通過探索創新、通過都市化、通過豐富傳媒手段等加以解決的。戲曲消亡論，是民族文化虛無主義，是危言聳聽。與此同時，戲曲振興、戲曲探索、戲曲都市化與現代化、戲曲電影電視、戲曲歌曲、戲曲大製作、戲曲交響史詩、實景戲曲與園林戲曲、小劇場等可謂是層出不窮。21世紀初，還曾出現了崑曲熱、京劇熱，出現了不少成功的戲曲綜藝節目，影視作品。在國家舞臺藝術精品工程，各類藝術評獎的推動下，還湧現了不少佳作。在這樣的形勢下，為什麼還要講戲曲消亡的問題呢？

因為戲曲消亡的歷史，貫穿戲曲生態發展的全過程。戲曲藝術自誕生之日起，就已經進入消亡的歷史。而對於中國戲曲史而言，綿延數百年，頑強地以生態體系的活性嬗變來創造新的生機和活力。而民間—文人、鄉土—都市的二元生態格局，保證了戲曲本體生態的藝術活力，保證了戲曲母體生態的文化供給，同時也為戲曲外部生態的適應規定了最佳路徑。達則入廳堂、宮廷，趨於雅化精緻；窮則守鄉土，闖江湖，趨於風情而多趣味。與此同時，在母體文化堅持上，固守民族民間信仰，滋潤民族生命情感，成為民間審美、精神信仰的重要載體。而尤為值得一提的是，即便是文人介入最深的明代中後期，民間鄉土戲曲生態依舊繁盛，且不斷創造新的生態因子：民間小戲。在這樣的戲曲生態體系中，母體文化、本體生態、外部生態、新生態，互為聯繫，相互滋長。

　　20世紀初的外部生態劇變，是中國戲曲當代消亡歷史的第一次推波助瀾。也即是說，戲曲消亡史的真實發生階段在20世紀初到21世紀的百年時間。需要重點指出的是戲曲消亡其核心本質在於生態演進之終結，而非戲曲生態要素的清零。在關於戲曲生態的主客觀動因中，人為的因素更應該被研究。雖然說戲曲生態演進終結意味著戲曲消亡，但由於戲曲生態要素尚存，能否在將來重新建構生態體系，實現重生，並非是毫無可能。

四、戲曲都市化──都市戲曲生態畸變

　　戲曲的都市化，則在另一個層面印證了戲曲消亡的必然走向。以當下影響最大的編劇羅周為例，其作品以歷史題材為主，然而其歷史化的「再演繹」，既非歷史劇意義上的藝術真實，又非藝術本真意義上的化史為藝，而是相對個人主義的自由發揮，在各種特徵上較為明顯地切近網絡文藝創作〔註31〕。這樣的作品，在某些劇評家看來，是所謂都市化、現代化的代表作，是所謂第四種戲曲美。如趙建新就曾為羅周辯護道：

> 看了薛若琳先生批評羅周女士的文章《尊重歷史合理虛構──談羅周編寫的兩部歷史劇》之後，在敬佩作者歷史考據工夫之餘，筆者不免又有些吃驚和疑惑。吃驚的是，在史劇觀爭論了近百年之後，竟還有學者堅持史劇創作必須符合歷史文獻這樣的觀點。〔註32〕

　　其實趙建新並沒有理解到薛若琳批評的關鍵重點。其實，對於戲曲藝術而言，歷史題材作品中歷史素材和歷史觀的運用，需要遵守的是戲曲本體性的藝術審美原則。比如當行本色，就是中國戲曲美學史一以貫之的本體性審美規律。之所以戲曲舞臺的歷史素材不能完全個人化處理，就是因為過度個人化的肆意處理歷史，必將嚴重傷害戲曲當行本色的本體規定性。

　　在歷史劇中，歷史融入戲劇之後，要服從戲劇假定性的整合。但是，歷史人物有他們的行為準則，最好不要輕易突破其人格底線。虛構是必要的，但不要任性而為。藝術允許「極致」，同時也要慎用「極致」，因為「極致」是把雙刃劍，既可衝擊目標，也可傷及自身。歷史劇要明確戲劇的主導地位，但尊重

〔註31〕高媛《「同人」化和「網感」──羅周劇作中的網絡文藝創作色彩》，《戲曲研究》，2020年第3期，第135～150頁。

〔註32〕趙建新《「最差的兩折」還是「最好的兩折」？──就羅周的「問陵」「宴敵」兩場戲與薛若琳商榷》，《戲劇與影視評論》，2020年第1期，第29～43頁。

歷史、敬畏歷史，仍然是創作和評論的當行本色〔註33〕。戲曲本體藝術規律中，編劇事實上一直都是隱藏在幕後的，近代以後，戲曲生態的整體風貌上，是以演員為中心，以觀眾為中心。用洛地先生的話說，觀眾是戲曲的上帝，用陳多先生的話說，戲曲就是要為盡可能多的觀眾服務。戲曲舞臺呈現的內容，是說破的內容，是與戲曲審美高度同步的內容。在這個過程中，藝術接受的共鳴是第一位，思想的灌輸和植入，是並不被認可的。從這個意義上而言，羅周高度個人化的作品，可以是一種嘗試，但絕不可能成為範本〔註34〕。

事實上，偏離了戲曲本體規定之本色當行，過分拔高編劇思想和個人抒發的作品只能是羅周的作品，而非是戲曲生態意義上的本體性作品，更不是新生態作品。這樣的作品，在明清，是為案頭之作。而在當下，因為戲曲生態失衡，戲曲走向消亡，場上之作難以為繼，把案頭之作捧為圭臬，只能加劇戲曲消亡的速度和進程。如果把這樣的個人化的偏離戲曲生態本體和體系的作品，作為戲曲生態發展的參照物，相當於是嚴重畸形化處理戲曲生態的發展問題，是戲曲消亡的重要推動力。事實上，比羅周更熟悉和接近戲曲本體的劇作家還有很多，比如魏明倫、王仁傑、鄭懷興、羅懷臻，等等。然而，如魏明倫之於川劇，魏自己坦言，戲曲的前途命運是悲觀的。只不過魏明倫沒有解釋清楚悲觀的原因，原因恰恰在於，當一個劇種把生態存續之希望，寄託於某個劇作家或導演，而非生態體系的整體建構，注定是難以為繼的。近年來，意識到這一問題的學者並不多，但並非沒有。

> 川劇作為中國五大劇種之一，集合了「昆、高、胡、彈、燈」諸多戲曲聲腔的精華，至 20 世紀初基本形成了自己「幫、打、唱」及「富含絕技」等獨特的藝術品格。新中國成立後的 30 年來，「川劇振興」帶動了一大批劇作的探索，培育了一大批演員，獲得了各項大獎。與此同時，30 年來川劇市場不斷萎縮，農村與都市民間川劇境況不容樂觀，傳統劇目保存與傳承困難，新創劇目的民間吸引力屢弱且未能持久，有的更不適合非大劇場的民間推廣演出。此外，優秀川劇演員的斷層現象嚴重，川劇教育的力度與廣度不夠，青年從事川劇事業

〔註33〕 薛若琳《再談歷史劇史實與虛構的關係──與趙建新同志商榷》，《中國戲劇》，2020 年第 8 期，第 16～20 頁。

〔註34〕 薛若琳《尊重歷史 合理虛構 談羅周編寫的兩部歷史劇》，《中國戲劇》，2019 年第 7 期，第 41～45 頁。

積極性低，所有這些問題，正是本文需要重點予以談論的。〔註35〕

在這篇文章中，筆者第一次提出魏明倫對川劇的貢獻或許存在負影響力的觀點。一個劇種，過於依賴某一個劇作家，對戲曲生態的延續而言，未必是好事。在這個問題的分析上，戲曲導演的作用，也是如此。戲曲藝術突出演員的表演，這正是戲曲藝術不受制於編導的關鍵。戲曲演員的表演是充分個人化的。充分個人化的標誌是建立在童子功基礎之上的表現方式的充分技藝化。複雜化的技藝是導演根本無法導出的。「導演制」在戲曲界「成了氣候」實際上是以戲曲表演大藝術家難以產生為代價的〔註36〕。

戲曲藝術的本體藝術規律規定，「場上之曲」呈現出非文學性的特點〔註37〕，長期以來戲劇界都把「劇本，是一劇之本」奉為「金科玉律」。近年來導演強化了舞臺演出的「當代意識」，運用了「多元化」的表現手段。有人又稱「導演是一劇之本」。我不否認一部優秀巨作它給演員提供了廣闊的施展才華的天地，以及導演「二度創作」的重要性。但戲曲文學一旦搬上舞臺，前二者均不是「本」。此「本」非演員莫屬〔註38〕！就京劇而言，演員（藝術造詣較深的演員）才是真正的「一劇之本」〔註39〕。戲曲生態的本體，乃是場上之曲，而非案頭之曲〔註40〕，是戲曲藝術的本體彰顯，而非是某個劇作家或導演的所謂個人發揮。

以羅周、張曼君這樣的編劇和導演，作為戲曲發展的最根本動力，做過分拔高，則是戲曲消亡之先兆。蓋戲劇本為上演而設〔註41〕，劇作家的天才表現，是要以上演為最終目的和必要檢驗。一個劇作家，要為戲曲劇種打本子，為演員打本子，為戲曲本體和戲曲生態打本子，而非是逞才能，以一己之思代替戲曲生態延續之可能和方向。

〔註35〕吳民、羅永平《川劇振興 30 年的得失與檢討》，《戲劇文學》，2013 年第 9 期，第 9～16 頁。

〔註36〕鄒元江《對「戲曲導演制」存在根據的質疑》，《戲劇（中央戲劇學院學報）》，2005 年第 1 期，第 18～28 頁。

〔註37〕吳民《論「場上之曲」的非文學性——陳多戲曲美學思想初探》，《戲劇文學》，2009 年第 1 期，第 50～54 頁、第 64 頁。

〔註38〕陳多《說「劇本，劇本，一劇之本」》，《戲劇藝術》，2000 年第 1 期，第 103～111 頁。

〔註39〕諸君《「劇本是一劇之本」質疑》，《戲曲藝術》，1988 年第 4 期，第 91 頁。

〔註40〕葉長海《案頭之曲與場上之曲》，《戲劇藝術》，2003 年第 3 期，第 42～52 頁。

〔註41〕陳多《「蓋戲劇本為上演而設」——讀周貽白先生著〈中國戲劇史〉》，《藝海》，2000 年第 4 期，第 39～41 頁。

有的本子能當小說看，挺生動，可就是不能演；有的本子寫得
非常仔細，不論上下場，角色穿什麼，拿什麼，幾時坐，怎麼走，
眼睛要睜得多大，它都規定好了。演員再能幹，演起來卻成了「喜
神碼兒」和「二百五」。這種本子不能演，也實在難演。有些作家挺
有學問，但他認為演員都沒有知識，什麼都要靠他一個人撥弄。結
果是，什麼都撥弄，什麼也都撥不動。觀眾在臺下喊：「什麼呀，臺
上全是一群傻瓜！」可也有這樣的本子，看來挺簡單，沒有把什麼
都寫上，但意思都有了。演員再一琢磨，發揮發揮，戲就更活了，
就好看了。〔註42〕

戲劇藝術的生命力在於從眾隨俗〔註43〕，而非是劇作家或導演個人思想
的工具性載體，所謂寓教於樂，而非高臺教化。從眾隨俗是戲劇藝術的生命
力所在，也是發展、繁榮中國戲劇的可資借鑒的經驗〔註44〕。但凡成功的劇
作家，或導演，其成功的法門往往不在所謂主觀性的天才發揮，而在於主動
的「本體自覺」〔註45〕。如張曼君，其作品之受人關注，重要的一點是她在
如何使戲曲現代戲實現戲曲化方面所做的探索和所獲得的成就〔註46〕。

五、現代化與都市化的根源——西化觀念

戲曲的西化觀念，是戲曲消亡的又一動因。陳多先生曾指出：

「戲劇戲曲學」是邏輯混亂、概念含糊、難以認知的學科界
定。產生這種邏輯混亂的深層原因，當在於自覺或不自覺地承襲
了「五四」時期「如其要中國有真戲，這真戲自然是西洋派的戲」
之類觀點，而把戲曲視為不合乎世界戲劇學理、尚未能成為戲劇
大家庭中合格一員的「假戲」；所以只能把對它的研究列為「另類」。
「戲劇戲曲學」這樣的學科界定既損害了真正的「戲劇學」的研

〔註42〕蓋叫天《要為演員打本子》，《劇本》，1979年第3期，第36～37頁。
〔註43〕陳多《再談戲劇藝術的生命力在於從眾隨俗》，《戲劇藝術》，2000年第3期，
第113～124頁。
〔註44〕陳多《戲劇藝術的生命力在於從眾隨俗——由周信芳先生想到的》，《戲劇藝
術》，1999年第4期，第17～24頁。
〔註45〕施旭升《論戲曲現代化的內在矛盾與理路——兼談張曼君戲曲導演實踐的
「本體自覺」》，《戲曲研究》，2019年第2期，第15～26頁。
〔註46〕周育德《意趣神色——淺談張曼君導演的舞蹈精神》，《戲劇文學》，2019年
第7期，第19～22頁。

究，又把戲曲學等其他戲劇樣式的研究籠罩在披著「戲劇學」大旗的「話劇學」陰影之下，使它們難以自由自在地獨立發展。更主要的是還在起著拿「話劇學」代替「戲劇學」，用話劇原理改造戲曲及其他戲劇樣式的誤導作用，對發展「戲劇」或「戲曲」學科有害而無利。〔註47〕

戲曲現代化的另一個誤區，就是否定戲曲生態的既有體系，主張「新歌舞劇」，並認為是回到了傳統戲曲詩、歌、舞三位一體的以「樂」為本位的綜合藝術形態上，從而突破了「程式化」「行當化」「戲曲化」的魔咒，探索出了戲曲現代戲創作與發展的新路〔註48〕。關於戲曲的樂本體，事實上學界討論很多，然而所謂的樂本體，其實並不成立。因此，「新歌舞劇」的實質，是戲曲消亡的一個顯象印證。這種第三種美學的觀點〔註49〕，其實與張曼君自己的理解也是有所牴牾的。她用「退一進二」和「三民主義」來概括自己多年來的戲曲創作和戲曲觀：

退一，即退回到戲曲藝術本體自身；進二，即把現代觀念融入戲曲創作，在尊重戲曲藝術本體的基礎上進行現代闡釋。「三民主義」，即民間音樂、民間歌舞和民間習俗在舞臺上的應用。

很明白，張曼君主觀上是希望回到本體，並充分調動母體民間文化源頭，並打通戲曲母體和本體生態與外部生態，即現代觀眾的現代觀念訴求和情感訴求的適應。張曼君的成功，恰恰是她對戲曲生態體系整體性把握的成功。遺憾的是，這種體認和嘗試，隨著戲曲母體文化的不斷淪落，最後僅能依靠導演的個人發揮；戲曲本體逐漸解體，最終只能通過導演的個人創造性調度和舞臺技術手段；戲曲外部生態的訴求，漸漸偏離藝術審美趣味，而夾雜太多觀念性的判斷和推理，張曼君的實踐，或許將難以為繼。她主張的理念最終將隨著戲曲消亡的腳步而垮塌，她的作品也最終走向「新歌舞劇」和第三種美。

現代化的第一個誤區是以革命題材全括現代，第二個誤區是話劇化，全盤西化。第三個誤區則是所謂都市化。

〔註47〕陳多《由看不懂「戲劇戲曲學」說起》，《戲劇藝術》，2004年第4期，第12～19頁。

〔註48〕李偉《戲曲現代戲創作的理論誤區與現實選擇——兼談張曼君「新歌舞劇」的歷史定位》，《文藝理論研究》，2019年第3期，第116～123頁。

〔註49〕方李珍《第三種美學的實踐與意義——張曼君導演藝術對現代戲美學建設的貢獻》，《戲曲研究》，2019年第1期，第65～78頁。

　　羅懷臻的戲曲創作，以「故事新編」的史劇為主，在歷史的外殼裏注入鮮明的時代精神、人文精神，注重刻畫人性、人情，在追求藝術真實而非歷史表象真實的同時，關注「劇種特質」，堅守戲曲本體，並糅合傳統與現代多種藝術元素，營造風姿綽約的舞臺藝術樣式。他倡導並實踐的「傳統戲劇現代化」「地方戲劇都市化」理念，在當代戲劇界產生了深遠的影響。〔註50〕

　　然而，這種理念，卻是在意識形態為主導、西方話劇的觀念影響下，不斷加重「戲曲藝術現代化」的焦慮心態，致使戲曲發展走向的價值導向是模糊不清的，突出的表現為瀕危戲曲現代化、戲曲藝術話劇化和地方小戲大戲化的傾向。因此，首先要反思的是傳統戲曲藝術審美價值的本體特徵。只有正本清源，才能清醒地判斷政治意識形態和話劇觀念對戲曲藝術的各種牽絆和可能限制，真正從戲曲藝術的審美本質回歸戲曲內在的演劇體制，從其深厚的傳統走向發展的未來〔註51〕。無論是所謂現代化，還是都市化，西化，其根本原因是對戲曲本體的認知發生了嚴重的偏差。

　　　　「形式因」對戲曲藝術這種純粹的藝術樣式而言是最重要的。形式自身就具有一種審美意蘊。所謂「內容」是充分包含了成熟的形式因在內的。京劇藝術是發展得最完善、最純粹的一種藝術樣式，它是充分的用形式消滅了它的內容而生成的最高審美的觀念藝術。〔註52〕

　　戲曲藝術包含了太多審美表現的形式因，所以，從根本上說，戲曲藝術就是其自身極為複雜的審美形式因的充分展示，它是通過以演員為中心的充分技藝化、程式化、複雜化的審美表現而展開的藝術樣式，因此，它就與不是以審美形式因的展示為主，或者說以思想性、故事性、人物形象性、導演調度性等為主的逼真體驗藝術形成巨大的差異，不承認這種差異，而硬要生搬硬套非自身內在規定性的表達方式，這實際上是不承認藝術樣式之間的差異性和獨立自足性，其結果就是戲曲自身的特點喪失殆盡，而成為

〔註50〕劉麗《「新都市戲曲」的現代化探索——羅懷臻劇作論》，《南大戲劇論叢》，2018年第1期，第169～178頁。

〔註51〕鄒元江《「戲曲現代化」焦慮與當代戲曲發展的未來走向》，《戲劇（中央戲劇學院學報）》，2021年第1期，第89～117頁。

〔註52〕鄒元江《關於戲曲本體論問題與葉朗、施旭升和李偉等先生對話》，《藝術百家》，2016年第1期，第199～203頁。

西方話劇的附庸〔註53〕。張庚致力於中國戲曲藝術的現代化和戲曲美學思想的建構是有曲折的。導致曲折的核心問題就是如何理解和借鑒西方戲劇美學，尤其是如何引入以斯坦尼斯拉夫斯基為代表的西方戲劇美學的思想來改造中國的舊劇。張庚對斯坦尼的戲劇美學思想的態度是從全盤接受到逐漸疏離。但疏離是不徹底的。張庚非常重視的「整一性」和「綜合性」這兩個概念就是他在研究中國戲曲美學時難以走出西方戲劇美學強勢話語語境的顯證〔註54〕。戲曲藝術突出演員的表演，這正是戲曲藝術不受制於編導的關鍵。戲曲演員的表演是充分個人化的。充分個人化的標誌是建立在童子功基礎之上的表現方式的充分技藝化。複雜化的技藝是導演根本無法導出的。「導演制」在戲曲界「成了氣候」實際上是以戲曲表演大藝術家難以產生為代價的〔註55〕。

都市化的誤區則是大製作，豪華布景，盲目創新，此外還包括不健全的都市趣味，先鋒探索，等等。這種都市化的誤區，是以犧牲鄉土母體文化為代價，同時又以不健全，不成體系的都市文化作為補充，最後導致傳統戲曲生態的徹底斷裂。

事實上，羅懷臻最初的戲曲「現代化」和「都市化」的創新實踐是有意識規避可能出現的問題的。比如《典妻》的鄉土文化生態呈現〔註56〕，比如對豪華布景的拒絕〔註57〕。然而，無論是都市新淮劇，還是都市化和現代化影響催生的海派崑曲《上靈山》，事實上，已經開始偏離戲曲生態的體系性發展方向，呈現為一種各自逃生去吧的生態斷裂〔註58〕。

而在現代戲的創作實踐中，創造的所謂「新歌舞劇」〔註59〕，實際上也是都市化的一個畸變產物，與戲曲生態的體系已經並非出於一途。

〔註53〕鄒元江《戲曲體驗論的困境》，《湖北大學學報（哲學社會科學版）》，2009年第2期，第48～53頁。

〔註54〕鄒元江《難以走出的西方戲劇美學強勢話語語境──對張庚戲曲美學思想的反思之一》，《戲劇（中央戲劇學院學報）》，2006年第2期，第5～14頁。

〔註55〕鄒元江《對「戲曲導演制」存在根據的質疑》，《戲劇（中央戲劇學院學報）》，2005年第1期，第18～28頁。

〔註56〕羅懷臻、王信厚《戲曲「現代化」和「都市化」的創新實踐──與羅懷臻談甬劇〈典妻〉創作及戲曲創新》，《劇本》，2003年第3期，第19～22頁。

〔註57〕楊光《羅懷臻：戲曲舞臺要抵制「浮華風」》，《光明日報》，2001年12月20日。

〔註58〕王智才《各自逃生去吧：關於戲曲「轉型」》，《上海戲劇》，1994年第4期，第23～25頁。

〔註59〕李偉《戲曲現代戲創作的理論誤區與現實選擇──兼談張曼君「新歌舞劇」的歷史定位》，《文藝理論研究》，2019年第3期，第116～123頁。

六、重構戲曲生態的可能性——戲曲危機和消亡

戲曲危機和消亡的聲音，其實貫穿了 20 世紀，一直延續到 21 世紀。1951 年，政院由周總理簽發了一個關於戲曲改革工作的指示，戲曲界叫它「五‧五」指示。這是重構的一份重要文件，後來，小平同志講「不要橫加干涉」，而按照劉乃崇先生的理解，是說不要亂干涉，而是要把工作做到點子上〔註60〕。當年「三改」，去除了很多糟粕，如形象恐怖惡劣的《八仙得道》《全部鍾馗》；還有描寫淫亂兇殺的如《殺子報》《雙釘記》〔註61〕。但破的多，卻未曾立。因為我們一貫以來認為的立，實際上是在繼續破，比如造劇運動。

> 戲曲的造劇活動早在五、六十年代已經開始，在文革前取得很大成績，所謂「樣板戲」是其藝術高峰。回顧這一時期的造劇活動，主要存在兩個問題。一是與政治的結合過於密切，甚至成為政治運動的一個組成部分；二是它主要將注意力放在表現內容的變革上，忽視了形式革新的意義。當時人們認為，戲曲改革主要是解決表現現實生活的問題，至於表現形式，只要對傳統戲曲的表現形式加以改造或變化，就可以為新的內容服務。〔註62〕

在這樣的要求下造就的新的劇種，新的劇目，被稱為「第三代戲曲」〔註63〕，實際上，是戲曲消亡的肇始，是戲曲生態瓦解的發端。孟繁樹曾據此寫了《戲曲藝術的轉折與發展》一文。此後，關於戲曲危機，戲曲消亡的聲音不絕於耳。戲曲——這個長期受到人們喜愛而又擁有龐大隊伍的藝術品種，近些年來受到了冷遇，「危機論」產生了，人們一面疾呼振興，一面反省自己，尋根溯源，分析推理。找來找去找到了戲曲的一大堆弊病，什麼「封閉、僵化的藝術」「儒、道的哲學」「脫離了時代的美」等等〔註64〕。

而實際上，是背離了戲曲生態的體系，沒能正確認識所謂的精華與糟粕，

〔註60〕 張庚《戲曲界要有社會主義理想》，《中國戲劇》，1990 年第 1 期，第 8～11 頁。
〔註61〕 劉乃崇《「改戲、改人、改制」給我們的啟示》，《中國戲劇》，1990 年第 1 期，第 38～41 頁。
〔註62〕 孟繁樹《方興未艾的造劇思潮》，《文藝研究》，1988 年第 6 期，第 107～109 頁。
〔註63〕 孫玫《戲曲改革三題議——有感於〈戲曲藝術的轉折與發展〉引起的爭論》，《劇本》，1986 年第 10 期，第 47～49 頁。
〔註64〕 徐大樹《「戲曲危機」與戲曲改革》，《戲劇報》，1987 年第 6 期，第 16～18 頁。

合理與不合理，好與壞在戲曲生態格局種的應有之義〔註65〕。新時期以後，我們依然過分強調戲曲藝術要與社會主義新時期的需要相適應，當之無愧地成為社會主義精神文明的組成部分〔註66〕。這也無可厚非，但非要必須堅持像改編《十五貫》那樣的「革命」〔註67〕，以革命思維繼續引領戲曲生態發展，則確實是適得其反的。早在50年代，張庚就曾提出《反對用教條主義的態度來「改革」戲曲》。這是張庚同志發表在《文藝報》1956年第18期上的一篇文章的標題〔註68〕。然而，張庚當年受到了猛烈的批判。推陳出新，百花齊放，變成了推陳出新，堅持革命〔註69〕。戲曲工作者的革命觀，是要為社會主義文學藝術服務〔註70〕。而社會主義的戲曲又被狹隘地限定於革命題材現代戲，如此，傳統都市──鄉土戲曲生態格局被打破，戲曲本體生態的形式因審美規定性被打破，戲曲外部生態的適應，成為一種由外而內的強制，而非由內而外的主動適應。為了表現主題，西方觀念的內容與形式相統一，體驗論，還有編劇中心，導演中心等偏離戲曲藝術本體的創作理念，成為戲曲生態延續的主流，主推戲曲消亡的歷史。

事實上，自20世紀80年代以來，對於戲曲命運及未來走向，有過幾次大型思索與討論。80年代的那次大討論，學術界將戲曲危機的原因定位於與時代脫節，即戲曲在反映當下生活方面的缺陷，認為只有堅持改革創新才有出路，這種思想，承續了20世紀初以來文化精英們關於戲曲的態度。在舞臺上，則表現為持續不斷的現代戲實踐。2003年、2004年《中國戲劇》又發起了「當代戲劇之命運」和「重建中國戲劇」的討論〔註71〕。然而，由於對生

〔註65〕葉盛長《散談〈打漁殺家〉和戲曲改革》，《人民戲劇》，1982年第9期，第54～55頁。

〔註66〕周揚《進一步革新和發展戲曲藝術》，《人民戲劇》，1981年第9期，第5～9頁。

〔註67〕俞振飛《「革命」乎？「改組」乎？──與陶雄同志論戲改》，《上海戲劇》，1979年第6期，第8～9頁。

〔註68〕劉皓然《堅持戲曲工作的不斷革命精神──駁張庚同志〈反對用教條主義的態度來「改革」戲曲〉一文中的若干論點》，《戲劇報》，1960年第22期，第29～36頁。

〔註69〕南開大學中文系戲劇評論組《推陳出新，不斷革命──評張庚同志關於戲曲藝術規律的錯誤觀點》，《戲劇報》，1960年第17期，第36～38頁。

〔註70〕梅蘭芳《戲曲藝術大發展的新時代》，《戲劇報》，1960年第16期，第11～20頁。

〔註71〕陳建華《電子傳媒時代戲曲的危機與生機》，《戲曲研究》，2016年第4期，第205～222頁。

態體系的認知不到位，這種重構的願望，最終並不能實現。誠如魏明倫所言：當代戲劇，面臨戲劇史上從未有過的奇特處境。奇就奇在臺上振興，臺下冷清。當代戲劇的實際狀況，不能籠統視為戲劇衰敗。準確地概括，當代戲劇的特徵是觀眾稀少。不是沒好戲，而是戲再好，也少有觀眾上門〔註72〕。王仁傑也曾表示，他生活與創作的時代背景，並不能天然地培養出敬畏傳統的文化立場〔註73〕。工業時代的戲劇命運〔註74〕，事實上是悲觀的。雖然也有學者表示不同意見，表示魏明倫大作《當代戲劇之命運》，拜讀過後，十分詫異〔註75〕。但不可否認的是，戲曲衰落，有目共睹，已經到了非改不可的地步，四川「振興川劇」，制定了「搶救、繼承、改革、發展」八字方針，把「搶救、繼承」擺在重要位置〔註76〕。可惜的是，這種對戲曲本體的搶救和繼承，並未真正進入實踐環節。

結語：戲曲生態的重構可能性與未來出路

李偉曾提出 20 世紀中國京劇改革的三大模式（即梅蘭芳模式、田漢模式、延安模式）的理論〔註77〕。建設中國的新歌（舞）劇〔註78〕，「使它能夠適應於政治的需要」〔註79〕，「『移步』而不『換形』」〔註80〕，是三種不同的改革之路。戲劇還是戲曲，不再成為涇渭分明的區分〔註81〕。真戲劇，是對

〔註72〕中國戲劇家協會編《中國戲劇獎·理論評論獎獲獎論文集》，北京：中國戲劇出版社，2009 年，第 4 頁。

〔註73〕傅謹《戲劇命運與傳統面面觀》，《福建藝術》，2004 年第 2 期，第 5～10 頁。

〔註74〕傅謹《媒體與當代戲劇發展策略——再談工業時代的戲劇命運》，《中國戲劇》，2003 年第 8 期，第 4～8 頁。

〔註75〕傅謹《工業時代的戲劇命運——對魏明倫的四點質疑》，《中國戲劇》，2003 年第 1 期，第 10～14 頁。

〔註76〕魏明倫《希望明確提出「改革戲曲」的響亮口號》，《劇本》，1984 年第 10 期，第 47～48 頁。

〔註77〕李偉《再論京劇改革的田漢模式》，《同濟大學學報（社會科學版）》，2005 年第 6 期，第 95～99 頁。

〔註78〕李偉《建設中國的新歌（舞）劇——論京劇改革的田漢模式》，《南京大學學報（哲學·人文科學·社會科學版）》，2004 年第 1 期，第 134～141 頁。

〔註79〕李偉《「使它能夠適應於政治的需要」——論京劇改革的延安模式》，《戲劇藝術》，2004 年第 1 期，第 54～62 頁。

〔註80〕李偉《「『移步』而不『換形』」——論京劇改革的梅蘭芳模式》，《北京社會科學》，2003 年第 4 期，第 131～139 頁、第 155 頁。

〔註81〕李偉《王國維「戲劇」「戲曲」內涵之我見——與馮健民先生商榷》，《東南大學學報（哲學社會科學版）》，2003 年第 1 期，第 105～107 頁。

我國民族戲劇發展到高級階段的稱呼。真戲劇，必與戲曲相表裏。而李偉的理解，則把戲劇和戲曲截然分開，認為脫離了曲的劇，是高級階段，以此來證明新歌舞劇對戲曲取代的成功。事實上，這是很典型的望文生義，以洛地先生的觀點，戲曲這個概念是現代概念。中國古典戲劇，應該包括戲弄，戲曲，戲文三個階段，真正的高級階段，是戲文，而非是概念模糊，來源西化的所謂戲劇。

> 如何對我國戲劇（不可以「戲曲」為稱）進行分類，是戲劇研究的大問題。現在通行的以時代來劃分（如「宋元南戲」「元雜劇」「明清傳奇」等）或者按現今的所謂「劇種」（如崑劇、京劇、越劇等）來劃分都顯然有問題。本文作者以為我國戲劇應大體分為三類：戲弄，戲文，戲曲。以「弄（調弄）」為本者，自唐《踏謠娘》等「參軍誤」以下的「雜劇、院本」直到現今可見的「二小戲、三腳戲」等，為「戲弄」。以「文（故事）」為本者，自《張協狀元》《琵琶記》以下的有眾多人物、有矛盾有情節有頭有尾的故事的「真戲劇」為一類，為「戲文」。以「曲（曲體、曲文）」為來者，如《于陵亞鈞》《介子推》等元曲雜劇，為「戲曲」。〔註82〕

戲：供耳目之娛的伎藝活動，泛稱「戲」，用以取悅於人或競賽自娛。戲劇：一班演員裝扮成別個模樣（包括神鬼），狀其形，言其語，行其事，敷演故事，謂之「戲劇」。我中國戲劇三類：曰「戲弄」，曰「戲文」，曰「戲曲」〔註83〕。戲弄停留在母體文化生態階段，是孕育戲曲和戲文的母體源頭；戲曲在文人化的曲詞本體，戲文在表演舞臺的場上本體，以戲弄、戲曲、戲文之母體和本體生態，共同適應外部生態之變革，是為一個生態體系。割裂或拔高生態體系各要素，都必然破壞生態之延續和平衡。洛地先生指出的建國後的睦劇，就破壞了竹馬、採茶這類戲弄，即民間小戲的藝術生態，使其不再具備母體造血能力，不再具備獨立之藝術審美品格。而以第三種美，或所謂新歌舞劇，現代戲劇去取代戲曲生態體系，是極為幼稚而盲從西方的結果。而認定「現代戲劇」指的是現代史上具有現代性的戲劇，這種現代性不僅包

〔註82〕洛地《戲劇三類——戲弄、戲文、戲曲》，《南大戲劇論叢》，2014年第2期，第34～55頁。
〔註83〕洛地《戲文——我國「真戲劇」之成》，《戲文》，2004年第5期，第19～20頁。

括戲劇在物質手段方面的與時俱新，藝術形式方面的花樣翻新，更應包括其在思想內容、精神內涵上的現代訴求，完全割裂戲曲現代化與傳統戲曲生態體系之關聯，則更顯自說自話，難以成立〔註84〕。

其實也並非毫無回天之力，戲曲藝術未來發展的多重走向包括還原生態、回歸本體、政府扶持、民間主導等向度。而要確立這些走向的可行性其前提就是：一要重新建立清晰的地方戲曲劇種的觀念，並對這些地方戲曲劇種的特性加以劃界研究；二要澄清戲曲藝術的傳統演劇體制問題〔註85〕。此外，需要澄清戲曲只有表現現代生活才能生存與發展，實為偽命題。戲曲的危機並不在於其表現題材的陳舊，而在於電子媒介衝擊了其賴以生存的民俗環境。百年來的現代戲實踐很大程度上是對戲曲的二次傷害。戲曲堅守古典的美學品位，在多元化的藝術格局中自會占得一席之地〔註86〕。借用一位民俗學者在為鬼文化正名的觀念：一方面要認識到鬼文化中的糟粕而棄之，另一方面在祛除「迷信」「革命」之類的標籤之後，靜心思考鬼文化於人類生命和社會需要的本真文化生態學意義。〔註87〕戲曲其實也是如此，需要祛除「迷信」「革命」之類的標籤，靜心思考戲曲生態於人類生命和社會需要的本真文化生態學意義。

〔註84〕 李偉《「現代戲劇」辨正——兼與傅謹先生商榷》，《戲劇藝術》，2002 年第 1 期，第 21～29 頁。
〔註85〕 鄒元江《「戲曲現代化」焦慮與當代戲曲發展的未來走向》，《戲劇（中央戲劇學院學報）》，2021 年第 1 期，第 89～117 頁。
〔註86〕 陳建華《現代戲的理論與實踐誤區》，《天府新論》，2014 年第 3 期，第 146～150 頁。
〔註87〕 張小軍《馴鬼年代：鬼與節的文化生態學思考》，《民俗研究》，2013 年第 1 期，第 77～89 頁。

附錄一：戲曲生態的民族文化立場——湯顯祖、莎士比亞戲劇觀之比較研究

　　湯顯祖被譽為「東方的莎士比亞」，但很顯然，湯顯祖遠不是莎士比亞可以概括的。莎士比亞的一生，是戲劇的一生，莎翁乃是為戲劇而生。但湯公卻並不如此，戲劇只是湯顯祖一生的桂冠中的一顆寶石而已。與莎士比亞一生的主要軌跡都緊密圍繞著倫敦的劇院而言，湯公的人生可謂跌宕起伏，「戲劇家」的桂冠是絕對無法涵蓋湯顯祖一生功績的。湯公一生的人生旨趣和精神信仰有兩個關鍵詞：貴生、情至。貴生，以人為本，呵護眾生。全情，人情之所至，超越生死，超乎時空，具有不朽魅力。

　　民族振興，文化自信必不可少，然而要做到文化自信，就必須加強對我們自己的文化的認知。以戲劇文化而言，年輕一代，大約沒有不知道英國的莎士比亞的。但對於我們中華民族歷史上的優秀劇作家，年輕一代卻常常知之甚少。比如被譽為東方的莎士比亞的湯顯祖，很多人可能不知道，或者僅知道，但並不熟悉。而似乎是為了抬高湯顯祖，故而把他與莎翁並稱。今天我要告訴讀者朋友的事實是，湯顯祖的人生境界和高度，是莎士比亞可能完全無法企及的；而即便是論戲劇本身，還是湯公的劇作，無論哪一方面，都絕不會在莎翁之下。如果簡單地用一句話去比較兩位戲劇巨擘：莎翁寫劇為劇院經營，為糊口；湯公作戲為至情人生，為蒼生，境界真不一樣。

一、湯顯祖和莎士比亞比較的源頭

　　是何時把湯顯祖和莎士比亞進行比較的呢？我們知道，湯顯祖和莎士比

亞雖然年齡差了 14 歲，但卻是同年而逝，可謂是同一時代之人。在湯顯祖和莎士比亞的那個時代，真的可謂是巨匠輩出，與這兩位天才劇作家同年去世的，還有西班牙的著名文學家、劇作家米格爾‧德‧塞萬提斯‧薩維德拉。可是，在那個時代的中國，正值明朝的中後期，與國際的文化交流可謂是極少的。因此，至少在湯公和莎翁的時代，湯顯祖一定不知道有莎士比亞，反之，莎士比亞一定也讀不到《牡丹亭》。一直要等到我們的國學大師王國維進入戲劇研究的領域，才第一次真正以國際化的學術視野去看待中西戲劇。然而即便是王國維，也似乎沒有勇氣去比較任何兩位中外劇作家。不過，在王國維的啟發下，20 世紀初，日本著名戲曲史家青木正兒在他的《中國近世戲曲史》中提出：湯、莎二位「東西曲壇偉人，同出其時，亦一奇也」〔註1〕，首次在國際視野中將湯顯祖與莎士比亞相提並論。

青木正兒的比較從三個層面出發：第一，顯祖之誕生，先於英國莎士比亞十四年。二人同年逝世，算是年齡相當，屬於同一時代。第二，湯公、莎翁，為東西曲壇偉人，堪稱東西方戲劇界的傳奇豐碑。第三，也是最重要的一點，湯公不僅僅是一個戲劇家。湯公「人格氣節亦頗有可羨慕者」〔註2〕，其人生至情、奇情，他的人生態度、哲學思想等都被「譜之入曲固為吾黨所快者」〔註3〕。不過，青木正兒沒有進一步去闡述，本文後面會具體分析。

都說時代造就偉人，若要比較湯顯祖和莎士比亞，就不得不提及那個「人類從來沒有經歷過的最偉大的、進步的變革」〔註4〕時期，在西方，是文藝復興；在中國，是資產階級萌芽，新思想漸次萌發，與歐洲的思想啟蒙，有異曲同工之處。誠如恩格斯所說，「是一個需要巨人而且產生了巨人——在思維能力、激情和性格方面，在多才多藝和學識淵博方面的巨人的時代」〔註5〕。西方文藝復興，東方人文啟蒙，湯公與莎翁的劇作都具有巨大藝術價值和魅力，

〔註1〕青木正兒《中國近世戲曲史（上冊）》，北京：作家出版社，1958年，第230頁。

〔註2〕鄒元江《東西方文化巨擘湯顯祖與莎士比亞》，《友聲》，2016年第3期，第16～17頁。

〔註3〕鄒元江《東西方文化巨擘湯顯祖與莎士比亞》，《友聲》，2016年第3期，第16～17頁。

〔註4〕中共中央馬克思、恩格斯、列寧、斯大林著作編譯局編《馬克思恩格斯選集第3卷》，北京：人民出版社，1972年，第445頁。

〔註5〕中共中央馬克思、恩格斯、列寧、斯大林著作編譯局編《馬克思恩格斯選集第3卷》，北京：人民出版社，1972年，第445頁。

「不屬於一個時代而屬於所有的世紀」（本‧瓊生語）。這也正是我們今天依然要去比較他們的深刻原因。

湯顯祖和莎士比亞相比，有不少相似之處。他們都處於一種新舊交替的文化陣痛期，舊信仰廣泛崩潰和新思想尚未成熟帶來社會陣痛的印痕。徘徊和延宕，是二人真切的人生寫照。莎翁「哈姆萊特的延宕」，湯公終身彷徨於「儒檢」與「仙遊」，徘徊於儒釋道之間，最後選擇棲生於「至情」「貴生」的人生哲學之上。他們身上，都顯然具備了一種時代巨人超越自身侷限的悲劇性崇高意味。在這份崇高之上，莎士比亞戲劇彰顯的是：人是「世界的美」；湯顯祖劇作體現的是「至情」論，都堪稱引領時代的豐功偉績。

再從劇作上來看，儘管莎劇與湯顯祖的劇作在內容和表現形式上有許多根本的區別。但是，從根本上來說，莎士比亞戲劇與中國戲曲在美學原理和內外在表現形式上也有許多相似之處，二者同屬開放性結構，都有濃鬱的「詩意」特徵〔註6〕。莎士比亞的劇作，往往充滿著鮮明的人物性格，頗為複雜的人物心理描寫，同時語言形象生動，情節極其豐富。當然，湯公的四部不朽傳奇和莎翁的經典劇作相比也毫不遜色，甚至在具有浪漫主義的想像方面，湯顯祖走得更遠。就拿《牡丹亭》來說，它是湯顯祖的得意之作。在《牡丹亭》當中，「遊園驚夢」可以說是全劇高潮，杜麗娘與柳夢梅那亦真亦幻的愛情故事引人入勝，充滿浪漫主義之美。「遊園」其實是杜麗娘選擇抵抗封建傳統禮教後的實際行動，是她反抗和追求的叛逆之路的開始，而「遊園」這一行動，也促進了杜麗娘思想的覺醒。在夢中，杜麗娘與柳夢梅相遇、幽會，恩情意濃。面對封建家長和塾師的壓迫、阻止，從未屈服，最後有情人終成眷屬。湯顯祖之「情」在夢的自有境界中充分展示出來，是浪漫主義理想化的虛構，富有強烈的夢幻主義色彩，體現了湯顯祖戲劇典型的浪漫主義特點。

此外，在劇作意義上，湯顯祖擅以情去駁斥空洞的理，以情去克服橫流的欲，這一點與莎士比亞對世人的警告：「毫無節制的放縱，結果會使人失去了自由」，都是把人重新樹立起來。他們的劇作，表達著對人的關注，透露的是以人為本的新的理性曙光。湯公和莎翁，同為戲劇家、詩人，也是當之無愧的語言大師。無論是《臨川四夢》、還是莎翁的悲喜劇，都「在各種意義上

〔註6〕劉鳳濤《湯顯祖戲劇與莎士比亞戲劇的精神向度》，《四川戲劇》，2018 年第 10 期，第 76～79 頁。

閃耀著天才的光輝」（雨果語）。他們天才的劇作使我們的「生存得到了無限度的擴展」（歌德語）。

二、莎翁之劇與湯公之戲

　　雖然湯顯祖與莎士比亞身上有太多相似之處，但我們卻完全不應該把二者混為一談，尤其是他們的劇作，雖有相似，但不同之處卻更多。莎翁寫劇，湯公在做戲，劇為觀眾而設，戲為至情做使。劇可為消遣，可為商品，但湯公之戲，卻堪稱傳奇，乃是為人生而作。如果說，莎翁的戲劇，戲劇的含義更多；那湯公的戲劇，人生的含義就更多，這一點十分重要。

　　莎士比亞一生劇作 37 部，湯顯祖雖只有 4 部，合稱「臨川四夢」（又稱為「玉茗堂四夢」），是《紫釵記》《牡丹亭》《南柯記》《邯鄲記》四劇的合稱。從數量上對比，似乎莎翁要遠勝過湯顯祖，其實不然。從篇幅和演出時間而言，湯顯祖一部《牡丹亭》55 齣。其餘三夢，《紫釵記》53 齣，《南柯記》44 齣，《邯鄲記》30 齣。每一齣，其實都堪稱一部短劇。以《牡丹亭》為例，1982 年江蘇省崑劇院上演《牡丹亭》的 4 齣戲，歷時兩個半小時。可以想見，如果全本演出，可能要通宵達旦，夜以繼日才行。而事實上，根據文獻記載，明代的文人廳堂戲劇演出，連演數日，十分常見。而在民間，目連戲、應節戲等的演出，更是可能演出十天乃至半月。這些史料，在張岱《陶庵夢依》中，屢見不鮮。

　　從這個意義而言，湯顯祖「臨川四夢」，與莎士比亞鴻篇巨製，似可以等量齊觀。二人在展現豐富廣闊的戲劇人生的同時，還都以詩人的身份立世。莎士比亞的敘事詩《維納斯與阿都尼》，還有他的 154 首十四行詩，時至今日，依然膾炙人口。《十四行詩》在莎士比亞的全部作品中佔有非常重要的地位，大致認為作於 1592 年至 1598 年，1609 年於倫敦首次出版。詩集分為兩部分，第一部分為前 126 首，獻給一個年輕的貴族（Fair Lord），詩人的詩熱烈地歌頌了這位朋友的美貌以及他們的友情；第二部分為第 127 首至最後，獻給一位「黑女士」（Dark Lady），描寫愛情。而根據徐朔方《湯顯祖詩文全集》，我們不得不驚歎，湯顯祖一生詩作之豐。12 歲作《亂後》詩，到 67 歲逝世前一天吟絕命詩《忽忽吟》，55 年的詩人生涯中一共寫詩 2273 首之多。此外，湯公還寫了 30 多首賦，另外還有大量散文。

　　湯顯祖和莎士比亞都擅寫愛情。自古以來，愛情就以其無可抗拒的魅力成為一個永恆的文學話題。於是，中國有了一部情之所至，生可以死，死可

以生的《牡丹亭》，而在遙遠的英國也出現了一部傳世的愛情劇作《羅密歐與朱麗葉》，湯公和莎翁兩位遠隔重洋、毫不相識的東西方戲劇大師超越時空、共同演繹著愛情的悲歡離合。

在湯顯祖的作品中，可以看到其常用夢這個意象來喻指愛情狀態，其作品《紫釵記》《牡丹亭》《南柯記》《邯鄲記》，均與夢相關，且都以愛情為題材。湯公吸屈騷六朝之麗辭俊語，納唐宋八大家之豐沛語韻，創造了璣珠婉轉、豐華美瞻的詩句文韻〔註7〕。「良辰美景奈何天，賞心樂事誰家院」便是湯公代表作《牡丹亭》中的名句，其追隨、傾慕者不絕如縷。曹雪芹借林黛玉之口，反覆沉吟此句；一代戲劇大師梅蘭芳的《遊園驚夢》堪稱其絕對經典。在民間，俞二娘、內江女子、金鳳鈿、馮小青、商小玲，甚而可以為臨川湯若士之筆，為臨川之夢，苦吟至死。

莎士比亞的文字工夫也是奇才，以其優美的語韻、豐厚的語彙讓世人驚歎不已。其筆下的愛情故事，幾百年來為世人所喜愛。那些動人心弦的情絲，曾經激發過很多著名作曲家的創作靈感。在莎翁的戲劇作品中，戲劇裏用到的詞彙超過 15000 個，凡是有愛意湧動的情節，他總能以細膩的筆觸將這人世間的美好感情寫得那麼心潮澎湃、委婉纏綿、真摯動人。從奧林匹克峰巔的愛神維納斯如醉如癡的情意，到亞得里亞海濱的羅密歐一見傾心的堅貞愛情；從古埃及豔后克莉奧佩特拉到溫莎的風流娘兒們，構成了一個多彩的愛的世界〔註8〕。他對愛情的描寫達到超凡入聖的地步，筆墨酣暢淋漓，並且善於運用修辭手法以達到新鮮的藝術效果，具有雋永的藝術魅力。即使你不熟悉他所寫的愛情故事或人物形象，你也往往能被他那隻言片語的愛的表達所陶醉。那些回味無窮的語言描寫，達到了生理與心理的交錯、情感與情慾的互滲、豔情和倫理的融合，具有極強的感染力和生命力〔註9〕。莎翁戲劇，甚至奠定了後世英語語言體系的重要部分。

可見，無論莎翁還是湯公，他們都是極善於用語言抒寫生命情懷的大師，他們的戲劇世界，是真正的可以供後世人們詩意棲居的精神家園。在這裡，人生變得莊重、神聖、美妙、溫暖。

〔註7〕鄒元江《「巨人時代」產生的「時代巨人」》，《人民日報海外版》，2016 年 3 月。
〔註8〕李景堯《莎士比亞愛情語言面面觀》，《藝圃（吉林藝術學院學報）》，1994 年第 2 期，第 40～43 頁。
〔註9〕李景堯《莎士比亞愛情語言面面觀》，《藝圃（吉林藝術學院學報）》，1994 年第 2 期，第 40～43 頁。

三、湯顯祖遠不是莎士比亞可以概括

湯顯祖被譽為「東方的莎士比亞」，但很顯然，湯顯祖遠不是莎士比亞可以概括的。雖然上面提到兩位都擅長於詩歌與戲劇寫作，但是各自的寫作理念卻大不相同。湯顯祖追求的是情真、情至，莎士比亞追求的是理真、事真。換句話說，湯顯祖重在言情，莎士比亞重在寫真；湯顯祖重主觀，莎士比亞重客觀〔註10〕。並且莎士比亞的一生，是戲劇的一生，莎翁乃是為戲劇而生。但湯顯祖卻並不如此，戲劇只是湯顯祖一生的桂冠中的一顆寶石而已。湯顯祖的桂冠之上，寶石很多，遠不止戲劇這一顆。

對於莎士比亞而言，其一生的主要軌跡，都緊密圍繞著倫敦的劇院。莎士比亞（1564 年 4 月 23 日～1616 年 4 月 23 日）的生平經歷非常簡單，他出生於英國中部沃里克郡埃文河畔斯特拉特福鎮一個富裕的市民家庭〔註11〕。莎士比亞讀書並不多，22 歲來到倫敦，為了謀生，他在劇場外面為人看守馬匹〔註12〕，這正是他步入劇壇的起點。經過與流落街頭沒什麼兩樣的長期在劇場門口當看馬倌的艱難過程，他終於走進了劇場大門，來到後臺。後來耳濡目染之下，他的戲劇天賦被激發，由後臺「提詞人」一步步成長為正式的演員。成為演員之後，他又通過自學，開始進行劇本創作。他的第一個劇本《錯誤的喜劇》，一炮而紅。從此一發不可收拾，22 年完成了 37 部劇作，創造了非常多著名的、多彩多姿的人物形象，對人性的洞察與描摹達到極高的境界。莎士比亞 52 年的人生，有將近 30 年是碌碌無為的，直到開始創作戲劇。然而在他的戲劇生涯中，幾乎都在純粹地為戲劇而奔忙。他與劇團，劇場緊密聯繫在一起，這讓他的劇作在舞臺呈現上，妙不可言。然而除了戲劇，莎士比亞一生幾乎沒有別的成就。他的足跡，除了家鄉和倫敦，幾乎沒有去過其他地方。他短暫的一生，其實就是為戲劇而生的。這奠定了他在戲劇的成就，但同時也限制了他人生的其他向度的可能性。

湯顯祖（1550 年 9 月 24 日～1616 年 7 月 29 日）則顯然與莎士比亞並不相同，湯公的人生可謂跌宕起伏。在過去幾百年，湯公得以名世，甚至在湯

〔註10〕 辜正坤《湯顯祖與莎士比亞：東西方文化的兩朵瑰麗之花》，《光明日報》，2016 年 7 月 22 日。

〔註11〕 鄒元江《為什麼湯顯祖不是中國的莎士比亞》，《武漢科技大學學報（社會科學版）》，2018 年第 6 期，第 675～681 頁。

〔註12〕 維克多·雨果《威廉·莎士比亞》，北京：北京團結出版社，2001 年，第 8～9 頁。

公還活著的時候，他得以名揚天下的人生資本，恰恰不是戲劇。因為，他的人生，絕不是為戲劇而生，而是承載著中國文人士大夫更大的責任和期待。湯顯祖出身於書香門第，祖上四代有文名。因此，湯顯祖一開始，就是奔著「治國平天下」的理想去的。他少負文名，但是直到 34 歲才考中進士。從 22 歲到 34 歲，他考了 12 年。個中緣由，根據目前的相關史料，很可能是得罪了首輔張居正。張居正曾經希望湯顯祖到張家擔任公子的陪讀，被湯顯祖拒絕。可見，這個屢次落地的舉子，骨氣剛強。中進士後，湯顯祖自請到陪都南京任職 7 年，因上《論輔臣科臣疏》，猛烈抨擊朝政，被貶到天涯海角之濱的廣東徐聞任典史。這一年湯顯祖 42 歲。然而，在廣東，湯顯祖意志並不消沉，而是積極創辦貴生書院，為徐聞做了很多事情。後來，湯顯祖「量移浙江遂昌知縣」，「一時醇吏聲為兩浙冠」。在遂昌，湯顯祖打虎、縱囚觀燈、勤勉勸農，為遂昌歷史上最受推崇的縣令之一。然而，湯顯祖在那個時代，無法再有升遷途徑，且無法阻止官府對百姓的掠奪，一怒之下掛冠而去。從此，在臨川老家終老。上述人生經歷，似乎和戲劇全然無關。其實不然，湯顯祖正是在如此跌宕起伏、震撼朝野的人生經歷的間隙，忙裏偷閒，創作了中國戲劇史上最壯麗的篇章。然而，很顯然，像莎士比亞那樣的「戲劇家」的桂冠是絕對無法涵蓋湯顯祖一生功績的。

湯顯祖的戲劇創作，一是為「白日消磨斷腸句」，打發閑暇時光。比如《紫簫記》寫於第三、第四次春試（1577 年～1580 年）間。《紫簫記》改為《紫釵記》乃因為「南都多暇，更為刪潤訖，名《紫釵》」〔註 13〕。《牡丹亭》則是湯顯祖把遂昌治理得井井有條之後，準備辭官之前這段時間二作。另外二夢，則純粹是在故鄉賦閒而作。這與莎士比亞為了生存而寫劇，大有差別。莎翁《馴悍記》《溫莎的風流娘兒們》，都是為了趕時間，匆匆忙忙完成就搬上舞臺的。甚至《麥克白》作為莎士比亞四大悲劇的最後一部，學界大多認為也是作者在匆忙中趕寫出來的，有些對白基本上選自該劇的背景材料，沒有經過仔細的藝術加工〔註 14〕，甚至有一年（1598 年）寫了六部劇作（《維洛那二紳士》《錯誤的喜劇》《約翰王》《仲夏夜之夢》《威尼斯商人》和《皆大歡喜》）。因為莎士比亞要票房，要生存。莎士比亞的戲劇自然有藝術的追求，

〔註13〕湯顯祖《湯顯祖集全編：三》，上海：上海古籍出版社，2016 年，第 1558頁。
〔註14〕何其莘《英國戲劇史》，南京：南京譯林出版社，2008 年，第 116 頁。

但必須為稻粱謀。湯顯祖則不然，湯公戲劇被沈璟認為是「拗折天下人嗓子」，乃是案頭之作。雖然湯公反駁說，如果不能得我意趣神色，不妨拗折天下人嗓子。簡單說，湯作就不是寫給一般觀眾消遣、消費的，而是寄寓了湯公的人生追求和信仰哲學。《牡丹亭》的至情觀，其他幾夢的人生觀，可以說都可以從湯公的生命軌跡中，找到線索。

事實上，湯顯祖的「劇作家」的身份，是我們當代人賦予他的。在湯公的年代，乃至此後數百年，湯顯祖除了是大詩人，好官員（醇吏），還是「填詞大家」。湯顯祖的戲劇，不過是他一生文字生涯之一斑。而他一生的文字生涯，並不像莎士比亞劇作是為了單純的公共劇場的觀眾而作。當然，湯顯祖也有觀眾，那是和他一樣人生旨趣的文人閱讀者和士大夫觀賞者。這些志同道合的文人士大夫把戲劇作為一種修養之基礎，以此達到「君子不器」的最高的人生審美境界。在日常的拳不離手、曲不離口的自我修為中成就自己全德的文人趣味、人生境界。填詞、傳奇作為與文人間建立「相為賞度」的機緣而起興，反映了湯顯祖作為中國古代士大夫文人的人生志趣。這一點，是莎士比亞應該無論如何也無法理解的。

四、湯顯祖戲劇的人生旨趣和信仰哲學

湯顯祖一生的人生旨趣和精神信仰，有兩個關鍵詞：貴生、情至。

湯顯祖的「貴生」思想貫穿了其生命歷程，經歷了逐步發展直至成熟的過程。他出生於學風濃鬱的江西臨川，師從於王艮的三傳弟子羅汝芳。羅汝芳曾經提出「夫仁，天地之生德也，天地之大德曰『生』，生生而無盡曰『仁』」。湯顯祖在羅汝芳的思想上，進一步將「貴生」思想引申為「仁如果仁，顯諸仁，所謂『復其見天見地之心』，『生生之謂易』也」〔註15〕。湯顯祖在理論上發展了「貴生」思想後，在實踐中更是不遺餘力的對其加以應用、推廣。

萬曆十九年，湯顯祖被貶至廣東徐聞縣，發現此地「白日不明，紅霧四障，猩猩狒狒，短狐暴鱷，啼煙嘯雨，跳波弄漲」，乃是真正的蠻荒煙瘴之地。這裡的人「輕生好鬥，教育落後，不知禮儀」。然而，湯顯祖並不加以鄙夷，認為要改變這種狀況，關鍵是開啟民智，加強對百姓的文化啟蒙，尤其是要對他們進行「禮義」教育。為此，他以「貴生」為名，興建書院，並撰寫《貴生書院說》，闡述自己的「貴生」思想。

〔註15〕湯顯祖《湯顯祖全集》，北京：北京古籍出版社，1998年，第1226頁。

貴生書院始建於 1591 年，他將 12 間教室分別命名為審問、博學、慎思、明辨、篤行、格物、致知、誠意、正心、修身、齊家、治國，教民知書識禮，宣傳「君子學道則愛人」等人生哲理〔註 16〕，來引導徐聞人能夠重視一個人的生命價值，改變「不知禮儀」「輕生好鬥」等方面的陋習。《廣東通志·職官》錄有湯顯《貴生說》。其中說道：「天地孰為貴，乾坤只此生」「大人之學，起於知生，知生則知自貴，又知天下之生皆當貴重也」等思想〔註 17〕。貴生書院對徐聞的文化教育事業產生了非常深遠的影響，湯顯祖所倡導的「貴生思想」更是影響了十幾代徐聞人。

湯顯祖認為：「天地之性人為貴」，從而高揚了人在宇宙中的崇高地位。混沌天地，大千世界，人是最為寶貴的。為什麼「天地之性人為貴」呢？原因是「天生人至靈也」。人之所以「至靈」，是因為人秉賦了天地山川之精華，陰陽五行之靈秀。在肯定人在宇宙中的崇高地位以後，湯顯祖進一步指出人應該珍惜自己的生命，「然則天地之性大矣，吾何敢以物限之；天下之生久矣，吾安忍以身壞之。」〔註 18〕人為地毀壞自己的肉體和結束自己的生命，既是對自己生命極不負責的行為，又辜負了天地的造化之功。為此，他大聲疾呼人們要珍惜自己的生命：「天地孰為貴？乾坤只此生。海波終日鼓，誰悉貴生情。」〔註 19〕

在高揚個體生命的同時，湯顯祖也肯定了每個人都有生存發展的權利，任何人都不能破壞和剝奪別人的生存發展權利。「大人之學，起於知生。知生則知自貴，又知天地之生皆當貴重也。」〔註 20〕在湯顯祖看來，一個人如果只知道「自貴」，只知道珍惜自己的生命，那還不是真正意義上的「貴生」。在他看來，真正意義上的「貴生」應當是推己及人，「天地之生皆當貴重」，尊重別人的生存發展權利。因此，湯顯祖的「貴生」思想具有比較濃厚的人道主義色彩〔註 21〕。精練來說，貴生，就是以人為本，無區別地看待眾生，呵護眾生。由此可見，湯顯祖其實是深受儒道佛三教的深刻影響。

〔註 16〕王耀東《踐行「貴生思想」構建高效課堂》，《語言文字報》，2020 年 5 月 22 日。
〔註 17〕湯顯祖《湯顯祖全集》，北京：北京古籍出版社，1998 年。
〔註 18〕湯顯祖《湯顯祖詩文集》，上海：上海人民出版社，1973 年，第 1163 頁。
〔註 19〕湯顯祖《湯顯祖詩文集》，上海：上海人民出版社，1973 年，第 435 頁。
〔註 20〕湯顯祖《湯顯祖詩文集》，上海：上海人民出版社，1973 年，第 1163 頁。
〔註 21〕程林輝《湯顯祖的人生哲學》，《南昌大學學報（人文社會科學版）》，2002 年第 3 期，第 31～36 頁。

湯顯祖在徐聞時間短暫，加之典史職權範圍的限制，不可能有更大的作為。真正有機會實踐他以「貴生」為思想基礎的治政主張，則在他量移浙江遂昌知縣之後。萬曆二十年春，湯顯祖在離別徐聞時寫下了《徐聞留別貴生書院》：「天地孰為貴？乾坤只此生。海波終日鼓，誰悉貴生情！」這其中所內含的「貴生」思想，對湯顯祖未來的人生發展與戲劇創作產生了重大而深遠的影響〔註22〕。湯顯祖自徐聞移務遂昌後，繼續實踐他的貴生思想。他在遂昌為官期間頗有政績，重視教育和農耕，繼續興辦貴生書院，勤勉勸農。遂昌是浙西的一個山區小縣，那時地瘠民貧，盜賊猖獗，虎患橫行，民不聊生，一般人是不願意到這種的窮鄉僻壤赴任的。但湯顯祖卻很高興，作為知縣，畢竟是一縣之主，他可以在這裡施展自己的政治才華和人生抱負。於是他在遂昌修書院，興風化，發展教育事業；滅虎患，捕盜賊，整肅社會治安；修水利，勸農桑，振興地方經濟；翦「害馬」，懲豪強，為民伸冤；輕繇薄賦，縱囚觀燈，遺愛萬民⋯⋯他像一個不知疲倦的農夫，以極大的熱情耕耘在皇上賜予的這塊貧瘠的土地上，實現自己建功立業、治國平天下的人生理想〔註23〕。

據《遂昌打虎祠記》記載，湯顯祖為消除虎患，親自帶隊上山打虎，滅虎十七隻，最終平息虎患。為了安撫民心，激發百姓的美好願景，下令將犯人放回家過年，約定初三日回來。元宵這天，湯顯祖又帶領囚犯上河橋觀燈，隔著河橋與家人團聚，相互勉勵。果然，湯顯祖的這些努力，在短短5年間，就使得遂昌境內社會穩定，百姓安居樂業，他以重生、貴生為念，撐起了遂昌山鄉「有情之天下」，成就斐然，「一時醇吏聲為兩浙冠」〔註24〕。而當地百姓也心懷感激，亦以「情」償還於他，對湯顯祖本人十分愛戴，在相圃書院建生祠紀念湯顯祖，鄭懷魁《遂昌相圃湯侯生祠記》中贊他「行可質天地鬼神，而時逢事拙；文能安人民社稷，則學古功偉」〔註25〕。湯顯祖以巨大的激情和熱忱，實踐著貴生與仁愛的主張，守節操、抗權貴、恤黎民。然而，黑暗殘酷的政治局勢讓他屢次碰壁，飽受挫折。後來因為壓制豪強，觸怒權貴，湯顯祖在萬曆

〔註22〕張雨欣《論湯顯祖「貴生」思想對其戲曲創作的影響》，《文學教育（上）》，2019 年第 9 期，第 31～33 頁。

〔註23〕程林輝《湯顯祖的人生哲學》，《南昌大學學報（人文社會科學版）》，2002 年第 3 期，第 31～36 頁。

〔註24〕湯顯祖《湯顯祖詩文集》，上海：上海人民出版社，1973 年，第 1512 頁。

〔註25〕毛效同《湯顯祖研究資料彙編》，上海：上海古籍出版社，1986 年，第 106 頁。

二十六（1598）憤而棄官。萬曆三十六年（1608），湯顯祖離開遂昌已然十年，士民仍齋發畫師徐侶雲赴臨川為湯顯祖畫像供於遂昌祠中〔註26〕。

除了貴生思想，湯顯祖的另一重要思想，是「至情論」。湯顯祖的「至情」論主要是源於泰州學派，同時也滲透著佛道的因緣。泰州學派是陽明學派的一個分支，也是陽明後學中最為興盛的學派，是由王陽明弟子王艮（心齋）開創。湯顯祖與泰州學派淵源頗深，其中老師羅汝芳，是泰州學派代表人物王艮的三傳弟子，對湯顯祖影響最大，他的思想直接影響著湯顯祖的戲劇創作。湯顯祖自謂「一生疏脫，然幼得於明德（汝芳）師」〔註27〕。

此外，王學左派的後期代表李贄，是繼羅汝芳之後對湯顯祖的思想認識和戲劇創作起到重大作用的導師。他的「童心說」倡導絕假純真、真情實感，具有強烈的反傳統意識〔註28〕。這些思想都為湯顯祖「至情論」的產生奠定了基礎，對湯顯祖產生了積極的影響。還有，與李贄並列為當時思想界「二大教主」的禪宗佛學家達觀和尚，與湯顯祖有著多年的神交，湯顯祖的「寸虛」佛號，也是達觀所賜。達觀在其有生之年，幾乎總在關注並勸化著湯顯祖。湯顯祖正是在與達觀的反覆切磋論辯中，啟發、促進自己將羅汝芳、李卓吾的思想學說融會貫通而提出自己的情理觀〔註29〕。湯顯祖《答管東溟》曾說：「如明德先生（羅汝芳）者，時在吾心眼中矣。見以可上人（達觀）之雄，聽以李百泉（李贄）之傑，尋其吐屬，如獲美劍。」〔註30〕

他一生言情、寫情、重情，公開宣揚「為情而生，為情而死」，可以說是一個地地道道的「情癡」。所謂至情，則言「世總為情」（《耳伯麻姑遊詩序》），「人生而有情」（《宜黃縣戲神清源師廟記》），「情」是與生俱來的，並且會始終伴隨著一個人的生命進程。之所以說「人生而有情」，是因為人是一種感性的生命存在，七情六欲是人的生理本能，也是人類所共同具有的普遍性質。對於人的情感欲望，湯公覺得應該給予適當的開導和發洩，「思歡怒愁，感於

〔註26〕柳旭《湯顯祖與泰州學派》，《古籍整理研究學刊》，2017 年第 6 期，第 60～66 頁。

〔註27〕湯顯祖《湯顯祖全集》，北京：北京古籍出版社，1999 年，第 1449 頁。

〔註28〕趙晉《湯顯祖「至情論」的演繹——以〈牡丹亭〉為例》，《戲劇之家》，2021 年第 5 期，第 44～45 頁。

〔註29〕韓曉《論湯顯祖與泰州學派》，《中文論壇》，2017 年第 1 期，第 98～122 頁。

〔註30〕成復旺、蔡鍾翔、黃保真《中國文學理論史（三）》，北京：北京大學出版社，1987 年，第 207 頁。

幽微，流乎嘯歌，形諸動搖。或一往無盡，或積日而不能自休」〔註31〕，而不能刻意躲避、強行遏制，更不能視為洪水猛獸，必欲去之而後快。湯顯祖不僅認為「人生而有情」，而且指出「世總為情，天下之聲音笑貌大小生死，不出乎是」〔註32〕，在湯公看來，人世間正是因為有「情」的存在，萬事萬物才變得多姿多彩、五彩斑斕，富有旺盛的生命力。

有情人生的最高境界是「至情」，《牡丹亭·題詞》中說：「情不知所起，一往而深。生者可以死，死可以生。生而不可與死，死而不可復生者，皆非情之至也。」〔註33〕「花花草草由人戀，生生死死隨人願，便酸酸楚楚無人怨。」〔註34〕湯顯祖「至情」的內涵不僅僅是指男女之間的愛情，它還包涵著作為人的一切的自然感情和欲望。湯顯祖認為，人情之所至，可以超越生死，超乎時空，具有不朽的魅力。因此，杜麗娘可以「夢其人即病，病即彌連」，「死三年矣，復能冥冥中求其所夢者生」。這種「情」並非單純之愛情，也指「至性至情」的「真性情」。所以，雖是「理之所必無」，卻可以為「至情至性」者所有；而杜麗娘正是湯顯祖筆下的「至情人」〔註35〕。

湯顯祖本身是一個「多情」之人，「情」於他而言，可以說是他畢生的追求。

在道學家高談心性的時代，湯顯祖卻不諱談「情」。即使在晚年，他也承認自己是個「多情」之人，「吾行於世，其於情也不為不多矣」〔註36〕。並且一直到晚年，湯公仍為「情」所困，在「情」上用力頗深。《續棲賢蓮社求友文》：「歲之與我甲寅者再矣。吾猶在此為情作使，劬於伎劇。」〔註37〕「人或勸之講學，笑答曰：『諸公所講者「性」，僕所言者「情」也』。」〔註38〕可見湯氏所言之「情」並不完全侷限於愛情範疇。湯公的人生願望和追求在於：「無情者可使有情……人有此聲，家有此道，疫癘不作，天下和

〔註31〕湯顯祖《湯顯祖詩文集》，上海：上海人民出版社，1973 年，第 1127 頁。

〔註32〕湯顯祖《湯顯祖詩文集》，上海：上海人民出版社，1973 年，第 1050 頁。

〔註33〕湯顯祖《牡丹亭·題詞》，北京：人民文學出版社，1963 年，第 1 頁。

〔註34〕錢南揚校點《湯顯祖集·戲曲集》，上海：上海人民出版社，1973 年，第 1859 頁。

〔註35〕易新香《解讀湯顯祖的「至情觀」》，《牡丹江師範學院學報（哲學社會科學版）》，2012 年第 6 期，第 20～22 頁。

〔註36〕湯顯祖《湯顯祖詩文集》，上海：上海人民出版社，1973 年，第 1161 頁。

〔註37〕湯顯祖《湯顯祖詩文集》，上海：上海人民出版社，1973 年，第 1161 頁。

〔註38〕湯顯祖《湯顯祖詩文集》，上海：上海人民出版社，1973 年，第 461 頁。

平」(《宜黃縣戲神清源師廟記》)。從這個意義而言，至情是貴生的延伸，以有情的、至情的世界，實現對蒼生的眷顧。浙江的遂昌，可以說是湯顯祖的「至情」理想國。

近年來，關於湯顯祖的貴生說和至情論，有兩篇新出土的文獻尤其值得一提，那就是《祖母魏夫人遷祔靈芝園墓誌銘》(簡稱《魏銘》)和《明敕贈吳孺人墓誌銘》(簡稱《吳銘》)。兩篇《墓誌銘》文之碑石均立於「萬曆丙午(1606)十二月」，為深入研究湯顯祖生平思想及其情感世界，考察其作品及家族支系繁衍，提供了極為寶貴的新資料。《魏銘》中，湯顯祖與祖母感情深厚，「諸孫中最愛顯祖」，祖母的家教和家風，給湯顯祖的人生以重要的情感和精神啟蒙。而湯顯祖的至情觀，在《明敕贈吳孺人墓誌銘》似乎能夠更直接地找到源頭。根據碑文記載，湯顯祖地妻子吳玉瑛，就是至情之人的原型。碑文中記載了幾件感人的事蹟。

一是妻子對湯公的瞭解可以說是十分體貼入微。余或新中衣履襪以出，孺人必笑曰：「當以敝衣決履見還。」湯公穿著新衣服出門，妻子為什麼要說回來肯定是破衣爛衫呢？因為湯顯祖為人老實，而他的好兄弟則比較狡猾，每每把湯顯祖的新衣服穿走了。吳玉瑛沒有責怪湯顯祖，更沒有責怪他的兄弟，只是一笑，對丈夫的「好施」行為，她其實是默默支持的。吳玉瑛任勞任怨，生了女兒元英、元祥，兒子士蘧、大耆。這樣一個善解人意，任勞任怨的妻子，是湯顯祖日後情至觀的重要原型。

而最讓湯顯祖感懷的是他最後一次會試離家的往事。這時候，湯顯祖年已三十矣，而積勞成疾的妻子吳玉瑛「苦幽憂之疾，時咳唾自傷」。臨別之日，吳玉瑛早早地起床，「晨起，為我洗足，而別淚簌簌下」。這一次，天可憐見，湯顯祖考中了。而他的妻子吳玉瑛卻注定已經時日無多。雖然身患重疾，吳玉瑛還是堅持到了南京湯顯祖任所，用盡生命的最後一點時間，去陪伴自己的丈夫。由於病逝深沉，湯顯祖決定送妻子回江西臨川老家。臨別之際，夫妻二人都知道，此一別，或為永訣。妻子吳玉瑛留給湯顯祖說了這麼一段話：「妾其已矣！一生開懷而喜者，四五度耳。一于歸，已而舉兩男子，報君之兩捷音，餘皆妾之恨年也。」我這輩子開心的時候少，痛苦的日子多。我最開心的事情有幾件，一是當年嫁給了你，一是給你生了兩個兒子。此外，是兩次收到你高中的捷報。這個女人，把一生的快樂，都建立在丈夫的成就之上。這份愛，是多麼深沉，多麼令人動容。吳夫人千般「秀惠」，體己「好施」，既

「惠」且「智」，軟款深情，讓人不禁淚目、感懷。妻子亡故二十年之際，湯顯祖曾作悼亡詩五首，茲錄於下：

《清明悼亡》

版屋如房閉玉真，新添一尺瓦鱗鱗。不應廿載還輕淺，好在殷勤同穴人。

沓水青林斷女蘿，廿年松柏寄山阿。南都不解成長別，才送卿卿出上河。

曾夢紗窗倚素琴，何知萎絕鳳凰音。春煙石闋題何事？寒夜烏哀一片心。

枕簟青林一到街，相看幾月病還家。藥成不得夫人用，腸斷江東剪草花。

欲葬宮商買地遲，深深瓦屋覆寒姿。秣陵舊恨年多少，夢斷紅橋送子時。

湯顯祖，值得我們永遠追憶、懷念。

由此，無論是從莎士比亞和湯顯祖的生平履歷，還是從他們一生所致力的主要事情來看，湯顯祖和莎士比亞的境界是不一樣的。湯顯祖永遠是中國古代的偉大文人，莎士比亞永遠是英國古代偉大的劇作家。而我們樂於不假思索地就接受「湯顯祖是中國的莎士比亞」的說辭的原因之一，就或許在於我們對自己本民族文化的不自信，需要借助外來文化及其代表人物來尋找價值尺度。而這種不自信就可能源於我們對自己的文化的認知不夠，對傳統戲曲、京劇等藝術的理解沒有一定的文化基礎，對中華傳統戲曲豐富的文化內涵和文化價值不能很好地去認知和欣賞。

其實在我國鼓勵文化產業「走出去」戰略指引下，以《牡丹亭》為代表的崑曲已經走出國門。在 2019 年，《牡丹亭》從美國紐約到法國巴黎走到了莫斯科，它作為契科夫國際戲劇節的開場劇目首先亮相，600 年歷史的水磨崑腔，征服了現場的俄羅斯觀眾，讓國際戲劇節觀眾稱讚「美不勝收」。那麼我們在堅持戲曲文化走出去，引領世界各國通過傳統戲曲的橋樑，走進中華傳統文化的殿堂的同時，我們自身也應該認識、理解和認同對我國文化發展具有深遠影響力的戲曲文化，以此堅定文化自信，增強文化自覺。

附錄二：戲曲生態重構的四川經驗──
百年悅來茶園與 20 世紀川劇
生態變遷

　　自古「蜀戲冠天下」，但所謂蜀戲，並非今天意義上的川劇。川劇的形成是近代以來的事情，至少晚於魏長生、陳銀官時代。川劇最終定型，大約在清代晚期，為「五音雜陳」。在川劇發展史上，悅來茶園，幾乎承載了了川劇生態的一切形態，堪稱川劇生態活化石。尤其是二十世紀二十年代興起的「三慶會」，借助悅來茶園，實現了川劇生態的繁盛。悅來茶園的百年沉浮與 20 世紀川劇生態變遷具有密切的相關。然而，理解這二者之間的聯繫，並不簡單。四川歷史所的小琴同志為此撰寫了兩篇文章，其中出現了多處不甚準確的分析和判斷。為了廓清川劇生態嬗變實跡，必須重新考量悅來茶園與川劇生態的相關概念及聯繫的內涵。

　　悅來茶園始建於 1909 年，被川劇界稱為「戲窩子」。二十世紀川劇生態嬗變，悅來茶園是一個鮮活的縮微鏡象。透過這座茶園，可以窺見川劇生態變遷的實跡。然而，近年來，對於悅來茶園的研究很少，對這座茶園的戲曲生態承載意義估計嚴重不足。

　　在民國初年，悅來茶園是最早一批茶園、戲園合一的市民文化場所。此後，四川全省各地紛紛修建帶戲臺的茶園，喝茶看戲蔚然成風。悅來茶園之所以一開始就與戲曲結緣，那是因為這座茶園在歷史上，曾經是老郎廟舊址。所謂老郎廟，即梨園行供奉祖師爺的地方。這個老郎，學界多認為是唐明皇。當年的老郎廟建有萬年臺，供各路戲班演出之用。由於清代湖廣填四川，陝

西、陝西、中原的商人也翻過秦嶺來到成都平原，這裡的戲班，演出的是來自五湖四海的聲腔。

各種聲腔夾雜，是川劇形成的初級階段。而可以想見的是，老郎廟內茶園，藝人和平民觀眾混雜一堂，形成了川劇生態最早的雛形。也即是說，川劇一開始，就是演給底層民眾欣賞，慰藉的是普通民眾，江湖漂泊之人的內心。平民化，是川劇的第一特質。後來老郎廟頹敗不存，茶園卻屹立不倒，最終成為悅來茶園。

早期的川劇演出多為應節應景戲，多在酬神廟會或會館舞臺演出。露天草臺、萬年臺或會館是川劇最早的演出場域〔註1〕。茶園戲臺的出現，讓戲曲演出成為日常活動。戲曲欣賞的純粹性得以滋生。這是近代川劇生態嬗變的第一次轉向，是從母體文化生態脫胎，往藝術生態層面邁進。茶園演出，少了母體文化的民俗性和儀式性，多了藝術的標準和審美趣味的需求。

演員結束了江湖漂泊，專心研習技藝，排演新劇目。三慶會便是在這樣的形勢下誕生。

1911年，「三慶會」在悅來茶園成立，以楊素蘭、康子林為首的川劇名伶，在悅來茶園聚集八大戲班，薈萃各路名角，成立了川劇歷史上第一個大型聯合劇社，把以往主要在農村流動演出的戲班子轉變為城市劇團，由廣場藝術轉變為劇場藝術，並對川劇進行了大量的改革，在川劇發展史上具有極其重要的地位，曾有「川劇正宗」之稱。

三慶會的「川劇改良」，是川劇藝術生態的第三發展階段。由母體文化生態層往藝術本體生態層，再到川劇生態體系的完善。因為川劇改良的目的就在於讓川劇藝術適應社會變遷的需要。自此，川劇生態體系已經完善，開啟了二十世紀嬗變的大幕。

一、成都的茶園戲樓文化

關於悅來茶園的史料性研究，近年來成果不多。2017、2018年，四川歷史研究所蔣小琴同志在《文史雜誌》連續發表文章，是為數不多的完整性史料研究成果。蔣小琴的兩篇文章以建國為分界點，分別題名「1949年前悅來茶園與川劇的關係初探」「1949～1966年間悅來茶園與川劇關係初探」。小琴同志意識

〔註 1〕杜建華、丘慧《四川戲曲演出場所變遷考略》，《戲曲藝術》，1996 年第 3 期，第 100～104 頁。

到了一些基本問題，比如「悅來茶園與川劇的魚水關係在中華人民共和國成立後的 17 年間逐步被打破。〔註2〕」她甚至看到了 1956 年「三大改造」的結束，新中國的文藝政策的變化，是悅來茶園與川劇關係發生變化的重要原因。又比如，他看到了「川劇是四川民眾喜聞樂見的地方民俗文化表現形式。」看到了社會劇變、城鎮的興起和市民階層的出現對川劇的影響，看到了三慶會川劇的社會改良性質和商業性質。她甚至提出了川劇與悅來茶園的「魚水關係〔註3〕」。但小琴同志缺乏戲曲生態學的整體性的學理框架，不知道所謂「魚水關係」，就是一種生態承載關係。小琴同志未能完全廓清的問題，其實恰恰是川劇生態發展最重要的問題，也是百年悅來茶園的文化價值所在。

要理解百年悅來茶園與川劇生態，不得不簡單梳理一下四川的茶館文化和戲劇文化。近年來，這方面的研究有一些相關成果。

古往今來，一代代勤勞智慧的四川人創造了燦爛的巴蜀文化。其中，獨具特色的川茶文化在歷史長河中歷久彌新，愈漸醇香。讓我們拂去歲月的輕塵，在川茶文化的大觀園中，找尋川茶的故事與傳奇。最早的茶事發源地茶，發乎神農，聞於周公，興於唐，盛於宋，具有藥用、食用、飲用三大用途，位列世界三大無酒精飲料（可可、咖啡、茶）之一，是中國三大傳統出口產品（絲綢、陶瓷、茶葉）之一。四川是我國茶葉的原產地之一〔註4〕。喝茶是四川人精神文化世界的重要日常活動。

與茶一樣，川劇也已經融入了成都人的日常生活。逢年過節，廟會祭祀，乃至酬神祈神，有哪一樣離得了川劇呢，川劇鑼鼓真是響遍了巴山蜀水。清代之前的四川本沒有地方戲劇，川劇的形成是清初移民填四川之後。各省移民帶來不同的劇種，在會館裏的萬年臺上演出。移民是富於創造性的，也是擅長「拿來主義」的。在長期的融合中，屬於自己的地方戲——川戲形成了。到了清末，川劇成了川人之「首戲」〔註5〕。

成都最早的戲園從茶館中衍生，茶館演出在老成都盛極一時。現代化的

〔註 2〕蔣小琴《1949～1966 年間悅來茶園與川劇關係初探》，《文史雜誌》，2018 年第 5 期，第 69～73 頁。

〔註 3〕蔣小琴《1949 年前悅來茶園與川劇的關係初探》，《文史雜誌》，2017 年第 6 期，第 93～97 頁。

〔註 4〕向曉東《品味川茶歷史 弘揚川茶文化》，《四川檔案》，2017 年第 5 期，第 52～54 頁。

〔註 5〕王澤華、王鶴《川劇 四川人的精神盛宴》，《工會信息》，2014 年第 14 期，第 38～39 頁。

成都，依然保存著茶館演出的風尚。以川北燈戲為代表的通俗、鄉土藝術，演出形式、場地多樣；廣場、院壩、田間、廟臺等均可見其蹤影。茶館，這一特殊的觀演場地，非常契合燈戲短小、靈活、技藝化、喜劇性的表現，亦是它在現代化都市棲居的最佳空間〔註6〕。

川劇的普通民眾和文化名人，都鍾情於川劇藝術。李劼人一生熱愛川劇，關心川劇，他的小說被稱為「小說的晚清川劇史」。他以實錄的形式記錄了當時川劇的盛況及演出的細節，為我們保留了關於川劇的寶貴資料和歷史記憶。同時川劇也滋養著他，使他的小說地方特色更加濃鬱、人物形象更加鮮明。李劼人與川劇，演繹了地方特色藝術形式與作家互動的佳話〔註7〕。

茶園戲樓不僅是一個娛樂場所，還承載著通俗教育和娛樂政治功能。

晚清民國時期的茶館戲園，作為公共空間為大眾提供娛樂，從中除了可以瞭解人們在茶館戲園的日常生活外，還可以看到改良精英和地方政府竭力改革戲曲作為控制大眾娛樂的一部分，把他們的政治灌輸在表演的節目之中，把他們所認為的「新的」「進步的」情節加入到傳統戲曲中，以「教育」民眾。精英和國家對茶館戲園的改良和控制揭示了大眾文化與精英文化之間、地方文化的獨特性與國家文化的同一模式之間的鬥爭。在國家權力及其文化霸權之下，大眾娛樂不可避免地被改變了。但國家要達到控制的目的遠非輕而易舉，從晚清改革到國民政府的崩潰，成都地方文化和習慣堡壘頑固地堅守著它們的防線，充分顯示了近代中國文化變化與持續性同時並存〔註8〕。

這是因為，中國戲曲的發展是一個生態譜系性的複雜、多元演進。歷史上的戲曲勃興都有賴於整個戲曲生態譜系的和諧、共生、互促。近代戲曲生態譜系的都市與鄉土二元基本格局隨著都市文化的物質化與功利化變得淺薄而無趣；鄉土文化則在民俗文化的解構和民間信仰的崩塌過程中變成供人馴獵、把玩的景觀或者景點。與此同時，都市與鄉土的公共文化空間急劇萎縮，宅文化成為現代人的無奈選擇。而依附於都市、鄉土文化以及由此衍生的公共文化空間的戲曲藝術，也就無從存在，更遑談發展。中國戲曲的當代發展

〔註6〕李陽《成都茶館裏的燈戲演出》，《戲劇文學》，2016 年第 3 期，第 139～142 頁。

〔註7〕阮娟《李劼人與川劇》，《四川戲劇》，2015 年第 6 期，第 116～118 頁、第 129 頁。

〔註8〕郭勇《晚清四川戲曲改良的歷史還原（下）——主要措施與積極成果》，《四川戲劇》，2009 年第 1 期，第 13～16 頁。

是一個生態重構的問題，在都市層面而言，就是要重新尊重都市市民的基本人格與人性，尊重市民的樸素審美文化追求和消閒文化心理〔註9〕。

事實上，除了悅來茶園成都演川劇的「戲園子」還有春熙路的「三益公」、祠堂街的「新又新」、樂丁字街的「華瀛」、書院南街的「平民」、布後街「成都」等十多處〔註10〕。成都近代城市品格的確立，可以說都是與川劇分不開的〔註11〕。

二、悅來茶園與戲曲生態的母體文化層

按照小琴同志的歷史分期，將建國前後作為「悅來茶園」前後發展分期的分界點。但小琴同志並未給出如此分期的理由。事實上，這是因為，建國前，是川劇藝術生態體系不斷完善和健全的歷史階段。悅來茶園的特殊意義在於見證了川劇的兩次生態轉型和升級。

首先，便是由鄉土而都市，由母體文化生態而藝術本體生態。鄉土母體文化生態的時期，川劇作為承載鄉土文化民俗和信仰的載體，藝術性的獨立性品格相對不強。這時候的演出無論是劇目還是表演，都停留在比較鄉土的層面。

很顯然，小琴同志未看到這一次生態轉型與升級。

在鄉土生態階段，主要的演出形式是廟會、草臺露天、會館演出，演出的內容是五音雜陳。據清代民國《同官縣志》收錄的演劇史料，廟會演劇、歲時節令演劇和喪葬戲在清末民初佔有重要比重〔註12〕。事實上，戲曲演劇生態包括演員、觀者、演出場所和演劇形態等方面的內容，它是人與戲曲演出和社會環境三者共同構建的穩定的生態系統。廟會的演劇活動是研究戲劇演劇生態的重要樞紐〔註13〕，也是鄉土戲劇生態的第一層面。

在四川，廟會演出除了應時戲：

應時戲，如逢端午，必演《雄黃陣》，逢七夕，必演《鵲橋會》，此亦荊楚

〔註9〕 吳民《中國戲曲生態重構的都市化路徑芻議——以悅來茶園為切入點》，《戲劇文學》，2016 年第 2 期，第 4～10 頁。

〔註10〕 葉春凱《在悅來茶園看戲》，《四川戲劇》，1994 年第 5 期，第 50～51 頁。

〔註11〕 孫曉芬《清末民初成都城市文化與川劇》，《文史雜誌》，1994 年第 1 期，第 30～31 頁。

〔註12〕 暢同歡《清代及民國〈同官縣志〉所載演劇活動考述》，《文化學刊》，2019 年第 3 期，第 236～238 頁。

〔註13〕 蘇文惠《蒲劇演劇生態研究》，北京：中國藝術研究院，2018 年。

歲時之意，猶有古風。自光緒庚子以來，專尚新異，輒不演矣〔註14〕。

還有目連戲：

蜀中春時好演《捉劉記》一劇，即《目蓮救母》陸殿滑油之全本也。其劇至劉青提初生演起，家人瑣事，色色畢俱，未幾劉氏扶母矣，未幾劉氏及笄矣，未幾議媒議嫁矣，自初演至此，已逾十日。嫁之日，一貼扮劉，冠帔與人家嫁新娘等，乘輿鼓吹，遍遊城村。若者為新郎，嚘者為親族，披紅著錦，乘輿跨馬以從，過處任人揭觀，沿途儀仗導前，多人隨後，凡風俗宜忌及禮節威儀，無不與真者相似。盡歷所宜路線，乃復登臺，交拜同牢，亦事事從俗。其後相夫生子，烹飪針黹，全如閨人所為。再後茹素誦經，亦為川婦迷信恒態。迨後子死開齋，死而受刑地下，例以一鬼牽挽，遍歷嫁聘路徑。諸鬼執鋼叉逐之，前擲後拋，其人以苦束身，任並穿入，以中苦而不傷膚為度。唱必匝月，乃為劇終。川人恃此以祓不祥。與京師黃寺喇嘛每年打鬼者同意。此劇雖亦有唱有做，而大半以肖真為主，若與臺下人往還酬酢，嫁時有宴，生子有宴，既死有弔，看戲與作戲人合而為一，不知孰作孰看。衣裝亦與時無別，此與新戲略同，惟迷信之旨不類耳。可見俗本尚此，事皆從俗，裝又隨時，故入人益深，感人益切，視乎詞鼓唱，但記言而不記動者，又進一層，具老嫗能解之功，有現身說法之妙也〔註15〕。

第二是會館演劇。

巴蜀位於我國西南地區，素有「天府之國」之說，地理位置特殊。清及民國時期，巴蜀地區建有530餘座湖廣會館，現存約20餘座。湖廣會館是湖廣籍移民活動的主要公所，也是「湖廣填四川」移民活動的產物，蘊含豐富的歷史文化信息。明末清初，巴蜀受戰爭、自然災害等的影響，致使土著人口銳減，造成社會動盪、百業凋敝，統治者不得不採取移民之法。各省移民入川後，多以本籍同鄉聚居，並以同鄉會館為中心建立同鄉互助組織。因湖廣與巴蜀位置毗鄰、文化習俗相近等，使得湖廣籍移民人數最多，其會館分布也最為廣泛〔註16〕。

廟會演劇、喪葬演劇以及歲時節令演劇與戲曲發展與傳播的內在原因、廟會活動與地方經濟之間的相互關係以及儺舞、儺祭活動在民間的流行情

〔註14〕徐珂《清稗類鈔・應時戲》，北京：中華書局，1984年。
〔註15〕徐珂《清稗類鈔・新戲》，北京：中華書局，1984年。
〔註16〕唐俊《巴蜀湖廣會館與演劇研究》，太原：山西師範大學，2018年。

況〔註 17〕，本質而言，都與母體鄉土文化的生態狀況息息相關。換言之，戲曲演出成為母體鄉土文化的承載〔註 18〕。

而所謂廟會，祠堂演出，也是重要的組成部分〔註 19〕。廟會演劇，可以追溯到唐代，可見文化根基之深厚〔註 20〕。今天的臺灣地區，依然保留了廟會演劇。

當代臺灣廟會演劇，在形式風貌上，表現了高度的綜藝性；其運作經營，則由環環相扣的逐利機制組合而成。臺灣廟會演劇的「綜藝性」與「功利性」相較於其他華人生活地區的酬神演劇可謂極為凸出，卻很容易從生成背景加以解釋。演出通俗戲劇是臺灣廟會的傳統，今天所見的「綜藝性」卻是長期浸淫於商業劇場的結果。臺灣廟會演劇的主流劇種為歌仔戲，透過特殊的「說故事」方式，其表演內容及審美好尚都表現了高度的綜藝性，這和它採取幕表即興的表演方式有絕大的關係。即興戲劇運作產生的必然結果，包括娛樂本質、技藝主體、拼貼風格等，正是形塑廟會歌仔戲綜藝性的三大特質〔註 21〕。

而我們則幾乎徹底放棄了這一原初的鄉土母體戲曲生態樣式，不能不說是一種遺憾。廟會演劇活動的形成，與地方社會，特別是與它的地理、人文、經濟和民俗信仰密切相關。從廟廟會演劇活動的生態構成上來說，地理人文環境是其發生和存在的基礎，宗廟及其戲臺是其表演的場所；廟會組織和集市貿易則是維持其發展的經濟來源。這些要素合在一起共同構成了廟會演劇生存發展的生態環境。從廟會演劇的內部生態運行機制中看，戲班演出和當地民眾審美趣味之間的互動關係是促使演劇活動發展的主要動力。古代戲班大多由樂戶組成，他們社會地位低下且飽受歧視和侮辱，演戲是其主要的收入來源。因此，在演劇活動中，戲班的表演必須要迎合民眾趣味〔註 22〕。

〔註 17〕王琳《清代及民國方志演劇史料研究》，太原：山西師範大學，2017 年。

〔註 18〕張靖、延保全《清代及民國河北方志所見演劇史料考述》，《藝術學界》，2018 年第 1 期，第 67～76 頁。

〔註 19〕張豔琴《晉祠廟會戲曲演出的發展與變遷》，《中華戲曲》，2015 年第 1 期，第 299～311 頁。

〔註 20〕牛曉丹《唐宋時期廟會研究》，開封：河南大學，2012 年。

〔註 21〕林鶴宜《庶民風標：臺灣廟會演劇的綜藝性與功利性》，《文化遺產》，2009 年第 1 期，第 88～96 頁、第 158 頁。

〔註 22〕楊國棟《魏村牛王廟廟會演劇活動的生態研究》，西安：西安音樂學院，2008 年。另參見延保全《魏村牛王廟會祀神演劇史料》，《戲曲研究》，2002 年第 2 期，第 33～50 頁。

這就是為什麼由老郎廟變遷而來的悅來茶園，對鄉土文化和民眾趣味，一直最為重視。甚至在二十世紀遇到外部生態壓力的時候，悅來茶園寧願放棄演出，也不願意拋棄鄉土文化和民間趣味。

與此同時，母體文化有不斷滋長著藝術本體生態的發展。民間迎神賽社活動最初根源可以追述到古老的社祭，社祭活動與其他村社活動融合，導致綜合性的大型迎神賽社產生，在迎神賽社紛繁蕪雜的內容中，戲劇因素是迎神敬神儀式中必不可少的一部分，它們往往與宗教儀式交織在一起，成為民間特有的儀式劇演出。迎神賽社文化影響著民間演劇的內容和形態特徵，民間演劇就是在迎神賽社所營造的氛圍中形成自己特有的內容和形態。從內容上看，民間驅儺儀式的武力因素直接導致民間武打戲的形成，民間戲劇從演出內容到演出風格處處體現出迎神賽社儀式中社火舞隊的影子〔註23〕。

此外，川劇的五音雜陳，就是源於會館演劇〔註24〕。「商路即戲路」，戲曲演出也促進了經濟的發展和社會的進步〔註25〕。近代城市的商幫、行會，是戲班、伶人賴以生存的重要經濟來源，也是戲曲業繁榮的重要推動力。明清時期的會館大多是來自同一地域的人們共同參與修建而成，是同鄉組織活動的一個重要場所。會館以其濃鬱的地域特色吸引了同鄉向會館靠近，並通過一些活動來增加會眾對來源於共同鄉土的自豪感和認同感，達到會館「連鄉情、敦鄉誼」的目的，同時平衡內部成員之間的利益及處理好與外部的種種關係，會館對地域文化的張揚及會館各種活動的需要，使演劇成為會館的一項重要職能〔註26〕。會館多供奉家鄉神、行業神、或家鄉先賢，所以酬神演劇成為會館演劇的一個重要形式，且具有規模大、持續時間長、演劇多、儀式性強的特點〔註27〕。

悅來茶園頑強保留了母體文化層對民俗、民眾心理審美趣味的尊重，這是悅來茶園屹立百年的最重要原因。

〔註23〕白秀芹《迎神賽社與民間演劇》，北京：中國藝術研究院，2004 年。

〔註24〕李秀偉《「弋陽腔」傳播與江西會館演劇的再探討》，《民族藝術》，2019 年第 5 期，第 154～160 頁。

〔註25〕陳志勇《商幫、行會與近代漢口的會館演劇——兼論中國戲曲史上「商路即戲路」之命題》，《文化遺產》，2018 年第 3 期，第 30～38 頁。

〔註26〕齊靜《會館演劇的原因探析》，《戲劇文學》，2016 年第 9 期，第 104～110 頁。

〔註27〕齊靜《論會館的酬神演劇》，《戲劇文學》，2014 年第 1 期，第 84～88 頁。

三、悅來茶園與川劇生態嬗變及其適應

如果說母體鄉土文化是悅來茶園的根，那麼創新求變則是悅來茶園的羽翼。

（一）三慶會與川劇改良

清代末葉，由於維新運動的餘波所及，在我國新興資產階級改良運動的因子滲入到社會各個領域的形勢下，一些文化界人士，也發出了「改良戲曲」的呼聲，曾任四川提學使的方旭，便有過這樣的企盼：「阜財解慍兩茫茫，戲曲如何得改良？」當時，在社會改革的總體趨勢下，經四川巡警道繼任勸業道的周孝懷（善培）倡導，召聘在成都的一批有志於文化改革的耆舊、文人，以成都為緣起地和決策中心，在四川境內發起了一場戲曲改良運動。這場運動的發起人和參與人的身份，大多是曾經得志於科舉而後失意於科舉的人物。正如一位佚名作者在他所著《蓉城竹枝詞》裏介紹的那樣：「科舉文章無用處，改良戲曲作傳奇。」詞後注：「發起皆前科舉中人。〔註 28〕」

這些文人，對川劇藝術的提高，起到了十分重要的作用。這些人不僅文化水平較高，而且母體文化底蘊深厚，深諳川劇真趣味。他們不僅改良文戲，也改良「武戲」〔註 29〕。

作為社會公共空間的茶館，一直在成都市民的社會生活中扮演著重要角色。在我國，各地均有茶館，帶給當地社會的影響也各有所異，但像成都茶館這樣，給人民社會生活的各個方面都帶來深遠影響的，卻不多見。這也正是筆者嘗試對成都茶館進行瞭解與研究的動力和意義所在。我們討論茶館藝術，離不開討論茶館生活。茶館本身給了茶館藝術生存的土壤，而社會生活無疑給了茶館藝術不斷成長的養分。茶館給社會大眾提供了一個寬鬆的公共生活空間，這種公共空間的多元與包容，使得成都人祖祖輩輩都流連於茶館之中；也正是這種多元與包容，舊時的成都茶館給了各類民間藝術展示與發展的舞臺，使其逐漸從公共生活空間發展成為了一個公共藝術空間〔註 30〕。

〔註 28〕戴德源《戲曲改良與三慶會》，《四川戲劇》，1990 年第 5 期，第 39～42 頁。

〔註 29〕段緒懿《近現代川劇改良運動中的武戲改良》，《戲曲研究》，2019 年第 3 期，第 268～278 頁。

〔註 30〕苗雨藍《成都茶館作為公共藝術空間的發展及現代轉換研究》，成都：四川師範大學，2016 年。

　　川劇的劇目體系，也是自此變得完善。傳統劇目的來源與流變、時事時裝戲的勃興與發展、新編古裝戲的演進趨勢以及川劇現代戲的發展軌跡，都肇始於悅來茶園的「三慶會」時代〔註31〕。清末民初，地方戲改良呈現出革命家主導和士伶合作兩種模式。以粵劇和滇劇為代表的革命家主導模式以宣傳革命為己任，以推翻滿清王朝為目標。秦腔和川劇為代表的士伶合作模式以教育民眾為己任，以移風易俗、開啟民智為目標。革命家主導模式在辛亥革命後便逐漸消失，而士伶合作模式則在辛亥革命後對地方戲的發展起了推動作用。兩種模式相比較而言，士伶合作模式對今天戲曲發展的借鑒意義更為重大〔註32〕。

　　1911 年秋，反帝反封建的「四川保路運動」以雷霆萬鈞之力加快了晚清王朝的覆滅。中華民國於 1912 年成立，標誌著中國近代半殖民地半封建社會的結束和現代民主社會的開始，並賦予成都「三慶會」劇社史無前例的劃時代意義和與生俱來的現代品質。大致從 1921 年起，「川班」的演出漸稱「川劇」。經過抗日戰爭、國內戰爭和新中國建立初「改戲、改人、改制」，川劇終步入繁盛時期，且作為巴蜀地區的戲曲地方代表劇種聞名於世〔註33〕。清代的四川戲，只是今日川劇劇種的母體。其演進歷程大致可按百年劃線，分為諸腔雜陳的戲曲化顯現、日漸趨同的地方化衍變、係時突變的現代化前奏三個不同的時期。而隨著辛亥革命勝利應運而生的「三慶會」劇社，即可以視為川劇劇種脫胎而出的標誌〔註34〕。

（二）戲改與改人、改戲、改制

　　小琴同志犯了一個最其本的錯誤，就是錯誤地把「改人、改戲、改制」歸到三慶會。這是十分嚴重的歷史錯誤，這個口號的提出，是建國後的戲曲「三改」時期。「三改」是建國初期戲曲改革工作的主要內容。它包括了「改戲、改人、改制」三個方面。建國以前，戲曲的情況是什麼樣子的呢？拿北京

〔註31〕 杜建華《川劇劇目形成發展路徑探索》，《四川戲劇》，2015 年第 7 期，第 29～36 頁。

〔註32〕 郭勇《晚清四川戲曲改良的歷史還原（上）——問題辯索與改良興論》，《四川戲劇》，2008 年第 6 期，第 6～10 頁。

〔註33〕 周企旭《「三慶會」劇社的劃時代意義與現代品質》，《四川戲劇》，2015 年第 10 期，第 57～61 頁。

〔註34〕 周企旭《清代四川戲只是川劇劇種的母體》，《中華戲曲》，2008 年第 1 期，第 335～353 頁。

來說，北京是 1949 年 1 月 31 日和平解放的，解放之初，北京戲曲舞臺上真是一片混亂。那時候，不僅有內容荒誕不經、形象恐怖惡劣的《八仙得道》《全部鍾馗》；還有描寫淫亂兇殺的如《殺子報》《雙釘記》；再就是那些還不錯的傳統戲，如《紅娘》《貴妃醉酒》《遊園驚夢》〔註 35〕。在當時，這就有相當的現實意義。

在三改過程中，悅來茶園的身份是十分尷尬的。因為它並不是一個穩定的藝術團體，而是一個演出場所。或許正因為此，悅來茶園反而以一種消極的態度，保留了川劇生態體系的自洽和全面性。比如在對待改戲的問題上，悅來茶園保留了部分所謂「壞戲」的演出。

建國初期，「壞戲」遭到禁演。這些「壞戲」大部分都曾經是舞臺上的常演劇目，在這些劇目的盛行與被禁之間蘊含著戲曲藝術接受（包括一些低級趣味，如色情、兇殺、暴力等）與國家政治教化的極大鴻溝。而 1957 年對禁戲的全面解放，是國家在意識形態層面第一次向藝術接受規律妥協，但這種妥協必然是不徹底的，也必然是短暫的。超越政治教化以外太遠的藝術，或是完全依附於政治的藝術，都必然是短命的〔註 36〕。

不過隨著大躍進、反右，以及六十年代現代戲的興起，悅來茶園的堅持已經不可能。不過可以說，正是以悅來茶園為代表的川劇生態因子的頑強延續，為二十世紀後期川劇生態的發展，提供了火種和希望。而這，正是悅來茶園對川劇生態嬗變最積極的意義所在。

（三）悅來茶園與當代都市文化建構

2013 年，《光明日報》發表文章，向川劇生態提了一個重要問題：「川劇「戲窩子」會消失嗎？〔註 37〕」時至今日，這個問題似乎已經不需要再回答，因為川劇生態正逐漸消弭。其中，老百姓能夠親近的戲曲生態狀況不容樂觀。事實上，川劇藝術生態作為一個體系，從來都是受到各方影響。如果說「戲窩子」代表了傳統川劇觀演的和諧生態，可貴處在於各個層面都處於比較充分發展的態勢。本體層面高度健全，演出水平和技藝極高，有一大批優秀藝

〔註 35〕劉乃崇《「改戲、改人、改制」給我們的啟示》，《中國戲劇》，1990 年第 1 期，第 38～41 頁。

〔註 36〕吳民《政治禁演與民間風情的悖謬——建國初期「壞戲」藝術趣味重估》，《戲劇（中央戲劇學院學報）》，2015 年第 3 期，第 57～67 頁。

〔註 37〕張國聖《川劇「戲窩子」會消失嗎？》，《光明日報》，2013 年 6 月 14 日，第 5 版。

人支撐藝術水平。母體文化內涵豐富，未切斷與母體鄉土文化及巴蜀民俗的聯繫，反映的是百姓的審美訴求和精神理想。外部生態方面，創作演出欣賞，未收到社會變動、政治環境、經濟變遷的劇烈影響。事實上，一旦上述三個層面的任一層面受到影響，戲窩子承載的和諧戲曲生態都會面臨巨大危機。從這個意義上而言，越是高度發展的藝術生態，越是脆弱。因此要維繫，就越是艱難。以二十世紀川劇最著名的戲窩子悅來茶園為例，一直都在經受層層考驗。

二十世紀初期到二十年代，悅來茶園得益於戲曲改良風氣之先，在藝術本體層面擁有一流的劇作家、演藝人員。這些藝術創作者與鄉土聯繫緊密，改良戲曲源於鄉土和人民，即戲曲生態的母體文化。這一點與陝西易俗社多有可相互映襯處。魯迅曾為易俗社贈「古調獨彈」匾額，事實上，這一時期的川劇，亦可當此美譽。

然而三十年代以後，尤其是隨著抗戰和內戰的持續性社會政治經濟消耗，川劇生態漸漸無法獲得獨立發展。尤其是當局對川劇藝術的種種干擾和利用，讓悅來茶園這個戲窩子面臨巨大危機。對此，有批評者指出：

民國時期，儘管三慶會極力想團結成都的川劇藝人，並維持改革所帶來的優勢；但時局、環境的惡劣，仍使其一度陷入低谷，面臨經營的危機。據史料記載，悅來茶園在 1936 年以來就已經呈現出頹勢〔註38〕。

不過，這樣的論斷顯然沒有看到川劇生態嬗變更深層次的內部體系性聯繫。因此，在頹勢之前，該批評者認為 19 世紀末開始的社會劇變、城鎮的興起和市民階層的出現，以及川劇商業性質漸濃，都是促成悅來茶園鮮活發展的助力。而事實上，對於一個相對穩固的藝術生態體系而言，任何變動都是具有顛覆性影響。川劇藝術能做的，是適應性的變革。比如隨著 20 世紀初社會變革而興起的川劇改良。改良不是川劇生態蓬勃發展的充分條件，改良過程中對戲曲生態的整體性維護和穩固，才是最重要的。這就是為什麼三慶會的改良促進了川劇生態發展，而建國後的歷次改革，卻未取得藝術生態意義上的繁盛（包括魏明倫等川劇劇作家的探索）。因為三慶會沒有隔斷與母體文化的聯繫，改良劇目還是巴蜀文化與民俗框架下的，人民喜聞樂見的劇目。此外，藝術本體層面對藝術精益求精，培養孕育了一大批扛鼎的藝人。最後

〔註38〕蔣小琴《1949 年前悅來茶園與川劇的關係初探》，《文史雜誌》，2017 年第 6 期，第 93～97 頁。

就是以改良的方式不斷適應社會變革只需要。很遺憾，川劇批評者對此，未予以論述。因為缺乏藝術生態體系化的整體認知，無法高屋建瓴，因此對於建國後川劇生態的變化，也就只能含混其詞。

悅來茶園與川劇的魚水關係在中華人民共和國成立後的 17 年間逐步被打破。隨著新政權地位的鞏固，1956 年「三大改造」的結束，新中國的文藝政策的變化，悅來茶園與川劇之間關係也隨之變化〔註39〕。

在該批評者眼中，代表或者說承載著川劇生態的戲窩子「悅來茶園」在建國後便與川劇漸行漸遠，直至徹底退位。這種論斷顯然也是比較膚淺而表面的。事實上，即使是通過該批評者自己的資料羅列，也不難發現「悅來茶園」並未與川劇生態斷裂，而是與非本體意義上的所謂新的創作（如應景現代戲），放衛星式樣的粗製濫造漸行漸遠。越來茶園所堅持的某些錯誤，比如上演所謂「壞戲」，恰是對母體文化中民眾的素樸審美的堅持。而一旦這種堅持不再擁有可能，悅來茶園就不得不退位。事實上，退位的是川劇生態，是川劇藝術生態整體上落幕。但不是消亡，而是蟄伏，因為母體文化上壤健全。一旦春天來臨，悅來茶園（川劇生態），必將重新登場（萌芽）。而這個春天，便是改革開放！而至於取代悅來茶園的錦江劇場，其實從生態意義上而言，二者其實本質都是川劇生態的承載者。所不同的是，錦江劇場作為國營劇場，即便在川劇生態蟄伏以後，也不得不繼續上演《百醜圖》。事實上，今天成都的戲窩子，「悅來茶園」和錦江劇場，已經無從分割。

百年悅來茶園與二十世紀生態嬗變，可以說就是一個記錄者與被記錄者的關係。悅來茶園是幸運的，因為承載了川劇；川劇是幸運的，因為有悅來茶園這個家。今天的戲曲界，應該看到川劇生態嬗變過程中對生態母體、本體的堅持和守護，應該看到川劇生態對外部環境的頑強適應。捨此，討論悅來茶園，則會毫無意義。也正是在這個意義上，本文要與小琴同志略作商榷和討論。

〔註39〕蔣小琴《1949～1966 年間悅來茶園與川劇關係初探》，《文史雜誌》，2018 年第 5 期，第 69～73 頁。

附錄三：中國戲曲生態重構的都市化路徑芻議——再談悅來茶園

　　中國戲曲的發展是一個生態譜系性的複雜、多元演進。歷史上的戲曲勃興都有賴於整個戲曲生態譜系的和諧、共生、互促。近代戲曲生態譜系的都市與鄉土二元基本格局隨著都市文化的物質化與功利化變得淺薄而無趣；鄉土文化則在民俗文化的解構和民間信仰的崩塌過程中變成供人馴獵、把玩的景觀或者景點（其實已經無任何內涵）。與此同時，都市與鄉土的公共文化空間急劇萎縮，宅文化成為現代人的無奈選擇。而依附於都市、鄉土文化以及由此衍生的公共文化空間的戲曲藝術，也就無從存在，更妄談發展。中國戲曲的當代發展是一個生態重構的問題，在都市層面而言，就是要重新尊重都市市民的基本人格與人性，尊重市民的樸素審美文化追求和消閒文化心理，以非「金錢榨取」的更純粹文化藝術品格為出發點，營造新的都市公共文化空間，培養和守護現代都市的文化之根。

　　作為一個藝術生態研究者，我常常想，廣場舞為什麼在今天的中國都市如此火爆？作為一個高校文化藝術教師，我常常在想，為什麼今天的中國高校越來越沒有大學氣質？作為一個青年，我常常想，為什麼今天的年輕人總是只能在虛擬網絡眼巴巴去豔羨那些所謂的愛情神話（無聊的偶像劇、虛假營造的故事或節目、明星等等）？這些問題雖非學術問題，但確實一直困擾著我。我試著做了一些比對，若干年前的工廠、國有單位都有所謂的工間操和工會活動（支撐這些的是單位的院落，對於沒有工作的都市人，也可以憑藉屋前屋後的空地，弄堂，茶館，戲園子實現公共文化的消閒和交流），在這樣一個契機下，人們可以放下工作，聊聊家常，談談開天，由此構成一個最

基本的公共文化空間，現在，這種空間被高樓大廈壓縮到完全沒有，於是在僅有的一些空地上的廣場舞，替代了這一公共文化空間的功能。若干年前，大學校園的主要室內外建築，都是學生可以隨意進入的學習和修身場所，甚至每一個班都有一個固定的教室或教研室（這非常重要，對於學生的歸屬感具有極其深刻的影響）。而現在，別說學生，連教授級別的教師有時候都無法在學校找到一張穩定的辦公桌。高校的建築更多是讓人看不懂的這研究所，那綜合大樓，進到裏面，到處都是衙門，或者鐵鎖。學生們為了一個不穩定的自習室席位，甚至要凌晨幾點就去排隊。運動場所呢？也是被壓縮到很小的一塊，這很小的一塊往往還會被社會優勢階級租用。於是學生們只能宅宿舍，玩電腦，大學的公共文化空間耗損殆盡，又何來大學氣質。這兩個對比結果一出，再談現在的年輕人，就很容易，由於缺乏公共文化空間的有效培育，年輕人的觸角其實是斷裂的，又如何容易獲得邂逅的機會和機遇。更可怕的是，這些斷了觸角的年輕人，已經習慣於無觸覺的生活，反而認為那些不靠公共文化空間培育和自我觸覺感知的虛擬網絡世界才是真實的。於是身邊的朋友是無足輕重的，不如朋友圈的素昧平生的人，一群人聚會，甚至情人聚會，往往也無話可說，只是各自玩手機。在這種思維慣性下，公共文化空間的重構將變得無比艱難。因此，我常常是很失望於自己的專業，然而卻並不絕望，因為，只要人的獨立人格和樸素文化訴求尚存，公共文化空間的重構就依舊可能。更何況，廣場舞還火爆，人們還會豔羨某些「神」（「女神」「神話」及其他），就是證明；更何況，在人聲鼎沸的春熙路對街，竟然還有一處茶園，吸引著數百位男女老少，上演著《十朋祭妻》《馬房放奎》《戲儀》《十件衣》這樣的戲碼，而在門口，赫然立著「三慶會」舊址的牌額，門外，俊秀的水粉筆在若干塊黑板上寫著更多戲碼：《五臺會兄》《望江亭》《武松殺嫂》《活捉王魁》《白蛇傳》《情探》……幾乎包含了歷史劇、風情戲、公案劇、鬼神戲等川劇拿手的所有劇目類型。這個茶園名為「悅來茶園」，號稱南方第一茶園。這第一我說未必，然而這依然演戲，且聚集如此眾多之市民圍觀，其在現代都市文化建構中的價值和範本意義，確實值得研究。

一、中國戲曲生態譜系的成都範本——從三慶會談起

中國戲曲的發展史研究長期以來侷限於文學、曲學或者單純的演劇研究，缺乏生態譜系層面的梳理探討，這不得不說是一個小小的遺憾。這宏大學術

史論層面的遺憾本來是無法用一個小小的局部現象去加以概括的，但在中國戲曲而言，卻不得不說很幸運，因為有兩個城市的兩個劇社，以其歷史功績鐫刻下中國戲曲生態譜系的變遷與價值，對這兩個劇社進行研究，可以略微管窺傳統戲曲史研究的不足，更可以一睹中國戲曲生態譜系的近代沿革實際，為今天都市化戲劇的生存發展提供借鑒。這兩座城市，一是西安，其劇社為易俗社；一為成都，其劇社為三慶社。而值得一提的是三慶社舊址就在今天的悅來茶園處。悅來茶園和三慶社可以比對的地方不僅僅是地址的相同，更在於它們在都市戲曲生態發展過程中的價值。

1911 年秋「四川保路運動」，賦予成都「三慶會」劇社史無前例的劃時代意義和與生俱來的現代品質。在保路運動和辛亥革命成功的巨大影響下，由楊素蘭、康子林、唐廣體等為代表的川劇演員，衝破層層阻礙、克服重重困難，聯合太洪班、長樂班、舒頤班等 8 個戲班，集崑曲、高腔、胡琴、彈戲、燈戲 5 種聲腔為一體，匯生、旦、淨、末、丑齊全行當，於 1912 年建立了川劇第一個由藝人自主、民主管理的新型川劇演出團體「成都三慶會劇社」簡稱「三慶社。「三慶會」是清末民初與上海「新舞臺」（1908）、西安「易俗社」（1912）齊名的戲曲改良團體〔註1〕。大致從 1921 年起，「川班」的演出漸稱「川劇」。而在這個過程中，三慶社的作用可以稱冠。〔註2〕

清代末葉，由於維新運動的餘波所及，在我國新興資產階級改良運動的因子滲入到社會各個領域的形勢下，一些文化界人士，也發出了「改良戲曲」的呼聲，曾任四川提學使的方旭，便有過這樣的企盼：「阜財解慍兩茫茫，戲曲如何得改良？」當時，在社會改革的總體趨勢下，經四川巡警道繼任勸業道的周孝懷（善培）倡導，召聘在成都的一批有志於文化改革的耆舊、文人，以成都為緣起地和決策中心，在四川境內發起了一場戲曲改良運動。這場運動的發起人和參與人的身份，大多是曾經得志於科舉而後失意於科舉的人物。正如一位佚名作者在他所著《蓉城竹枝詞》裏介紹的那樣：「科舉文章無用處，改良戲曲作傳奇。」〔註3〕

這個扛起川劇改良大旗的劇社就是三慶社。川劇的成熟與其現代戲的誕

〔註 1〕李祥林《〈辭海〉「三慶會」條一疑》，《戲曲藝術》，1993 年第 3 期，第 79 頁。
〔註 2〕周企旭《「三慶會」劇社的劃時代意義與現代品質》，《四川戲劇》，2015 年第 10 期，第 57～61 頁。
〔註 3〕戴德源《戲曲改良與三慶會》，《四川戲劇》，1990 年第 5 期，第 39～42 頁。

生如從辛亥革命時期的「時裝戲」算起，川劇現代戲已有近 80 年的歷史，而它的誕生，是以其母體——川劇的成熟為條件的。川劇作為一個獨具一格的地方劇種聞名於世，大約在清末明初。著名藝術團體「三慶會」的成立，是川劇走向成熟的重要標誌。「三慶會」不同於「戲曲改良公會」那種帶有官方色彩的團體，也不同於一般個體經營的戲班，而是在辛亥革命的感召下，第一個由藝人自組的集體性質的藝術團體〔註4〕。這個劇社的劇作者，演員，評論家都是各個行當的翹楚，如著名的戲劇評論家劉乃崇所說的那樣：「川劇在解放前大概沒有進過北京，反正我沒有看過。我是從 1952 年全國戲曲會演時才第一次看到川劇演出。第一齣戲看的就是周企何、陽友鶴演的《秋江》，一下子就被周老扮演的這位善良而又幽默的老艄翁所吸引，他那水上行舟的高精技巧真是驚人。這就給了我第一個印象。我在會演時，曾與李嘯倉兄一起編說明書，西南代表團拿來的演員介紹材料是這樣介紹周老的：周企何，成都人。42 歲。9 歲上箱子，參加過「三慶會」學戲，拜太洪班中的何福源、唐蔭甫等為師。家境貧困，幼年失學，後來努力自學，已經能認能寫。原習小生，後改文丑。每演一個人物，歡喜鑽研人物性格、風度、感情。〔註5〕」今天的成題川劇藝術陳列館，展室裏依然陳列著古往今來的四川梨園史料和圖片、實物，五彩繽紛的各種臉譜，誘人留連。在「民國時期的川劇」展區裏，「三慶會」藝人的尊容論資排輩而列，百代、勝利公司和臺灣出版的川劇留聲片鱗次展現，各種川劇老本琳琅滿目。20 世紀 40 年代，成都《化報》曾經發起選舉川劇「四大名旦」，某演員雖然落榜，但是，投票的戲迷們卻不約而同地公推他為「第五名旦」，這演員，就是扮相怪譎卻能唱會演而紅極一時的「洗沙靶兜」蕭少卿。這樣的傳奇演員在三慶社，陽友鶴、劉成基、陳書舫……，可謂數不勝數。另外，劇作家如康子林。康子林是我國近代川劇發展史上貢獻突出的重要人物。康子林將一生投入川劇藝術的發展中，發起組建近代第一個川劇藝人劇團「三慶會」，成立研精社研究川劇藝術，培養川劇接班人，塑造了眾多經典藝術形象，對近代川劇的發展有著重要影響和傑出貢獻〔註6〕。

〔註 4〕周企旭《川劇現代戲的歷史演進》，《四川戲劇》，1990 年第 6 期，第 12～16 頁。

〔註 5〕劉乃崇《「周企何南都敬亭」》，《中國戲劇》，1991 年第 2 期，第 50～52 頁。

〔註 6〕吳雙《淺談康子林對川劇發展的影響》，《戲劇之家》，2015 年第 4 期，第 37 頁。

　　三慶會在都市戲曲生態建構過程中，首先突破觀演之間的距離，進入茶園戲樓，低價演出，同時廣泛吸納窮苦演員，編演與觀眾距離較近，有益於教化的新戲。辛亥革命的成功，產生了歷史性的巨大影響。在成都殺了四川總督趙爾豐，社會動盪便由成都波及全省，自然影響到川劇藝人。社會秩序大亂，演戲便成了問題。不少外州、縣的川劇藝人也紛紛來到成都謀生。當時，成都的社會也極不安寧，有關當局不准演出。這樣，眾多的川劇藝人大都便聚集在成都這兩個地方——狀元樓、吉祥樓〔註7〕。在這個過程中，很多觀眾受到感染，其中就包括著名的劇作家陽翰笙，翰老生前喜聞鄉音，癖嗜川劇，由於母親的影響，自幼便喜歡讀戲文，聽川戲。18歲那年，翰老插班進入四川省立第一中學校（即今成都28中），有機會觀賞著名川劇班社「三慶會」的名角和絕劇，更是大飽眼搞，過足戲癮。後來，在上海求學期間，也常組織「四川旅滬學界同志會」會員，在四川會館擺「圍鼓」，吼「玩友」，自娛自樂，宣慰鄉人〔註8〕。另外，李劼人、巴金等文學巨匠，都曾受到三慶會的影響〔註9〕。李劼人一生熱愛川劇，關心川劇，他的小說被稱為「小說的晚清川劇史」。他以實錄的形式記錄了當時川劇的盛況及演出的細節，為我們保留了關於川劇的寶貴資料和歷史記憶。

　　在藝術的精研過程中，「三慶會」為川劇劇種的成形奠定了基礎。

　　清代的四川戲，只是今日川劇劇種的母體。其演進歷程大致可按百年劃線，分為諸腔雜陳的戲曲化顯現、日漸趨同的地方化衍變、應時突變的現代化前奏三個不同的時期。而隨著辛亥革命勝利應運而生的「三慶會」劇社，即可以視為川劇劇種脫胎而出的標誌〔註10〕。

　　三慶會在都市的成功，得益於其對川劇的文化基因和藝術生態規律的尊重。川劇是在特殊的地理和人文環境中形成的地方大劇種，自康雍以降，歷經形成期、成長期、定形期、成熟期、鼎盛期、轉型期等發展階段，流播川渝全境及鄰省的部分地區，具有深厚的藝術傳統與發展潛力，為億萬民

〔註 7〕易徵祥、古草《梨園風騷「三慶會」》，《戲曲藝術》，1993 年第 3 期，第 88～93 頁。

〔註 8〕陳國福《陽翰笙與川劇》，《戲曲藝術》，1993 年第 4 期，第 8～11 頁。

〔註 9〕阮娟《李劼人與川劇》，《四川戲劇》，2015 年第 6 期，第 116～118 頁、第 129 頁。

〔註10〕周企旭《清代四川戲只是川劇劇種的母體》，《中華戲曲》，2008 年第 1 期，第 335～353 頁。

眾所喜聞樂見〔註11〕。「三慶會」發揚了這種喜聞樂見,編演了大量鬧熱、風情、奇趣的古裝戲和時裝新戲,如「斷雙槍」「祭煙鬼」、又如「繡襦記」「柳蔭記」等等〔註12〕。其中值得一提的是《白蛇傳》。許多戲曲劇種都能上演千姿百態、各盡其妙的《白蛇傳》全本或其中幾折。其中,川劇《白蛇傳》以獨有的特色佔有一席之地。川劇搬演《白蛇傳》有上百年的歷史。就近而論,上世紀40年代末期,便有著名川劇作家徐文耀編寫的《白蛇傳》1至7本的連臺本出現在川劇舞臺上。據95歲的「三慶會」老人,川劇「易萬本」認定:川劇聖人康子林扮演許仙,川劇名家周慕蓮扮演白素貞〔註13〕。這個戲,充分發揮了川劇的藝術優長,加入大量川劇絕活,突出川劇火爆、熱烈的情感氣氛,成為川劇傳唱百年的傳統劇目。劇目的成功主要得益於川劇士伶合作的創作模式〔註14〕。很多川劇劇作家就是學富五車的讀書人,同時又與戲曲藝術保持了很近的親密距離。三慶會搭建了一座士農工商、販夫走卒情感交流的公共場域,為川劇藝術生態的繁榮,提供著基本的土壤支持。

二、現代都市的戲曲生態建構——悅來茶園的啟示

座落在芙蓉古城華興正街的錦江劇場,它的前身是悅來茶園,創建於清光緒31年(1905),比我國戲曲藝術的第一個前哨陣地上海新舞臺還要早3年。1912年,著名川劇老藝人康子林、蕭楷成、賈培之等人,邀集長樂、宴樂、賓樂、順樂、翠華、彩華、桂春、太洪等川劇班社,協議組成了川劇史上第一個名伶薈萃的藝術團體「三慶會」,活動基地就是悅來茶園。人民共和國成立之後,「悅來」擴建重修面目煥然,借取杜詩「錦江春色來天地」之意,更名為錦江劇場。修葺一新的劇場,建築風格獨特,地方色彩濃鬱,迴廊曲徑、古樸幽雅,庭園水榭、鳥語花香,吸引著國內外觀眾〔註15〕。在戲曲團

〔註11〕王定歐《川劇的文化成因與歷史演進軌跡》,《四川戲劇》,2013年第2期,第26～30頁。

〔註12〕陳培仲《略論清末和民國時期的川劇創作》,《戲曲研究》,2013年第1期,第300～320頁。

〔註13〕唐思敏《川劇〈白蛇傳〉探微》,《中國戲劇》,2013年第4期,第56～58頁。

〔註14〕任榮《清末民初地方戲改良的兩種模式及其比較》,《天府新論》,2013年第5期,第150～158頁。

〔註15〕郭履剛《為戲劇「金三角」架橋的成都錦江劇場》,《戲劇報》,1988年第1期,第36～38頁。

體體制改革的呼聲變為實際行動的今天，撫今追昔，對戲曲藝術發展的歷程做一番歷史的回顧和現實生態的考察，應該是必要的話題。中國戲曲自從成為一種獨立存在和獨立發展的藝術形式以來，經過千載滄桑，不斷地遵循著與時俱進〔註 16〕。然而要與時俱進，第一步就是要堅持演出。悅來茶園做到了這一點，這在中國當代都市環境下，是非常難能可貴的。

目前，悅來茶園演出的團體一為成都市川劇團，一為龍泉民中川劇團。成都市川劇團的藝術功績且按下不表，這個民中川劇團更不為人所知，但卻更代表了今天都市戲曲生態的出路——民營化的劇團之路。民中川劇團老闆龐民中，是一個退伍軍人，依靠誠實勞動賺得了人生的第一桶金。由於其酷愛川劇，回到家鄉西充之後，贊助西充川劇團，成為顧問。由於體制改革，很多西充、甚至攀枝花的演員得不到生活保障，龐民中將這些人組織成立西充民中川劇團。由於西充難以維持，他們來到成都龍泉，在地方文化部門支持下，獲得洛帶一處廢棄倉庫作為演出場所。然而仍然艱難，最後經成都文化部門協調，來到悅來茶園。值得一提的是，今天的民中川劇團已經具備和國家院團平分秋色的能力，這是非常不谷易的。這樣的劇團，才可能與觀眾保持較近的親密距離。川劇曾在歷史上獨領風騷數百年，其高腔、胡琴、崑腔、燈戲、彈戲五種聲腔，與「變臉」「噴火」「水袖」等獨樹一幟的表演技法，使其曾有「天下第一戲」的美譽。但抗戰之後，它卻突然走向了沒落與衰亡。沒落與衰亡的最根本原因，就是脫離了文化土壤，拉遠了與觀眾的距離。而悅來茶園不僅吸收，凝聚戲曲觀眾，甚至還擔負起一定的傳承責任。如「小三慶」的誕生於此，就是一例。

民間青年戲迷團體「小三慶」川劇社為例，透過其一系列培養新觀眾的嘗試，希望探尋出川劇觀眾在傳承問題上的一些可能。〔註 17〕

這種可能性就在於，重新讓戲曲成為一種青年人的生活方式，充當青年人的生活內容。尤其是將這種生活方式和成都休閒的生活態度結合起來。成都是個傳統的休閒城市，安定富足的生活為市民休閒提供了物質基礎。隨時著時代的變化，人們的休閒方式隨之而變。從清末到民國，成都市民的休閒方式經歷了較為迅速的轉變，既體現出新的休閒方式異軍突起、後來居上的

〔註16〕周育德《戲曲的生態與出路》，《當代戲劇》，2010 年第 1 期，第 11～12 頁。
〔註17〕羅英《「小三慶」川劇社對川劇觀眾傳承的啟示》，《四川戲劇》，2014 年第 7 期，第 55～57 頁。

態勢，又顯示出這個城市新舊並存的包容精神〔註18〕。誠如一位攝影師所言：

　　2003年來成都時，還能看見街巷邊頗具規模的茶鋪，人們除了喝茶閒述之餘，擦鞋的、修腳的、看報的、玩麻將的，林林總總且都井然有序。一把竹椅，一手蓋碗，我也曾享受過半日的安逸，那時就感歎「少不入川」這句話的真切。此後雖多次赴蓉，也不知道是我的忙碌還是成都的演變，那種純粹市井的茶社似乎越來越難見到了。於是追悔當初沒有多留點影像，攝影這玩意就是這樣，身在其中時容易忽略，想起來時發現周遭已經改變〔註19〕。

　　悅來茶園所頑強堅守的，恰恰就是這位攝影師所珍視的那一份安逸與自在。在這裡，一壺蓋碗茶，一把青籐椅，滿堂滿院的票友伴著一幕幕輪番上演的變臉、藏刀，還有那響徹老巷子的「咿呀呀」聲〔註20〕，它在宣告，一種川劇化的文化生態展演並未落幕。成都悅來茶園在一個世紀前便已是成都茶館中的翹楚了，而川劇作為一個成型的地方劇種，就是從悅來茶園開始的。據說清朝末年，成都勸業道官員周孝懷看到川劇雖戲班眾多，卻沒有固定的演出場所，於是命人在華興街上修建起一座新式的戲院，這就是後來的悅來茶園〔註21〕。這裡既是茶園又是戲園，被川劇界稱為「戲窩子」。其實早在條件艱難的20世紀50年代，成都並非一處悅來茶園。據文化學者葉春凱回憶：

　　40年前後，我在級任老師（即現在的班主任）的引導下，開始到悅來菜園看川劇。那時，成都演川劇的「戲園子」雖然還有春熙路的「三益公」、祠堂街的「新又新」、樂丁字街的「華瀛」、書院南街的「平民」、布後街「成都」等十多處，但多是時演時輟。〔註22〕

　　那時候的「時演時輟」大約因為大家都不寬裕，而今天，難道不是因為大家物質上豐富了，精神上卻貧瘠了嗎？其實也未必全是這樣，茶園戲樓的另一個更重要的作用是構建人與人溝通的場域。

　　茶、戲連姻在中國文化史上由來已久，其突出表現之一，就是茶館與戲園

〔註18〕孫利霞《近代成都市民休閒方式流變》，《大眾文藝（理論）》，2009年第1期，第152頁。
〔註19〕鄧登登、陳小波《陳錦 隱於市的心靈捕手》，《數碼攝影》，2009年第10期，第24～29頁。
〔註20〕陳石、王斌、文梓光《川劇這些年 從獨冠天下到掙扎求存》，《城市地理》，2014年第7期，第22～27頁。
〔註21〕景染、孔祥輝《川劇，老成都的原色記憶》，《晚霞》，2009年第7期，第46頁。
〔註22〕葉春凱《在悅來茶園看戲》，《四川戲劇》，1994年第5期，第50～51頁。

多有緣份。當年，京劇大師梅蘭芳先生回憶半個世紀前的劇場時即云：「最早的戲館統稱茶園，是朋友聚會喝茶談話的地方。看戲不過是附帶性質」〔註23〕。

一旦這些場域消失，伴隨消失的就不僅僅是一樁生意，而是連附帶的文化精神也一同流失了。從清末民初開始，成都城市文化的建構者之一，就一直包括川劇〔註24〕，因為川劇確實在文化層面可以最集中，最鮮明的反映一座都市的氣質和精神。甚至在辛亥革命前後，川劇也曾是都市流行的縮影。尤其是這個時期的時裝新戲，摩登而富有情調〔註25〕。今天的成都，早已經是馳名中外的旅遊勝地，成都的茶園，猶如北京的胡同，不僅是民俗風情的一道景觀，而且以其獨有的地域特色和歷史蘊涵，形成了一種文化現象。成都的茶園和川劇的緣分，還遠遠沒有到盡頭，還仍然可以在都市文化生態建構中，奉獻力量，這就是悅來茶園的啟示。正是在這個意義上，我們要向悅來茶園致敬！

鄧小平曾經說過：「不喜歡川劇的人，就不懂得文明」。他還說：「四川人不看川戲就不叫四川人。」這既表現了他對川劇的自豪和熱愛，也是對於川劇藝術的歷史地位，存在價值和現實意義的精闢概括和充分肯定〔註26〕。這也充分肯定了以川劇為文化背景的一種生態譜系的價值，代表了悅來茶園的價值。

中國近現代戲曲生態發生了明顯變革，呈現衰微之勢態。這是因為戲劇表演的精緻化與都市消閒需求出現了矛盾，尤其是斯坦尼斯拉夫斯基體系的引入和導演制的出現，更忽視了傳統戲曲鬧熱、風情、奇趣、重情感、重表現、中寫意的美學特色；人民革命運動與戲曲的改革進一步加劇了觀眾與戲曲的距離；這種鴻溝在文革的毀滅性打擊下達到峰值，無法逾越。改革開放後，川劇進行了大膽探索，出現了魏明倫這樣偉大的劇作家，但川劇與四川文化生態的彌合卻並未得到改觀，得獎的大戲大多北京愛看，四川不一定愛看，甚至出現了川劇姓川的論爭。多元文化背景下，川劇進一步被邊緣和鼓

〔註23〕李祥林《茶館和戲園》，《農業考古》，1994年第4期，第91～92頁。

〔註24〕孫曉芬《清末民初成都城市文化與川劇》，《文史雜誌》，1994年第1期，第30～31頁。

〔註25〕冬尼《辛亥革命後川劇「時事戲」的勃興》，《戲曲藝術》，1985年第2期，第24～28頁。

〔註26〕譚曉鐘《戲曲奇葩》，《四川黨的建設（城市版）》，2004年第9期，第61～62頁。

勵，其孤獨與內核抽離成為不可避免的現實。今天的川劇劇目，很多已經完全脫離了傳統都市川劇生態譜系，是一種不倫不類的歌舞作品。都市戲曲生態譜系的重構與都市公共文化場域的重構，成為川劇振興的第一要務。在戲曲生態譜系展演過程中，作為母體的樂文化：巫樂、禮樂、俗樂、教樂，承載著母體文化生態：民間宗教意識與民俗儀式、民族身份認同與價值體系、民眾審美情趣與喜好風尚、國民教化引導與寓教於樂。這些在三慶會的歷史展演過程中，得到了很好的體現，因此導致了三慶會的成功。而作為戲曲本體的樂文化—詩文化—樂文化的螺旋上升，寄寓著本體文化生態：由文人—民間（統一於母體文化的詩—樂的二元）的二元生態格局到都市—鄉土的二元（詩、樂的模糊）。三慶會的士伶合作的模式，恰恰關照了戲曲生態譜系的本體要素。而戲曲生態譜系的衍體：祭祀劇與儺戲、優戲、角抵戲、參軍戲、南戲、元雜劇、傳奇、花部地方戲、近代改良戲曲、現當代新編與整理改編戲曲與外部文化生態：巫蠱文化、先秦理性精神、漢儒文化、唐由儒而佛、宋仙道與世俗市民文化、金元異族壓迫文化與文人意識的重新覺醒、明清文士與民間的二元、清代文士的解體與民間趣味的濫觴，近代自強自救、現當代現代化與啟蒙等問題，則遺留給川劇生態的進一步展演。很可惜，這一步展演沒有能夠繼續，最終停留在三慶會階段。今天的川劇振興，首先要重試戲曲生態譜系母體，尊重成都的母體文化生態，悅來茶園可以說是一個很好的範本；在此基礎上，需要深入本體，創作更多符合藝術生態本體的優良劇作，扶植川劇藝術生態，悅來茶園的民營劇團值得期待和扶持，代表了一線希望；最終要實現三慶會所沒有實現的衍體發展，即周育德教授提出的與時俱進，與今天的多元文化生態相結合，形成新的川劇衍體形式，而這一點，則需要依然進入悅來茶園的年輕觀眾去完成，「小三慶」和川劇青年大學生，教師，職員觀眾值得期待。以上，就是今天仍然要去關注川劇和「悅來茶園」的基本出發點。中國戲曲的生態譜系沿革有著其特殊規律，必須尊重規律，才能實現振興。

附錄四：戲曲歷史本真與美學本體如何走出「非主流」——評《戲史辨》的重構之功

　　《戲史辨》共四輯，其旨歸乃是要為建構一部「非主流戲曲史」〔註1〕，作資料與觀念上的準備。該書一、二、四輯由胡忌主編，三輯胡忌、洛地合編。其同仁，包括胡忌、陳多、洛地、王兆乾、周華斌、朱喜、任光偉以及在《戲史辨》刊文的數十位戲史與戲曲美學研究者。《戲史辨》不僅是一套叢書，更是一場為「非主流派另立門戶」〔註2〕的戲史與戲曲美學重構運動。其緣起，為胡忌《非主流派戲曲史稿緣起》；其發展，則貫穿《戲史辨》上百萬字之字裏行問。

　　《戲史辨》的核心任務，在於如何讓戲史本真和戲曲美學本體走出「非主流」。

　　《戲史辨》的精神態度，在於「不疑處有疑」〔註3〕。其中包含的思辨與批判意識，由否定而達否定之否定，最終還原戲史的本真面貌和戲曲藝術的本體特質。

〔註1〕陳多：《戲史何以需辨》，胡忌編：《戲史辨》第1輯，中國戲劇出版社1999年版，第1頁。後文出現同篇內容，僅括注輯數與頁碼，其他引文注釋出自《戲史辨》，皆採用此例。

〔註2〕陳多：《別覓「路頭」，另立門戶——由兩種「戲曲史」談起》，《藝術百家》，2000年第3期。

〔註3〕參見劉慶：《不疑處有疑——陳多先生學術思想摭評》，《戲劇藝術》，2006年第6期。

　　回顧和評價《戲史辨》，乃是基於一個基本判斷——即當下之戲曲歷史和美學研究，依然偏離了歷史的本真和美學的本體。尤其是當理論指導藝術實踐的過程中，這種偏離對中國的傳統戲劇藝術的發展，增添了極大阻力。這一層阻力，在始終堅持「場上之曲」的戲史辨同仁看來，是必須克服的第一道難關。

　　《戲史辨》的靈魂，在於一個「辨」字。此「辨」，任重而道遠。

一、戲史本真何以需辨

　　戲史本真何以需辨〔註4〕？不辨無以至真。王國維《宋元戲曲史》，為戲史研究之公認經典。後來學者，治史範式，多沿王氏。然源頭若偏離了真，則不得不辨。

　　《宋元戲曲史》乃戲史研究之開蒙教科書〔註5〕，居然有人「興起批判之意」。緣由是對 1950 年代，兩部戲史叢書的對比。其一是「其時上雜出版社（後來整改為上海文藝聯合出版社）」陸續出版的一套「中國戲曲理論叢書」，另一部是「1954 年由歐陽予倩先生發起的「中國戲曲研究資料」。前一套，收錄了任二北、孫楷第，阿英等「後輩難以企及」的戲史大家的專著；後一套則收錄了歐陽予倩、周貽白、黃芝岡等人的論述劇種藝術流變的著作。如果說，前輩大家如任二北，「似與王國維的分歧不大」，那麼周貽白等人的則「旨趣大異」。然而，與王國維一脈相承的大家之作，得益於「文本、文獻的力量」，「實際上理論性不強」。而「雖名為戲曲研究資料」的周貽白、歐陽予倩之作，「理論性並不低於前者」〔註6〕。而更重要的是，這些著作，「對象完全是活在現今舞臺上的劇種」。與這個「活」相對應的是王國維及其一脈相承的學者，研究的對象乃是死的文獻與文本。因此，戲史的本真意義之一，是「要從劇場演出，到演員、觀眾，以及戲班習俗、行話切口、臉譜、化裝、唱腔……無不在研究之列」〔註7〕。

〔註4〕所謂戲曲，實際上應該稱為中國戲劇，戲史辨之辨，就是要還中國戲曲以戲劇之應有本真。《戲史辨》的核心論證焦點，就是辨「戲劇」與「戲曲」之名。《戲史辨》中的文章，但凡涉及戲曲之概念，大都稱中國戲劇。不過為了論述方便，在行文過程中，依然用戲曲指代除話劇以外的中國傳統戲劇藝術。

〔註5〕胡忌：我編《戲史辨》的一些想法（代前言），《戲史辨》第 1 輯，第 2 頁。

〔註6〕胡忌：我編《戲史辨》的一些想法（代前言），《戲史辨》第 1 輯，第 3 頁。

〔註7〕胡忌：我編《戲史辨》的一些想法（代前言），《戲史辨》第 1 輯，第 4 頁。

換言之，戲史問題，同時也是藝術的本體與美學問題。本體是藝術如何發生，美學是藝術如何呈現，這些都是活著的學問。即便是史，也必然有活著的本體與美學基因流傳，並在新的歷史時期的舞臺上繼續展演。如此，「就擴大了戲劇史的範圍，也可以說是從根本上打破了重點在於以文本和文獻為基礎的研究框框。〔註8〕」此即「戲史辨」的緣起之一。王國維的戲史觀，對於後世戲劇研究，究竟有多大影響，為何一定非要「辨」？首先，沿著王國維的戲史觀，戲之名不正。而為事物「正名——定義」，是在與「約定俗成」作鬥爭中產生和發展起來的〔註9〕。

（一）正名

中國戲劇，長期以來，存在兩個概念誤區：第一，戲劇即話劇，所謂中國戲劇，就是中國話劇；第二，中國自己的戲劇藝術，並不能稱其為戲劇，只能稱作戲曲〔註10〕。以至於洛地先生詫異：「中國戲劇——我國自家的民族民間戲劇，在20世紀被稱為「戲曲。〔註11〕」

此問題，可溯源至王國維的概念判斷。王國維對「戲曲」「戲劇」兩個概念的規範是不嚴格的。戲曲，約略相當於戲曲劇本，戲劇，約略等同於表演藝術〔註12〕。之所以用約略，是因為王國維常常在概念上有自相矛盾之處。不過貫穿王氏概念的核心，是「以文學為戲劇中心的理論」〔註13〕。「真戲劇必與真戲曲相表裏」〔註14〕，所謂真戲曲，就是在文學上可以稱為「一代之文學」〔註15〕的文學性劇本，即元雜劇。

如此，中國戲劇史的豐富漫長的發展歷程被簡單地侷限於宋元時代。而「戲劇——戲弄、戲文、戲曲」的戲劇格局，被嚴重簡單化。

在王氏「真戲劇」概念之外，「我國戲劇，根據其構成及結果，當分為三類，曰戲弄，曰戲文，曰戲曲。」戲弄以笑弄為事，是中國戲劇的早期階段；

〔註8〕 胡忌：我編《戲史辨》的一些想法（代前言），《戲史辨》第1輯，第4頁。

〔註9〕 洛地：《「辨名——明義」——蔣希均〈書會悟道·序〉》《浙江藝術職業學院學報》，2015年第1期。

〔註10〕 參見陳多：《由看不懂「戲劇戲曲學」說起》，《戲劇藝術》，2004年第4期。

〔註11〕 洛地：《中國傳統戲劇研究中缺憾一二三》，胡忌編：《戲史辨》第2輯，中國戲劇出版社2001年版，第4頁。

〔註12〕 胡忌：我編《戲史辨》的一些想法（代前言），《戲史辨》第1輯，第8頁。

〔註13〕 胡忌：我編《戲史辨》的一些想法（代前言），《戲史辨》第1輯，第2頁。

〔註14〕 王國維：《宋元戲曲史》，上海古籍出版社1998年版，第32頁。

〔註15〕 王國維：《宋元戲曲史》，上海古籍出版社1998年版，第1頁。

戲文乃敷衍話文，有一定的長度，乃我國的真戲劇〔註16〕。「戲文的出現，是我國民族真戲劇成熟地完成的標誌」〔註17〕。

而所謂戲曲，即「以曲為本的一類戲劇」〔註18〕。這一類戲劇就是王氏所謂「真戲劇」。

可見，王氏「真戲劇」之真，值得懷疑。

王氏與洛地以及「戲史辨」同仁的分歧，在於何謂戲劇之本質？此即戲史辨的第一層命題：

文學還是扮演（表演）？

如果說：裝扮──扮演，是乃「戲劇之本」〔註19〕。那麼，王氏所謂真戲劇的戲曲其實並無「無戲劇結構」〔註20〕。戲曲本質上不是戲劇，而是文學，是「寄意、寓情、逞才」，而真戲劇的集大成者戲文則「以事曉人，以情動人，以理化人」。戲弄則是為了「滑稽、熱鬧、嬉謔」〔註21〕。戲曲是文人訴求，戲弄、戲文是民間審美。

這便引出了《戲史辨》的第二層命題：

戲史的主流到底是在民間，還是在文人案頭？而如果往前推導，則需探討，中國戲曲的審美本質，到底是依照民間趣味還是文人雅趣？

比如關於崑曲與崑劇的正名問題。談及崑，「一為正崑，一為草崑」〔註22〕。草崑被戲史研究埋沒忽視是一個不爭事實。然而，如果不談草崑，「崑劇是沒有的」〔註23〕，「崑曲是沒有的」〔註24〕。崑劇和崑曲只有在作為「民族戲劇、民族劇曲、民族曲唱」的意義才能存在，才能有所承載。而事實上，崑劇與崑曲的發展主流，是「我國民族戲劇的本班」〔註25〕。換言之，就是活躍在舞臺上的「草崑」崑班。文人拍曲，或者是非戲劇意義上的文學曲唱；一

〔註16〕 胡忌：我編《戲史辨》的一些想法（代前言），《戲史辨》第1輯，第51頁。
〔註17〕 胡忌：我編《戲史辨》的一些想法（代前言），《戲史辨》第1輯，第52頁。
〔註18〕 胡忌：我編《戲史辨》的一些想法（代前言），《戲史辨》第1輯，第78頁。
〔註19〕 胡忌：我編《戲史辨》的一些想法（代前言），《戲史辨》第1輯，第74頁。
〔註20〕 參見胡忌：我編《戲史辨》的一些想法（代前言），《戲史辨》第1輯，第74～78頁。
〔註21〕 胡忌：我編《戲史辨》的一些想法（代前言），《戲史辨》第1輯，第76～77頁。
〔註22〕 洛地：《昆─劇‧曲‧唱─班》，胡忌、洛地編：《戲史辨》第3輯，藝術與人文科學出版社2002年版，第5頁。
〔註23〕 胡忌：我編《戲史辨》的一些想法（代前言），《戲史辨》第3輯，第6頁。
〔註24〕 胡忌：我編《戲史辨》的一些想法（代前言），《戲史辨》第3輯，第11頁。
〔註25〕 胡忌：我編《戲史辨》的一些想法（代前言），《戲史辨》第3輯，第26頁。

且要進入戲劇，就不得不與崑班發生聯繫。清曲家掌握了「依字聲行腔」〔註26〕等一整套曲唱規律，但並非戲劇意義上的本體藝術規律。只有當清曲家變身清工，與戲工相互交流，作為戲劇的崑曲或崑劇才具有藝術本體上的意義。「昆之藝術本體所具有和凝定的歷史文化價值」〔註27〕，就是在不斷地藝術展演過程中凝聚形成的。

遵照這個論斷，則可理解「晚明傳奇創作的繁榮、發展，並不就是崑劇的繁榮和發展」〔註28〕，崑劇或許事實上「從未稱霸舞臺」，也「從未統領過全國劇壇」〔註29〕。脫離戲劇的本體去研究戲史，常如膠柱鼓瑟，緣木求魚。又如海鹽腔，所謂腔，「是演出當場演員口中的語音語調，而不是今天的戲曲聲腔」。所謂南方四腔，「原係四地之語音語調」〔註30〕。此說，推翻了包括《辭海》《中國大百科全書·戲曲曲藝卷》等權威資料的論點。

如此，戲史關於南戲四大聲腔的發展流變，就極有可能被改寫。比如海鹽腔，雖然在於「錯用鄉語」的弋陽腔的民間角力中，漸漸湮沒無聞，但其藝術本體性的因子，或許可以融入南方的其他聲腔。聲腔劇種化的藝術獨立道路上，彼此影響，互相演變的情況也是十分常見的。「以文化樂」的南方聲腔，更具有極大的靈活性。因此，「如果有朝一日，有幸能見到海鹽腔的原貌，一定會驚喜地發現，原來海鹽腔與現存的崑曲是大同小異的」〔註31〕。

由此，關於正名，乃是逼近戲史本真，進入戲劇藝術本體的第一步。

（二）溯源

第二步，則是溯源。王國維在《宋元戲曲史》開篇說：「歌舞之興，其始於古之巫乎？」〔註32〕王氏又說：「後世戲劇，當自巫、優二者出；而此二者，固未可以後世戲劇視之也。」〔註33〕概括而言，戲曲的源頭，乃是由巫而歌舞，而優戲，最後走向成熟。不過，巫之歌舞，優戲，並非真戲劇，「真戲劇

〔註26〕洛地：《崑曲曲律與曲唱》，《藝術百家》，2016年第1期。
〔註27〕朱為總：《變化與困惑》，《戲史辨》第3輯，第258頁。
〔註28〕於質彬：《花部先於雅部辨——質疑崑劇為「百戲之祖」「百戲之師」諸說》，胡忌編：《戲史辨》第4輯，中國戲劇出版社2004年版，第81頁。
〔註29〕胡忌：我編《戲史辨》的一些想法（代前言），《戲史辨》第4輯，第92頁。
〔註30〕吳戈：《海鹽腔縱橫談》，《戲史辨》第2輯，第244頁。
〔註31〕胡忌：我編《戲史辨》的一些想法（代前言），《戲史辨》第2輯，第246頁。
〔註32〕轉引自胡忌：我編《戲史辨》的一些想法（代前言），《戲史辨》第2輯，第96頁。
〔註33〕王國維：《宋元戲曲史》，上海古籍出版社1998年版，第4頁。

必與真戲曲相表裏。」

然而，《戲史辨》同仁主張戲劇的本質是扮演（表演），則其源頭，則可直接溯源至祭祀和巫儀。

任二北說：「戲曲之前，唐有戲弄，戲弄之前，漢有戲象；戲象之前，周有戲禮。」〔註34〕戲曲之前的種種「戲」，究竟有無真戲劇的要素。這一點，是《戲史辨》反覆加以辨正的重要難題。《戲史辨》為此，提供了諸多寶貴的證據。

首先，後世之成熟戲劇，確實存在諸多祭祀與儀式之遺留。

比如昆淨的「神氣」。崑劇中的淨行，由來已久，但是清代沈蓉圃《同光十三絕》，卻唯獨沒有淨行〔註35〕。為何？因為昆淨源頭久遠，甚至早於世所公認的源頭南戲系統。其中一個直接證明就是，南戲以生旦為主，這也是後世崑劇的主要題材；但昆淨，卻與鬼神相關，「十二齣開蒙成小，至少有七齣與廟堂神有關」。昆淨的源頭，不僅或許並不承繼南戲，在元雜劇中也是處於極為細枝末節的地位，被稱為「副淨」。但「淨」行，「實際上早已泛濫於歷代民俗社火之中。後世淨行的廟堂神相乃以此為端倪。」而迫於生活壓力的崑曲名淨，演唱所謂「帽兒戲」，其實就是禮儀性的樂舞小戲，其實比「宋元戲曲」要古老得多〔註36〕。昆淨的神相漸漸突破「神頭鬼面」，向世俗化的人物過渡，從而漸漸擺脫儀式活動而走向戲劇活動，這就是戲劇起源發展的一條重要通道，終於形成了崑劇舞臺上最著名的淨行傳統折子《鍾馗嫁妹》。

戲劇源於古老的祭祀與儀式，由此可見一斑。然而值得注意的是，祭祀儀式並非戲劇之唯一源頭，田仲一成從「巫風儺影」中去求「戲曲源流」〔註37〕；將「孤魂祭祀」和賽社的「悲劇要素」〔註38〕作為戲劇的唯一源頭。他沒有注意到中國戲劇是「一種極具特殊性的扮演」，有著「特定的表現內容」〔註39〕。

〔註34〕任二北：《唐戲弄》，上海古籍出版社，1984年版，第1221～1232頁。

〔註35〕周華斌：《昆淨的神氣──兼談戲曲舞臺上的淨及神鬼舞蹈的沿革》，《戲史辨》第2輯，第173頁。

〔註36〕胡忌：我編《戲史辨》的一些想法（代前言），《戲史辨》第2輯，第175～179頁。

〔註37〕參見於允許《巫風儺影中的戲曲源流──就《中國演劇史》的譯介訪日本學者田仲一成教授》，《戲史辨》第2輯，127～158頁。

〔註38〕參見田仲一成：《中國演劇史》（選譯），江巨榮譯，李振聲校，《戲史辨》第1輯，173～190頁。

〔註39〕解玉峰：《二十世紀中國戲劇起源研究之檢討》，《戲史辨》第3輯，第170～171頁。

因此，單純以祭祀儀式推導出成熟戲劇的產生，「大多難以令人信服」〔註40〕。

《戲史辨》在溯源的過程中，避免了田仲一成的簡單化的推導。事實上，儀式性戲劇向觀賞性戲劇過渡並走向成熟戲劇，是中國戲劇歷史沿革的基本路徑。前半部分，常常被嚴重忽略；同樣被忽略的是，這個過渡與走向成熟的過程。

在《戲史辨》中，王兆乾以《孟姜女》為例，為我們廓清了戲曲美學的民間性因子的源頭與流變。「姜女一到了願心」乃是廣泛的民間信仰。民間演劇的孟姜女題材，則源於《左傳》，其戲劇的源頭，則為唐戲，是「搬演唐文。」孟姜女和目連，成為民間廣泛流傳的「兩大儀式戲劇」，反映的，就是民間的人民性訴求。其中既包括「祭殤、祭祖」的精神訴求，也包括民間對鬧熱、風情、奇趣的審美訴求。其中，民間演劇的熱鬧性自不必言，演劇與民眾情感上的聯繫也十分緊密，是為風情。這些民間演劇中的角色，包括孟姜女，都「很有人情味和親和力。」此外，演劇過程中，常常充滿了變相，技藝等奇觀，滿足民眾的奇趣性審美訴求。如變相，唐代龐三娘可以變而為男性卻無人察覺〔註41〕。

然而，王兆乾所論及的，依然是後世戲劇的儀式性遺存問題，並未涉及儀式是如何轉化為戲劇的具體過程。

筆者以為，這涉及到一個基本的主客觀問題。儀式性戲劇，已經具備了扮演的戲劇條件，在其源頭上，主觀上被認為是一種對神的搬演，而非扮演。對於觀看者，主觀上，是一種儀式的參與過程，而不是戲劇的接受過程。但客觀上，儀式性戲劇的扮演，已經具備可觀性的變相與動作；參與儀式的人，客觀上也在觀看儀式活動。因此，唯一缺乏的主客觀之間的聯繫，即主觀上承認客觀上發生的戲劇事實，這便是假定性。一旦承認了假定性，儀式性戲劇的默契與情境張力就得以產生。原本的儀式動作、技藝被賦予了行動和表現的戲劇因子，成為欣賞的對象。信仰變成了娛樂，儀式漸漸融入戲劇性，戲劇結構。與此同時，內容逐漸由神而人，世俗化的進程開啟。信仰儀式世界的神性關懷逐漸被世俗世界的人性關懷所取代，出現了世俗的神，比如孟姜女。

儀式性戲劇向觀賞性戲劇過渡過程中，變相和技藝帶來了視覺衝擊和奇

〔註40〕解玉峰：《獻疑於另類的中國戲劇史──讀田仲一成〈中國戲劇史〉》，《戲史辨》第4輯，第380頁。

〔註41〕王兆乾：《池州儺戲〈孟姜女〉的民間信仰基礎和唐戲特徵》。《戲史辨》第4輯，第231～265頁。

趣感受；儀式性的動作激發了人們模擬的快感，導致對表演的審美感受；神事引發了人間的願景和想像，神漸漸成為人的化身，擁有了人性與情感。這便是儀式戲劇向娛樂戲劇轉變的需要和可能。

具體而言，《戲史辨》至少包含了如下發展脈絡的陳述：

　　　　變相——假面戲劇——傀儡戲劇——臉譜；

　　　　儀式動作——科儀（包括歌舞）——戲劇動作——雜劇科範——

　　元雜劇與歌舞戲；

　　　　神事——人事——優戲——南戲（人情為主）。

在上述發展脈絡中，有的重故事人情，有的重動作和表現程式，有的重衝突與矛盾，從而共同構成中國戲劇美學的基本結構。而這個基本結構，通過《戲史辨》同仁成果的梳理，不難勾勒。換言之，戲史之溯源，必須與戲曲之藝術本體考量同步，否則將流於偏頗，甚至謬誤。

（三）窮其流變

承前所述，如果以王國維所謂「戲曲史」為戲史，「戲曲史只是中國傳統戲劇之斷代史」〔註42〕。事實上，中國戲劇的源頭十分久遠，在原始祭祀活動中，已經孕育了戲劇的因子，而漢代的《巾舞歌辭》被認為是「我國現存的第一部劇本」〔註43〕。所有這些論斷，都是十分大膽而富於創見的。這表明了《戲史辨》窮其流變之主張，簡言之，就是要充分梳理在戲劇成熟以前的史前時期，戲曲繁盛的歷史過程中，以及未來戲曲的走向三個方面的流變關係和活態傳承。

事實上，上世紀80年代中期以來，目連戲、儺戲、地戲、賽戲、關索戲等早期戲劇形態，都納入了「戲劇學」的範疇，被稱為「戲劇發生學」。《戲史辨》「窮其流變」的目的是「流與變」，窮其發生和本源，即窮其本體。因為「原始」屬於戲史。流變規律更是戲史研究的最核心問題。更重要的是只有透過流變，才能進入藝術本體，獲得藝術的規律性認識和戲史的本真性經驗、教訓。如此，《戲史辨》想做和要做的文章該是夠多了〔註44〕。

窮其流變，在戲史的過程中，認識藝術本體，將戲史的本真還原到活態

〔註42〕任光偉：《談傳統戲劇之劇目營造》，《戲史辨》第4輯，第230頁。

〔註43〕姚小鷗：《〈巾舞歌辭〉與中國早期戲劇的劇本形態研究》，《戲史辨》第1輯，第210頁。

〔註44〕胡忌：我編《戲史辨》的一些想法（代前言），《戲史辨》第1輯，第6頁。

的流動，這是一個頗具價值的新理念。遵循這一理念，戲史研究就可以用以指導藝術的發展，即本體的沿革。這便是關於戲史的將來的一種素樸關照。

比如戲史的規律和本體的內涵，共同積澱為母體文化因子，滋長戲劇藝術的發展。其中，洛地先生曾指出，當代「戲弄」精神的載體——「竹馬」與「採茶」。這些浙江淳安地區的民間小戲，具有「戲弄」的扮演特徵。然而解放後，卻被演化為「戲文」，這是值得深刻反思的〔註45〕。

第一，便是背離了藝術本體，即「戲弄」的精神和藝術原旨。此外，就是造成了戲史的新的混亂。前者消解了「竹馬」「採茶」的藝術本體；後者則完全扭曲了戲史的發展規律和原貌。在此，僅引用洛地先生的一段回憶：

> 大約是在 1983 年，《中國戲曲志》「長沙會議」，閒聊時，江西的流沙老哥對我說：「你們浙江一個小小的『睦劇』，在《（中國）大百科（全書·戲曲卷）》裏佔了 400 字；我們江西有 30 多個『採茶戲』劇種，個個都是大大的，總共只占 3500 字，不大公平吧。」我笑著對他說：「這個小小的所謂『睦劇』，是施振楣、金孝電和我在 1954 年『發明』的」〔註46〕。

卻原來，深諳戲弄之藝術規律的洛地，編寫了幾個小戲。這些小戲，後來居然被拔高為一個所謂成熟的劇種——「睦劇」。而事實上，這等於宣告了浙江淳安「竹馬」「採茶」的終結。因為，從藝術本體和歷史發展的真實而言，這個「睦劇」嚴重偏離了歷史和藝術。這個劇種，在本體上，和江西 30 多個「採茶戲」本質相當。在歷史發展階段上，這樣的小戲，還根本沒有能力轉化為成熟的大戲（即戲文）。而以洛地的幾個新編劇目為傳統的做法，更是貽笑大方。洛地「發明」睦劇，是中國戲劇的悲哀，是中國戲劇偏離藝術本體的特殊證據，讓人啼笑皆非。

更可悲的是，洛地所尊重的採茶戲文化傳統，長期以來被嚴重忽視。同樣被忽視還有，作為江浙地方戲劇重要母體源頭的「灘簧」，洛地指出：「花鼓小戲」係屬「戲弄」一類，不當歸入「攤簧」。在「攤簧」中，「南詞」與「唱說攤簧」實為不同的兩類〔註47〕。如果採茶戲當屬小戲或戲弄的話，「攤簧」

〔註45〕洛地：《跳竹馬，唱採茶》，《浙江藝術職業學院學報》，2008 年第 1 期。
〔註46〕洛地：《竹馬—採茶》，《中華藝術論叢》，上海文藝出版社，2007 年版。
〔註47〕洛地：《「攤簧」名義、結構及其他》，《浙江藝術職業學院學報》，2004 年第 1 期。

似為更原初之說唱母體。「調」→「腔」→「調」的歷史發展過程，是「我國戲劇從文本文學向場上技藝轉化、從文體為主向樂體為主轉化過程的反映」〔註48〕。除了民間小戲，儺戲等民間儀式性演劇，也是母體文化的重要載體〔註49〕。

在母體文化的傳承基礎上，是對本體的傳承，這一點，後文會進一步論述。然後才能言創新與發展。陸萼庭在談及崑劇的演變時，總結道：一方面「儘量重視規範的演出」，是為保留傳統和藝術本體；另一方面「行當腳色淡化以後，建立一種簡明的新分類，以便創造新戲」〔註50〕。然而最大的危機在於，孕育戲劇的母體文化因子的不斷瓦解。以民間演劇為例，「當前的戲曲劇種一旦消亡，便無再從民間燈戲、社戲中誕生新劇種、新聲腔的可能性」〔註51〕。

從這個意義而言，窮其流變，就是要窮其規律，同時要在根源上，找到戲劇發展的動力。

二、戲曲本體何以需辨

事實上，無論是正名、溯源，還是窮其流變，戲史研究的一體兩面，乃是戲史與本體的雙重主題。戲史本真的追溯，其另一面，就是藝術本體的探尋。這一點，在以往的戲史研究成果中，並未始終貫穿。其中，周貽白、徐慕雲、董每勘等戲史研究者，是最早將這一體兩面，貫穿戲史研究的學者。《戲史辨》對這一體兩面的貫穿，主要集中在三個層面：場上、案頭之辨，民間的潛隱與雅俗之辨，戲曲審美本質的重構之辨。

（一）場上案頭之辨

場上、案頭之辨，不僅是為戲史概念正名，也是本體之辨與藝術美學之辨。《戲史辨》在評價以往戲史研究：一類是延續王國維的文學、曲學論戲史之作；一類是將戲劇還原到舞臺的戲史之作。後者以周貽白、董每勘為代表。「董、周二書是別開生面之作」，因為「他們的戲劇觀與王國維以來的一派學者明確地有著差異」。這就是所謂「劇史家」和「曲史家」之別。即周貽白所謂：「蓋戲劇本為上演而設，非奏之場上不為功。」〔註52〕戲劇作為綜合藝術

〔註48〕洛地：《「腔」「調」辨說》，《中國音樂》，1998年第4期。
〔註49〕陳多：《新世紀儺戲學發展芻議》，《戲劇藝術》，2003年第1期。
〔註50〕陸萼庭：《崑劇腳色的演變與定型》，《戲史辨》第4輯，第21頁。
〔註51〕王兆乾：《儀式性戲劇與觀賞性戲劇》，《戲史辨》第2輯，第45頁。
〔註52〕陳多：《古代戲曲研究的檢討與展望》，《戲史辨》第2輯，第77～78頁。

的「主導原則」〔註53〕，乃是演員的地位至高無上〔註54〕。

從這個意義上而言，中國古典戲劇的第一要義，在於「場上」。戲劇這個文體和其他文學作品不同，它最基本的東西是「行動」——或者稱之為「戲劇行為」，只有「行動」才是形象化的，語言只占次要的輔助地位。以場上為本體，則所謂明代傳奇的巔峰歷史時期，其本質乃是「整個戲劇便成為一種畸形發展。」由此，戲史辨的主旨被概括為：「把文體和文學，改成為戲劇體和戲劇學。」如此，至少唐戲弄、宋雜劇、雜戲、金院本以及元代以來的戲文、傳奇、各種地方戲，都可以獲得戲劇本體意義上的確立。戲史研究的是一種活著的流變，「著眼點必須放在場上（並不侷限於舞臺）」，因為只有場上，可能體現活著的流變，以及流變過程中的藝術本體與美學累積。如周貽白所言「編著史書，不在紀述往跡，而在窮其流變」〔註55〕。

所以，戲史問題，不是純粹的過去式的問題，而是一個現在時，甚至是包括將來時的流變問題。戲史問題，由此也是藝術本體問題和美學問題，前者關注生發與生成機制；後者關注藝術的表現和藝術價值。戲史與藝術本體及其美學規律，正是一個問題的兩個面相。窮其流變，就可以窮其歷史累積的本體因子和美學本質，並且可以窮其規律，為藝術的發展提供指引。

綜上，戲史研究的重點，除了作為戲劇的文學史以外（而不是作為文學的戲劇史），還應該拓展到劇場史、演出史、觀眾史等等。《戲史辨》在這一方面，著力頗深。《戲史辨》推介了大量相關研究成果〔註56〕，此外，同仁周華斌感於過往劇場研究「對戲曲成熟以前的前劇壇和20世紀以來因戲劇形態變化而帶來的劇場變革關注不夠」〔註57〕，在自己的著作《中國劇場史》新增了原始祭壇與宗教祭壇，以及近代戲園與現代劇場相關章節，為戲史研究與藝術本體的聯繫，架構了新的橋樑。

〔註53〕 參見陳多：《別覓「路頭」，另立門戶——由兩種「戲曲史」談起》，《藝術百家》，2000年第3期。

〔註54〕 參見戴平：《一部獨樹一幟的美學著作——評陳多新著〈戲曲美學〉》，《戲劇藝術》，2002年第3期。

〔註55〕 胡忌：我編《戲史辨》的一些想法（代前言），《戲史辨》第1輯，第4～5頁。

〔註56〕 諸如文物考（《劉念茲《戲曲文物叢考》、黃竹三《宋金元戲曲文物圖論》）；優伶史（譚帆《優伶史》、孫崇濤《戲曲優伶史》）；演出史（陸萼庭《崑劇演出史稿》）。此外還有戲班史、觀眾史、導演學、劇場史、戲劇學史等針對戲曲的戲劇性而專門著述的成果。參見《戲史辨》第2輯，第83頁。

〔註57〕 周華斌：《中國劇場史思考》，《戲史辨》第2輯，第240～241頁。

（二）民間的潛隱與雅俗之辨

戲史本真關照下的藝術本體呈現的另一重要方面，是潛隱的民間戲史發展主流得以彰顯。與之相應的是，作為發展主流的民間戲劇，其趣味在雅俗之辨中的重新建構與確立。

戲曲的源頭在民間，戲曲的發展主流也在民間。長期以來的戲史中，主流潛隱在非主流之中。「我國戲曲自元曲雜劇開始，產生了文人曲與民間戲的分野」，文人一途，成為戲史主流，然而「從元代開始……戲曲登上了文壇」〔註58〕，而非是劇壇。劇壇的主流，或曰戲史的主流，乃民間演劇。

民間的潛隱引發的第一問題，是對「花雅之爭」的誤解。如果考慮到民間的主流性，花雅之爭，也許並不存在所謂「爭」。沿此思路，崑曲的衰敗，自然也就不是「爭」的緣故。事實上，民間戲劇一直高蹈，只不過是在清代雅文化的整體衰敗過程中，由潛隱而彰顯。

崑曲之雅化文人趣味失去載體，必然導致衰敗；但與此同時，曾經過渡到民間的崑班，早已經在俗的層面與民間高度合作。後者從戲史「昆亂不當」的事實，可見一斑。由此，作為雅的崑曲乃是因為雅文化的整體衰弱而漸弱；作為俗文化的崑班，則在繼續延續著戲曲的民間主流。

長期以來的戲史研究，似乎太過於迷戀花雅之爭孰勝孰負所帶來的想像上的刺激了。而事實上，對於雅化、文人化的崑曲而言，不必要非是、也不可能是一種通俗化的、大眾化的戲劇，這是由「昆」之文人審美本質所限定的。崑曲雅文化作為民族文化經典的價值在於，構築民族的精神生命〔註59〕。但同樣的，崑曲作為一種戲劇藝術，不可避免地需要匯入戲劇歷史的主流，成為滿足觀眾審美，尤其是世俗觀眾審美的藝術形式。

從這個意義上而言，如果說「花雅之爭」是一種戲劇雅俗文化的存在狀態，那麼所謂花雅並不侷限於清代，而是貫穿整個戲史。然而，雅俗變易互動的根本性前提，是承認民間的主流地位。崑劇或許並不是「百戲之祖」「百戲之師」。而後世被稱為花部的梆子腔，「最遲也可以上溯到明弘治至正德年間（1488～1506）」。而梆子的源頭之一隊戲「起於北宋」。可見至少民間戲劇一直存在，而花部梆子更是一直到所謂「花雅之爭」，一直雄勁。此外，「青（青陽腔）出於弋而勝於弋」的青陽腔，更是大放異彩。事實上「從萬曆以

〔註58〕胡忌：我編《戲史辨》的一些想法（代前言），《戲史辨》第1輯，第3頁。
〔註59〕胡忌：我編《戲史辨》的一些想法（代前言），《戲史辨》第3輯，第270頁。

來，不論在蘇州或其他各地，崑腔都不能和弋陽腔（與青陽腔）抗衡」。這些代表民間主流的戲劇形式，才是真正的「百戲之祖」〔註60〕。

實際上「靠唱戲穿衣吃飯的民間戲曲，不屑也無暇」〔註61〕與所謂的雅部崑劇去爭。真正具有競爭意義的，是民間之花部內部。而崑曲只有在往民間進入之後，才具備和花競爭的資格。而雅部在不斷走向民間世俗的過程中，實質上應蛻變為新的「花」，不斷向民間母體的「花」汲取養分。這樣的「爭」，實際是不斷相互促進，相互滋長。這便是民間主流彰顯過程中釋放的戲史本真和藝術本體沿革的規律。後世京劇中對崑曲的保留和學習，便是一個特別的例證。

民間主流與民間趣味的影響，甚至波及宮廷。在這個封建最高權力核心地帶，也一直上演著民間小戲。「在戲曲尚未成熟之前，小戲原是摻雜在散樂百戲之中，也為宮廷宴饗娛樂的主題」，即便是戲曲成熟後，「小戲的扮演（在宮廷）仍然佔據一席之地」。其中歷代，還不乏像唐教坊龐三娘這樣在民間和宮廷都享有盛譽的人物。因此，宮廷中至少演出過角抵、參軍優戲、歌舞小戲、宋金雜劇院本等戲劇樣式〔註62〕。

而直至晚清，劉趕二、羅壽山這些名丑演出的民間小戲，依舊是宮廷十分歡迎的劇目。宮廷不僅保留著民間小戲的某些劇目演出，甚至連民間鬼神信仰相關劇目也予以保留。《勸善金科》便是民間目連戲整理改編而成的宮廷大戲，在宮廷中為排演這本戲，鬼魂服飾約有 78 套〔註63〕。民間戲劇之主流力量，由此亦可見一斑。

（三）審美本質之辨

《戲史辨》窮戲史之流變，目的在於進入戲曲藝術本體。表演之於文學的主導地位，民間俗趣之於文人雅致的主流地位，此即戲史本真探究過程中，釋放的戲曲藝術本體的核心因子和要素。《戲史辨》雖難免有偏頗與不足之處，體系性和成熟性並未達到完善。然而其關於戲曲審美的觀念和思想閃光，依然極具價值。

〔註60〕 胡忌：我編《戲史辨》的一些想法（代前言），《戲史辨》第 4 輯，第 48～55頁。
〔註61〕 胡忌：我編《戲史辨》的一些想法（代前言），《戲史辨》第 4 輯，第 92 頁。
〔註62〕 蔡欣欣：《歷代宮廷演劇中小戲演出現象論析》，《戲史辨》第 3 輯，第 189～197 頁。
〔註63〕 宋俊華：清代宮廷大戲戲衣芻論，《戲史辨》第 3 輯，第 230 頁。

第一，從儀式性戲劇到觀賞性戲劇過程中的審美傳統嬗變。

論中國戲劇審美，以曲學、文學論，以西方戲劇之戲劇性論，或以思想性、故事性論，這在二十世紀中國戲劇發展史上，漸成主流。這在《戲史辨》同仁看來，只能算是觀賞性戲劇審美的一個方面。在此之外，還有多種可能，比如由儀式性戲劇而遺留的審美訴求。比如儀式和遊戲之審美訴求。「儀式和遊戲」都是孕育戲劇的母體，同時戲劇也為完善豐富「遊戲」和「儀式」提供元素。這三者，都是人的原初本真精神訴求，體現了最原始、樸素的戲劇審美訴求。這種審美體驗，是「人類永不會放棄的體驗。〔註64〕」離開了這種審美體驗，人的生命將不再健全。

由此，儀式動作漸變為戲劇程式，從而獲得審美意義和價值。比如元雜劇的「科」，就明顯源於儀式性的科範，說明「戲曲成熟之初戲劇表演動作和宗教儀式相互關聯」〔註65〕。而南戲中「科」處常常作「介」，因為南北戲本來各具來源。雜劇的來源，尤其是戲劇動作，源頭之一是道教儀式，而南戲的重要來源之一，是儒家祭祀儀式和傀儡戲。這便是「以往被忽略的方面」〔註66〕。事實上，後世戲劇的戲劇動作，很多都來自儀式中的程式化動作。

第二，中國戲劇以觀眾為上帝，乃「說破、虛假、團圓」之戲劇〔註67〕。

如果說，儀式和遊戲承載的是這個民族的精神信仰和生命體驗，那麼中國戲劇則是民族精神和文化生命承載的新的載體。因此，戲劇審美的方式，帶有極為鮮明的民族特色，反映了本民族的情感訴求和心理期望。

以情動人，就是中國戲曲審美的第一要義，滲透著民族的生命體驗和人生情感。這種審美經驗的獲得，又是與民間演劇的歷史形態同步發展的。在民間，賽社獻藝，或許是中國古代戲曲生成與生存的基本方式〔註68〕。「在廣大鄉村，它基本上是唯一的公共性戲曲活動形式」〔註69〕。更重要的是，這樣的民間演劇，構成了戲劇生成的母體文化，一旦瓦解，則相當於將戲劇藝

〔註64〕王勝華：《中國戲劇的早期形態》，《戲史辨》第 1 輯，第 146、147 頁。
〔註65〕胡忌：我編《戲史辨》的一些想法（代前言），《戲史辨》第 1 輯，第 222 頁。
〔註66〕胡忌：我編《戲史辨》的一些想法（代前言），《戲史辨》第 1 輯，第 234 頁。
〔註67〕洛地：《觀眾是戲劇的上帝——說破・虛假・團圓：中國傳統戲劇藝術表現三維》，《福建藝術》，2009 年第 5 期。
〔註68〕車文明：《賽社獻藝：中國古代戲曲生成與生存的基本方式》，《戲史辨》第 2 輯，第 91 頁。
〔註69〕胡忌：我編《戲史辨》的一些想法（代前言），《戲史辨》第 2 輯，第 80 頁。

術連根拔起。而母體文化的核心，就是在情感上慰藉人民，在情感的浸潤下，實現戲劇的審美目標。「說破」事實上就是讓觀眾成為戲劇呈現的情感世界的主宰和「上帝」。而虛假與團圓，實質上仍然是為了滿足人們的心理訴求和情感願望。「事情的複雜性每每為我們這些天真的研究者簡化了」〔註70〕。

第三，民間演劇的主導和主流地位，讓中國戲劇審美的核心本質，停留在民間趣味。因此，除去說破、虛假、團圓等訴求外，諸如鬧熱、風情、趣味等因子，在《戲史辨》中獲得戲劇審美地位。此外，假面變相和傀儡裝扮階段的假面戲劇、傀儡戲劇也重回戲劇審美視野。而《跳加官》等儀式性戲劇，也走出了或封建迷信，或愚昧落後的評價，獲得審美評價。事實上，即便是宮廷演劇，依然保留這些儀式性戲劇段落。

第四，古老的戲劇審美經驗，常常保留著戲史的源流密碼，成為戲曲活化石。比如池州地區的儺戲，演出的內容，很多都來自說唱詞話，基本與南戲已經在題材上無差異〔註71〕。此外，梨園戲，莆仙戲亦是如此。

第五，民間趣味的流變與駁雜。

所謂駁雜，並非簡單的糟粕、精華並提，而是充分理解民間趣味的豐富與特殊。民間戲劇審美，不可能是單一的看故事、聽曲，更不可能是欣賞文學或劇詩。「中國傳統戲劇的演出大多是以「過錦」為其結構的樞紐，是從來不排斥駁雜不純的。」換言之，戲曲藝術立於場上，要以觀眾為上帝〔註72〕。「戲首先應以其多種多樣，多種手段，娛樂觀眾的視聽，然後才可以講寓教於樂。〔註73〕」換言之，一切能夠調動觀眾審美的因子，都可以納入戲劇舞臺。而戲劇藝術的發展方向，最終是根據觀眾的審美興趣為流轉的。

比如變相之發展為臉譜，也是源於「高臺廣場演出的需要」和「美學觀念的影響〔註74〕」。戲史研究中，以此為前提的學者中，戲史辨同仁可以稱是。而歷史上，「歐陽、周、黃、杜四位的論述都強調了戲劇的人民性和群眾性」〔註75〕。「阿英當時的理論很強的戲史著作是《元人雜劇史》，連載在1954年

〔註70〕王兆乾：《池州儺戲與明成化本說唱詞話》，《戲史辨》第1輯，第235頁。
〔註71〕胡忌：我編《戲史辨》的一些想法（代前言），《戲史辨》第1輯，第268頁。
〔註72〕洛地：《觀眾是戲劇的上帝──說破‧虛假‧團圓：中國傳統戲劇藝術表現三維》，《福建藝術》，2009年第5期。
〔註73〕解玉峰《過錦縱橫》，《戲史辨》第2輯，第176頁。
〔註74〕周華斌《假面與臉譜》，《戲史辨》第4輯，第285頁。
〔註75〕胡忌：我編《戲史辨》的一些想法（代前言），《戲史辨》第1輯，第4頁。

《劇本》月刊，以強調了戲劇的人民性而受到學界的注目」〔註76〕。然而可惜的是，這樣的人民性的學術關懷，在當下戲劇研究工作中，常常被忽視。因此，這一脈絡，仍需不斷發揚光大，這也是《戲史辨》的呼籲。

第六，關於民族審美心理。

「團圓」是最完美的藝術境界。福建一些古老劇種，如莆仙戲，梨園戲等，不論演出什麼戲，都專門以《彩樓記》的結尾結束演出。這在西方戲劇的三一律看來，簡直不可想見。這一習慣，在閩南鐵枝傀儡等更古老的戲劇形式中，也得以保留。這就是人民的團圓訴求。因此「當正戲結束後，又要由狀元和夫人（與正戲毫無關聯）兩個角色出臺謝幕。〔註77〕」

綜上，戲曲美學之本質之辨，核心在於讓戲曲藝術「從眾隨俗」〔註78〕。而走向雅部，常被認為是戲曲藝術的一條絕路〔註79〕。比如傳奇發展到《缽中蓮》，就實現了「花雅同本」〔註80〕，趨於「俗」。因此，劇目上，最根本的一點在於作者的平民意識和詞文的鄙俚俗淺近通俗易懂，即「戲劇之作與場上之演與民眾之觀，三者血肉相依」〔註81〕。只有從歷史的流變中才能提煉出戲曲美學之精髓，「它不僅是個人的天才發揮，更體現著長期以來在演出篩選中傳統性、創造性、穩定性交融累積而成的東西」〔註82〕。而唯一能夠做出選擇的，就是永恆的人民。

戲曲是什麼？不同歷史階段，並不一致。與此相對應，不同戲史階段的藝術生成機制，也叫母體藝術源頭，現在叫藝術本體，就也不盡相同。當然，最終呈現出來的戲曲的美學特色和本質自然並不相同。換言之，戲史、本體、美學三者，是一個相互作用的體系，一是不斷變動沿革；二是相互作用，影響。

而本質上，戲史是客觀存在的，真正相互作用，互為變易，交織發展的，是藝術本體與美學本質。在筆者研究成果中，戲曲藝術本體，也是一個體系，

〔註76〕胡忌：我編《戲史辨》的一些想法（代前言），《戲史辨》第 1 輯，第 2 頁。
〔註77〕朱明生：《閩南（詔安）鐵枝傀儡》，《戲史辨》第 3 輯，第 288 頁。
〔註78〕參見陳多：《戲劇藝術的生命力在於從眾隨俗——由周信芳先生想到的》，《戲劇藝術》1999 年第 4 期。《再談戲劇藝術的生命力在於從眾隨俗》，《戲劇藝術》，2000 年第 3 期。
〔註79〕胡忌：《走向雅部——戲曲藝術的一條絕路》，《戲史辨》第 1 輯，第 108 頁。
〔註80〕胡忌：《〈缽中蓮〉傳奇年代辨正——兼論「花雅同本」的演出》，《戲史辨》第 4 輯，第 118 頁。
〔註81〕胡忌：我編《戲史辨》的一些想法（代前言），《戲史辨》第 4 輯，第 232 頁。
〔註82〕陸萼庭《崑劇的困惑》，《戲史辨》第 4 輯，第 16 頁。

猶如一個特定的生態系統。這個系統，包括藝術的發生機制，即怎是；藝術的生產機制，即表現；藝術的發展機制，即往何處去。

其中藝術發生機制，是母體文化生態源頭；藝術生產機制，是本體藝術生態構造；藝術發展機制，是外部生態影響。藝術本體，在母體文化生態層面，實現與前戲史的互動，是為不成熟的戲史階段；在本體藝術生態層面，與美學體系發生關聯，所謂本體藝術生態的構造，就是一整套自洽的藝術語言和表達體系；在外部生態層面，與後戲史發生聯繫，即新生的戲曲形態和發展可能性。

仕戲史、本體、美學三者互動與發展嬗變過程中，本體性的因子與美學性的因子不斷沉澱和累積，當然也有揚棄與新陳代謝，一些規律性的因子逐漸形成戲曲藝術的本質規定性。比如，王國維先生所謂：戲曲，以歌舞演故事，便是其一。然而這裡的戲曲，實質上已經不是一個恒定的戲曲概念，而是包含了戲史的各個階段，包括未來階段的戲曲。然而，即便是王國維，當初也並未意識到這一點，他所言的戲曲，即所謂真戲曲，是以宋元戲屾，甚至是只以元雜劇為靶向和鏡象的。

捨此，無戲曲。

附錄五：《戲史辨》的戲曲生態美學建構意義——以陳多、洛地的戲曲觀為視域

　　《戲史辨》同仁「非主流戲曲史」的學術旨趣的意義被認為是對過去史論研究「文學」「曲學」傳統的一種辯難。然而，今天看來，這種辯難並非簡單的否定，而是具有鮮明地建構意義。建構的目標也絕非「另立門戶」意義上的重寫，而是一種基於戲曲生態發展客觀狀態的生態美學體系的架構。在此體系中，「文學」「曲學」更多具備的是歷史生態意義，是曾經的「本體生態」；然而當下更應關照的是依然活態存在的戲曲本體生態狀況，以及支持這一生生態系統的母體文化生態和外部生態圈層。

前　言

　　《戲史辨》是胡忌主編的一部圖書，收有《戲史何以需辨》《中國戲劇的早期形態》《角抵考》《中國演劇史》《傀儡戲三辨》《20 世紀的中國戲劇史研究》等 18 篇文章。共有四輯。1998 年，胡忌、陳多、洛地、周華斌等同志在1999 年交由中國戲劇出版社出版的《戲史辨》書中，對過去主流派戲史提出了挑戰，大膽地打出了「非主流派另立門戶」的旗幟。胡忌同志寫出了《非主流派戲曲史稿緣起》，陳多同志則申述：演員的表演應起主導作用，而文學劇本則居於從屬地位，這樣才能體現綜合藝術中的「主導原則」〔註1〕。關於「戲劇」的概念，洛地同志指出，過去辭書的解釋都不對頭，他認為中國戲劇應

〔註 1〕參見陳多《別覓「路頭」，另立門戶——由兩種「戲曲史」談起》，《藝術百家》，
　　　　2000 年第 3 期，第 1～13 頁。

分戲弄、戲文、戲曲三類，而「裝扮、扮演是乃戲劇之本」。周華斌同志也說：「作為戲劇文化或戲劇文明，不僅要重視文獻、劇本，還要重視劇場、舞臺；不僅要重視場上的演員和表演，還要重視場下的觀眾和場外的民俗氛圍；不僅要重視沿革與承繼，還要重視階段性的革新與跳躍；不僅要重視國內成果，還要盯住國外動態。這些都是目前各種戲劇史著作所欠缺的。」因此，他們表示要對中國戲曲的起源、形成和發展的歷史情況，進行全面的改寫，「別覓路頭，另立門戶」。不過，他們商量的決議是：「撰寫『非主流派戲曲史稿』的條件尚不成熟，因而準備先陸續編寫名為《戲史辨》的論文集，積累資料，開拓視野；聲氣相求，吸引同好。」〔註2〕然而今天看來，當年的戲史辨同仁所努力建構的，並非是一種割裂性的獨立，而是一種基於戲曲生態客觀現實的生態美學體系。這一建構之功，在陳多與洛地的學術生命中，體現得最為明顯，然而很遺憾，長期以來並沒有引起學界的足夠重視。其實，這種生態美學架構觀的缺失也是二十世紀戲曲研究的重要遺憾，誠如洛地先生所言：中國傳統戲劇研究是本世紀初始創的一門學科。尤其是在中華人民共和國成立以來，得到國家的重視，學術研究有了空前發展，取得了巨大的成就。然而，在某些帶根本性的問題，尚有較大的欠缺。例如詳於作品作家，察於表演現象，而疏於戲劇構成、結構、體制的研究；以曲（腔）史為戲劇史；在學科的建設方面，還存在注重現象而缺乏理論思維的問題，等等，值得研究界注意。〔註3〕這種缺乏系統整體的生態美學關照的研究範式，亟待修正，此本文小小初衷。

一、永恆的外部生態促動——場上之曲與觀眾

在戲曲生態體系格局變易的過程中，永恆存在的外部生態要素必然推動戲曲本體生態的前進。二十世紀最重要的外部生態促動，就是要求戲曲藝術立於場上，要以觀眾為上帝〔註4〕。如此，戲曲審美體系的延展，也必然以此為圭臬。對此，洛地先生從「說破‧虛假‧團圓」三個角度予以了深刻的言

〔註2〕陳多《「蓋戲劇本為上演而設」——讀周貽白先生著〈中國戲劇史〉》，《藝海》，2000年第4期，第39～41頁。

〔註3〕洛地《中國傳統戲劇研究的缺憾》，《社會科學研究》，2000年第3期，第128～133頁。

〔註4〕洛地《觀眾是戲劇的上帝——說破‧虛假‧團圓：中國傳統戲劇藝術表現三維》，福建藝術，2009年第5期。

說。洛地先生用點戲、說破、虛假、團圓這八字，總括起中國傳統戲劇的構成特點，而將這四點貫穿在一起的，他認為是「觀眾至上」這一最根本的出發與歸宿。這種「觀眾至上」其實確實是有著極為深刻的傳統的。比如點戲。讀過《紅樓夢》的人都有印象，賈府主子過生日，壽筵開處，梨香院的伶人便不得閒了，備了戲單呈上，點哪齣便演哪齣。洛地先生以專業的描述細數了幾種點戲的情景，這對於今天的年輕讀者來說都是很新鮮的。因為我們早已習慣了反過來的情景，也就是劇場提供什麼，我們便看或不看什麼；很難想像自己能夠坐在哪個花園裏，隨便點一齣，便有芳官蕊官來唱。傳統戲曲在很大程度上是為貴族服務的，但塑造了戲曲的主創與觀眾千百年來又絕不只是貴族。這種選擇性在今天的文化藝術消費而言，簡直是不可想見的。而這，正是中國傳統戲曲生態最真實的場景之一。張岱在《陶庵夢憶》中詳細記錄的最挑剔的觀眾——家班的主人，恐怕就是自由度最高，也最嚴苛的觀眾了。如「阮大鋮阮圓海家優，講關目，講情理，講筋節，與他班孟浪不同。然其所打院本，又皆主人自製，筆筆勾勒，苦心盡出，與他班魯莽者又不同。故所搬演，本本出色，腳腳出色，齣齣出色，句句出色，字字出色。」〔註5〕而張岱家班不僅演出精緻，而且有從上到下「可餐班」「武陵班」「梯仙班」「吳郡班」「蘇小小班」「茂苑班」，演員新老交替，名演員還可能再易其主，但不論哪一班，在藝術上都必須做到「主人解事日精一日，而侯童技藝亦愈出愈奇。」〔註6〕明末，家班的演員往往與社會演員是相互流通的，他們的身份除了戲子外，有的是歌姬、妓女，都處於社會的最底層。為了生存，她們不得不在藝術的精進上全力以赴，「南曲中，妓以串戲為韻事，性命為之。〔註7〕而從家班流落青樓的戲子對於舊主人依然十分敬畏。「侯僮為興化大班，余舊伶馬小卿、陸子雲在焉，加意唱七齣，戲至更定，曲中大吒異。楊元走鬼房問小卿曰：「今日戲，氣色大異，何也？」小卿曰：「坐上坐者余主人。主人精賞鑒，延師課戲，童手指千，侯僮到其家謂『過劍門』，焉敢草草！」〔註8〕「過劍門」是明代戲曲追求雅化與精緻的形象的比喻，是不是在家班中，戲子與主人的關係真的如「過劍門」一樣嚴寒和陰森呢？其實在《陶庵夢憶》的記載裏，家

〔註5〕張岱《陶庵夢憶·阮圓海戲》（卷八），嶽麓書社，蔡鎮楚注，第 283 頁。
〔註6〕張岱《陶庵夢憶·張氏聲伎》（卷四），嶽麓書社，蔡鎮楚注，第 149 頁。
〔註7〕張岱《陶庵夢憶·過劍門》（卷七），嶽麓書社，蔡鎮楚注，第 268 頁。
〔註8〕張岱《陶庵夢憶·過劍門》（卷七），嶽麓書社，蔡鎮楚注，第 268 頁。

班主人對於家班成員和戲曲藝人從選擇到理解上都是充滿著人情的。這也充分顯示了觀演之間和諧的生態聯繫。

那麼為什麼戲曲生態系統中觀眾的地位如此重要呢？洛地先生指出，這與中國戲曲生態系統內部傳遞有關：

> 我在這裡提出一個「傳遞方式」問題，所謂「傳遞方式」，是事物主體（文藝）將自己傳遞予接受客體（欣賞者）的方式。編演方式，不必解釋。現今一般觀念都認為，戲曲總是先編演即主體完成了，然後傳遞，及於客體；是的，按一部具體的戲來說，總是先編演然後傳遞。然而，從根本上說，戲曲（即文藝）與欣賞者（即社會）的根本關係，首先是欣賞者即社會需要才產生文藝，各種欣賞者對文藝有各種欣賞要求，同一個欣賞者其要求也是多樣的，從而產生出各門類、品種的文藝來〔註9〕。

說破呢？就是把劇情、角色在演出之前和演出的過程中剖白給觀眾。自報家門的程式，意味著每一個上場的人物都可以和觀眾對話，都意識到觀眾的存在，這戲就是明白演給下面的觀眾的。於是許多可樂的事情發生了，在我們是自然的，從西方戲劇體系的視角看來簡直就是不可思議：婁阿鼠自報家門承認自己「能偷便偷」；一個郎中自我表白是個庸醫，而且不是一般的昏庸；還有自我坦承是貪官的。洛地先生把各種說破都仔細梳理了，直梳至說破「說破」，也就是劇中人突然跳到劇外來，就戲裏的事情和自己的角色發表評論，就「說破」本身發表意見。這樣，觀眾成為真正意義上的「參與者」與「評論者」，有時候甚而可以穩居「道德上帝」之特殊地位。而這本來就是戲曲藝術觀眾應該享受的待遇〔註10〕。

「虛假」是洛地先生著墨最多的部分，也是中國戲劇表現藝術的核心秘密所在。所謂虛假也就是相對於生活真實、歷史真實的藝術虛假，也即藝術表現。洛地先生從「時空虛假」「程式虛擬」「衍化、技藝化」「以一概全」來逐一提煉分析，將中國戲曲舞臺上「舉步千里，轉眼老少」的時空虛假，「一桌一椅即是廳堂、布景在觀眾心裏」的程式虛擬，以《竇娥冤》《十五貫》《琵琶記》等眾

〔註 9〕洛地《我國古典戲曲的傳遞方式和編演方式》，《戲劇藝術》，1989 年第 2 期，第 77～88 頁。

〔註10〕陳多《為可能有的最大觀眾群服務》，《中國戲劇》，2001 年第 4 期，第 44～45 頁。

多名劇中的情景、段落來具體說明，真的是戲詞、人物、劇情的例子信手拈來，像是聊天隨時想起般不經意，卻又無不恰切妥帖。關於中國戲曲的這種表現主義特色，戲劇理論已討論了很多了，但似乎沒有哪本理論書像洛地先生這樣，結合具體的戲文講得如此生動有趣。除了哲學化的透徹解析，更令人敬佩的是洛地先生對戲劇藝術有著自己的判斷和見解，這些見解不是以教條的或憤激的表達來呈現，而是以有趣的、詼諧的語言貫穿始終，就像中國戲曲舞臺的語言，無論正劇還是悲劇，也都有著調解觀眾情緒的插科打諢，他切實表達出了中國戲曲生態格局的基礎：觀眾是上帝。關於「團圓」，洛地從最表面的劇情的團圓，引申到更深層的團圓：中國戲曲劇本和劇場的「來有根據，去有著落」，程式虛擬的有始有終，唱念做打、一招一式的無不皆圓，直至昇華為九九歸一元的哲理上的團圓，最終又回歸到觀眾作為戲劇存在之根本這一出發點。而此時的團圓，已經具備基本的母體文化生態的意義。

二、古老戲劇與戲曲本體生態之傳統

中國戲曲本體生態的傳統為何？這是解決中國戲曲生態美學體系架構要素之關鍵。這個問題不解決，一切都會成為架空之討論。洛地、陳多先生的治學之功相當程度上就在於此二位先生對該問題的充分關注〔註11〕。這種關注首先是以相當的正本清源態度出現的。對此，洛地先生有一段聲音極有力量。

> 為事物「正名──定義」，是對事物的分類別種，確定概念，也就是人類之為人類的責任：認識世界、認識事物。我堅決認為：對事物進行分類別種，確定概念，是認識事物即認識世界的啟端和歸宿。學術研究，作為理論思維的產物，是在與「約定俗成」作鬥爭中產生和發展起來的〔註12〕。

〔註11〕陳多先生是我國著名戲劇家、戲劇史學家、戲劇教育家，現為上海戲劇學院戲劇文學專業教授，上海戲曲學會會長。先生學風紮實，精於古代文獻，勤於思考，不肯從人成說，提出了「遠古戲劇說」和「先秦戲劇說」等著名觀點。著有《劇史新說》《王驥德曲律》《中國歷代劇論選注》《李笠翁曲話》《現代戲劇家熊佛西》等學術著作，參與主編《中國曲學大辭典》《中國京劇》等大型工具書。參見陳多《古代戲曲研究的檢討與展望》，《雲南藝術學院學報》，2001 年第 3 期，第 20～25 頁。陳多《先秦樂舞戲劇大事年表》序，《雲南藝術學院學報》，2001 年第 3 期，第 57～58 頁。

〔註12〕洛地《「辨名──明義」──蔣希均〈書會悟道‧序〉》，《浙江藝術職業學院學報》，2015 年第 1 期，第 102～111 頁。

　　洛地先生對詞曲、格律的研究便是這樣。這種正本清源，首先又就在於對戲曲生態構成和沿革的尊重。如他說：「曲」本是民間韻文，並無所謂句之平仄格律，也無所謂「正」「襯」〔註13〕。

　　　　句之有句式、格律、規則的確立，始於律詩、律詞。「襯字」祇在「律句」之中；是律句中格律之外的「字」；即「正字」之外的「襯（字）」。律詞是有「襯字」的；而且由於律詞是首先完成的「格律化的長短句」，所以「襯字」首先出現於律詞；首先是律詞中有「襯字」，然後「南北曲」中纔有所謂「襯字」。北曲中的所謂「襯字」，並不是像《辭海》《漢語大詞典》所說那樣在「定規」之外「添加進去」的；恰相反，是當「北曲」被置於「案頭清玩」時，其句中的某些原來就存在的「字」而被格律「擠出來」的。「南曲」的「襯字」，則是向句間、步間「嵌塞進」到「眼」裏去的〔註14〕。

　　而元時的「北曲唱」問題，包括「務頭」「尋腔依韻唱之」等。明時的「北曲唱」問題，一是明初（明人口中的「國初」）在南方諸腔顯現之前的「北曲唱」，二是南方諸腔興起後，明代（中下葉）的「北曲」及其唱，三是所謂「絃索北曲」問題。其中與當代戲曲發展密切相關的問題就是根據上述曲唱原則推出崑曲曲唱的傳統，即其「音樂定腔」與「依字聲行腔」的情況：其一是以其基礎唱腔作「定腔傳辭」；其二是守其基本唱腔結構框架，其具體曲文「以磨腔規律為準」即「依字聲行腔」〔註15〕。由此，洛地先生呼籲，崑曲保護與傳承或許不在於劇團，更不在於劇目創新，而在於在學校教學中重拾曲唱傳統。除此之外，洛地先生還對宮調換韻等問題進行了釐清〔註16〕。

　　在戲劇的內容上，一旦從戲曲生態的宏觀層面進行考量，古老戲劇也頗具啟發意義，元雜劇便是如此。洛地先生認為，元曲雜劇的「神仙道化」劇既不演因果，又不宣教義，更不戒惡勸善，處處可見的卻是殺人，馬丹陽、呂洞賓這些神仙們簡直可以說以「嗜殺為『道』」──求「道」者殘忍地對待自己的妻子、兒女、家人以求「道」，其實質是對待自己的態度：修「道」者必須

〔註13〕洛地《南北曲「襯字」辯說》，《戲曲與俗文學研究》，2016年第1期，第1～24頁。

〔註14〕洛地《南北曲「襯字」辯說》，《戲曲與俗文學研究》，2016年第1期，第1～24頁。

〔註15〕洛地《崑曲曲律與曲唱》，《藝術百家》，2016年第1期，第167～182＋192頁。

〔註16〕洛地《宮調與換韻》，《中國音樂》，2015年第2期，10～21頁。

棄絕個人的一切，無妻、無子、無家，「自殘」方可得「道」。以「自殘」而求「道」，不僅表現在「神仙道化」劇，而且貫穿、滲透於「隱居樂道」「孝義廉節」其他諸「科」之中。陳摶的自廢絕世，趙禮的請烹受死，同樣是一種「自殘」。把世上一切是非看成無是非，從而消極絕世，摒棄、遠離世間一切「人我是非」，但求「道德自我完成」，這種道德觀在元代是一種普遍的社會心理和情緒〔註17〕。

三、對戲曲生態圈層的自覺認知

　　洛地先生和陳多先生都對戲曲生態圈層的豐富性有獨到的認識，陳多對「先秦古劇」「戲劇」「戲曲」的劃分，洛地先生對戲弄、戲文、戲曲的區分便是非常精彩的理論認識。

　　　　如何對我國戲劇（不可以「戲曲」為稱）進行分類，是戲劇研究的大問題。現在通行的以時代來劃分（如「宋元南戲」「元雜劇」「明清傳奇」等）或者按現今的所謂「劇種」（如崑劇、京劇、越劇等）來劃分都顯然有問題。本文作者以為我國戲劇應大體分為三類：戲弄，戲文，戲曲。以「弄（調弄）」為本者，自唐《踏謠娘》等「參軍誤」以下的「雜劇、院本」直到現今可見的「二小戲、三腳戲」等，為「戲弄」。以「文（故事）」為本者，自《張協狀元》《琵琶記》以下的有眾多人物、有矛盾有情節有頭有尾的故事的「真戲劇」為一類，為「戲文」。以「曲（曲體、曲文）」為本者，如《子陵垂釣》《介子推》等元曲雜劇，為「戲曲」〔註18〕。

　　這種認識打破了過去約定俗成的隨意化的定名方式。此外，戲劇與「戲曲」──「曲、腔」與「劇種」意義都各不相同，必須釐清〔註19〕。對此，陳多先生也有同感，他從現代學科規範層面指出：

　　　　「戲劇戲曲學」是邏輯混亂、概念含糊、難以認知的學科界定。產生這種邏輯混亂的深層原因，當在於自覺或不自覺地承襲

〔註17〕洛地《自殘──得「道」──元曲雜劇作品散說之一》，《南大戲劇論叢》，2015年第1期，第26～42頁。

〔註18〕洛地《戲劇三類──戲弄、戲文、戲曲》，《南大戲劇論叢》，2014年第2版，第34～55頁。

〔註19〕洛地《戲劇與「戲曲」──兼說「曲、腔」與「劇種」》，《藝術百家》，1989年第2版，第52～59＋68頁。

了「五四」時期「如其要中國有真戲，這真戲自然是西洋派的戲」
之類觀點，而把戲曲視為不合乎世界戲劇學理、尚未能成為戲劇
大家庭中合格一員的「假戲」；所以只能把對它的研究列為「另類」。
「戲劇戲曲學」這樣的學科界定既損害了真正的「戲劇學」的研
究，又把戲曲學等其他戲劇樣式的研究籠罩在披著「戲劇學」大
旗的「話劇學」陰影之下，使它們難以自由自在地獨立發展。更
主要的是還在起著拿「話劇學」代替「戲劇學」，用話劇原理改造
戲曲及其他戲劇樣式的誤導作用，對發展「戲劇」或「戲曲」學
科有害而無利〔註20〕。

不唯如此，洛地先生的質疑精神貫穿他研究的始終。如，對於已經幾乎
成為公認的四大聲腔問題，洛地先生坦言：陽腔、餘姚腔、海鹽腔、崑山腔，
這「四大聲腔」可謂關係戲劇史的大問題。但對「四大聲腔」這個說法，我是
有疑問的。近來香港鄭培凱、楊葵等同道舉辦「四大聲腔」學術研討會，盛情
難卻，因勉力捉筆，簡述己見，求斧於大家。一首先，一個很「業餘」的疑
問：「餘姚、海鹽、弋陽、崑山，四大聲腔」人人皆知；但是，真是很慚愧，
到今天為止，我沒有找到「四大聲腔」這個詞語到底是何人、何時於何處首
先說出來的。自古一直到 20 世紀 40 年代，似乎並沒有這個說法。〔註21〕對
於宮調問題，洛地依然質疑陳說：

長期以來，曲學界對「諸宮調」和元北曲所標記的「宮調」，大
多從音樂角度加以解釋，謂其「宮調」指樂理上的「調高」「調式」，
幾成定論，如《中國大百科全書·戲曲卷》《中國戲曲通史》等，皆
持此解，並進而申說「諸宮調」和元北曲的「音樂體制」。但通過對
今存可靠的「諸宮調」作品與元代北曲曲牌標寫「（燕樂）宮調（名）」
的考察，並析之以樂理，恰說明「諸宮調」和「燕樂二十八調」的
「宮調」意義不相吻合。因此，不能以音樂上的調高、調式解釋「諸
宮調」和元北曲的「宮調」。〔註22〕

〔註20〕陳多《由看不懂「戲劇戲曲學」說起》，《戲劇藝術》，2004 年第 4 版，第 12
～19 頁。
〔註21〕洛地《「四大聲腔」問》，《南大戲劇論叢》，2013 年，第 13～24 頁。
〔註22〕洛地《諸宮調、元曲之所謂「宮調」疑議》，《江蘇師範大學學報（哲學社會
科學版）》，2013 年第 5 版，第 31～54 頁。

又關於「樂」，其起源、本義、讀音的考釋，古今歧說極多。洛地以為：「樂」本義為商之禘祭；其讀音當為 y。「音樂」之「樂（uèy）」「歡樂」之「樂（uòl、l）」「療（iáol）」皆其延伸義〔註23〕。這種不疑處有疑的精神，恰是洛地，陳多這些戲曲生態與美學關注者的共同精神特質。〔註24〕甚至具體到一部作品，這種分層認知，也滲透其中。洛地就嚴肅地提出作者洪昇的「三易稿」實際是寫了三部完全不同的戲劇作品。其間包含著洪升對「李楊情事」、對「安史之亂」那段歷史、對白居易《長恨歌》的長達十餘年的複雜理解過程；同時又關係到「三易稿」與清康熙當時的朝政起伏。而《長生殿》之所以成為「絕唱」，恰在於其深刻地寫出「李楊生死情緣」對歷史的超越〔註25〕。

不僅是對於作品，對於古代戲曲生態圈層的認知還體現在對演員的認識和理解上。如洛地在談到《錄鬼簿》時，就明確指出這些劇作家群的生態圈層與狀況：根據《錄鬼簿》中「前輩已死」「方今已死」「方今」而將元曲作家分為三期，始於王國維。其後元曲史家們也普遍一致地認為，鍾嗣成是「按照」作家生平年代進行分組、分卷的。但細緻查考元曲家的生平卻可以發現，《錄鬼簿》所劃分的六組都不是依作家年代排列的。《錄鬼簿》的編排反映了元代的一個社會實際：元代的杭州城存在一個「北人」劃定的「南人」被「禁止入內」的「圈」。〔註26〕而當時戲曲生態的另一重要場域「書會」，也並不是簡單的下層文人組織〔註27〕。而是活躍於戲曲生態體系內部，協調觀演、創作、批評，甚至社會環境、文化狀況等的重要力量〔註28〕。

〔註23〕洛地《「樂」字音義考釋》，《音樂藝術（上海音樂學院學報）》，2013 年第 3 版，第 82～90＋5 頁。

〔註24〕參見《律詞》之唱「歌永言」的演化——將「詞」視為「隋唐燕樂」的「音樂文學」，是 20 世紀詞學研究中的一個根本性大失誤》，《浙江藝術職業學院學報》，2005 年第 1 版，第 1～27 頁。

〔註25〕洛地《冀長生而鑄長恨 寄長恨而譜長生——「看」〈長生殿〉》，《浙江藝術職業學院學報》，2008 年第 3 版，第 8～23 頁。

〔註26〕洛地《〈錄鬼簿〉的分組、排列及元曲作家的「分期」》，《戲劇藝術》，2004 第 3 版，第 89～100 頁。

〔註27〕宋、元時與戲曲編演有關的書會。書會，宋元間說話人、戲曲作者與藝人的同業性團體（新版《辭源》，1463 頁）書會，宋元時各種戲曲、曲藝作者的行會組織，多設立於杭州、大都等大城市。（新版《辭海》縮印本 105 頁，滬《中國戲曲曲藝辭典》同）書會是宋金元時代編寫戲劇話本等等的團體組織（《永樂大典戲文三種校注》第 4 頁）。

〔註28〕洛地《「玉京書會」「元貞書會」疑辨》，《戲劇藝術》，1987 年第 2 版，第 23～33 頁。

四、對戲曲生態演進與傳承的呼籲

洛地和陳多先生都十分關注戲曲生態的演進與傳承問題，一方面他們非常關心戲曲的學校教育；第二他們共同關注戲曲的大師傳承，經典延續問題〔註29〕。在談到傳字輩的時候，洛地說：周傳瑛師兄弟們，每人（藝）名中都有一個「傳」字，世稱「傳字輩」。傳字輩，「傳」什麼？傳崑劇。為什麼崑劇要提出「傳」的問題？因為崑劇已臨不傳之世。周傳瑛入崑曲界已經六十年了。六十個春秋寒暑，無數的悲歡離合，世事滄桑，舞臺粉墨，江湖浪跡，三番起落，華宴慨慷，四代藝業，周傳瑛的一生為崑劇的傳世而努力，為我國崑劇事業的繼承、發展做出了貢獻。他無愧於崑劇的先師後秀，無愧於這個「傳」字。〔註30〕而戲曲藝術的傳承，又不簡單是戲曲本體生態內部可以解決的，必須動員各方力量〔註31〕。以崑曲為例，洛地指出：

> 崑曲在當今社會實際，關係到它的是：文、樂、戲三「界」和三方面的人。「文界」主要是指高校和社科院的文史院所；「樂界」主要是指音樂學院、音樂系及與其相關的樂團；「戲界」則是以劇團為主體的一攤。在上述「三界」之外，還有對崑曲產生影響的三方面的人。一是為崑班排戲的導演們。再一些是游離於上述「文」「樂」「戲」三界之外的、籠統地被稱為「曲家」「曲友」的一些「清曲唱家」「崑曲論家」和「崑曲愛好者」。三是領導，即官員〔註32〕。

洛地進一步指出：「曲」與「曲唱」是傳奇——崑劇演出傳奇的根本〔註33〕。「（南北）曲」及「曲唱」，其性質為「古典文藝」，但由於主客觀各方面原因，在歷史上並沒有完成其「古典文藝」的進程。今天，「曲」及其「唱」，作為「文化遺產」，首先，也是最根本在於「完成其『古典』化」。而推進其完成「古典

〔註29〕 參見陳多《崑劇的繼承與改革》，《上海戲劇》，2002 年第 9 版，第 24～25 頁。

〔註30〕 洛地《周傳瑛在〈十五貫〉轟動京城後的崑劇思索》，《浙江藝術職業學院學報》，2014 年第 2 版，8～11 頁。

〔註31〕 洛地《關於尊重和保護「口頭與非物質遺產」的三條意見》，《音樂研究》，2006 年第 1 版，第 17～18 頁。

〔註32〕 洛地《三界六方傳一曲》，《浙江藝術職業學院學報》，2012 第 2 版，第 1～7 頁。

〔註33〕 洛地《韻、板、腔、調（二）——「昆」曲唱的本體構成》，《音樂學習與研究》，1993 年第 4 版，第 20～29＋19 頁。

化」的責任，主要在學校、在教學而不是在劇團，更不是在演員〔註34〕。無論是如何對待「民族文化遺產」、對待「崑曲」為「人類口述及非物質文化遺產代表作」，都不是（昆）劇團和（崑班）演員所能擔負得起來的。「劇團即『劇種』」「崑劇團就是『崑曲』」的觀念及做法是完全要不得的。崑班是戲班、崑班演員是藝人，他們沒有對劇作的政治思想內容進行「推陳出新」的責任，更沒有擔負「民族文化、民族戲劇及『南北曲』『曲唱』等藝術表現」以至「人類口述及非物質文化遺產代表作」的生死存亡那樣的重任的責任，也無從擔當起那樣的重任。如今，抬所謂「崑曲」（「崑劇」）惟恐不高，捧崑班演員惟恐不極，稱為他們是「『崑曲』藝術」唯一的傳承者、唯一的「繼承、發展」者、「振興『崑曲』」的希望全部所寄：「老師」。〔註35〕他還指出，這種傳承並非遙不可及。

　　「崑曲（唱）」常被人說得、也多被人們看作是高不可攀、難不可言、深不可測、玄不可知，其實並不是那麼會事。「昆」之曲唱，其本體構成，要在四個方面：字讀句讀、節奏、旋律、用調，用民族文藝術語來說，為：「韻」「板」「腔」「調」。由於世稱的這個「昆」，確有其較糾葛的情況，因此，在述說其曲唱的「韻、板、腔、調」前，不得不最簡略地說一點「昆」的概況。一、「崑山腔」→「（昆）曲唱」→「崑腔」今稱的「昆」，經歷了從「崑山腔」—「（昆）曲唱」—「崑腔」三個具有一定質變性質的階段〔註36〕。

　　這些建議，其實已經十分精準地看到了戲曲生態圈層的不同層次的豐富性，必須整個系統共同協調，才能運轉這個系統。戲曲生態的傳承又必須具有廣泛的生態基礎。陳多在談及流派問題時，十分肯定地指出了這一點。他說：演員表演藝術流派的形成，在京劇（以及戲曲）的發展途程上有著重要意義，最能簡單地說明這一點的是：在談到京劇藝術從崛起到興旺發達的二百餘年歷史時，很自然地是以由「老三鼎甲」以迄上世紀前二、三十年代「四大名旦」等一茬又一茬表演流派的接連出現作為它逐步成長的階段性標誌。人們這樣來看待歷史是有道理的，原因在於京劇中的「流派」是一種選擇，

〔註34〕洛地《「曲」「唱」正議》，《戲劇藝術》，2006 年第 1 版，第 4～13 頁。又參見洛地《魏良輔・湯顯祖・姜白石——「曲唱」與「曲牌」的關係》，《浙江藝術職業學院學報》，2003 年第 1 版，第 25～37 頁。

〔註35〕洛地《歷史傳統、規範全民族、無可移易地經典化，是為「民族文化遺產」》，《藝術百家》，2008 年第 5 版，第 140～143 頁。

〔註36〕洛地《韻、板、腔、調（二）——「昆」曲唱的本體構成》，《音樂學習與研究》，1993 年第 4 版，第 21～25 頁。

是對有突出成就的表演藝術創造性發展進行篩選的結果。而要能有「流派」篩選得出，又非有一個寬廣深厚的基礎不可〔註37〕。

五、雅俗之辨與民間小戲──戲曲母體生態的延展

「戲史辨」同仁們對於雅俗問題〔註38〕和小戲問題，尤其是古老瀕危劇種問題，都有著極為濃厚的興趣。這種興趣，自覺不自覺地傾注了學者們對母體戲曲生態的關注。這種關注還延伸至漢民族的歌唱傳統。

洛地對「詩」「歌」，對「詩言志，歌永言」及「文」「樂」關係我國「詩」「歌」構成的理解首先，是對「詩」「歌」──當然是對我國「漢文化」的「詩」「歌」的看法。一、「詩」，洛地的看法很簡單：「詩」──「韻文的統稱」。具體些，或可補說：詩○先秦時（以四言為體式的）韻文作品總集《詩》及其作品。○後世成為對韻文門類眾多品種及其作品的統稱。○或與長短句體式的「詞」「曲」等相區別，專稱五、七言韻文體式的諸品種及其作品。──我國在近現代出現（翻譯）的非韻文的外國「詩」，以及受西方影響而出現非韻文的「白話詩」「自由詩」等，竊以為當另行開條〔註39〕。

這種詩樂傳統，恰是中國古代戲劇母體文化的重要源頭，也是母體文化的官方形態的重要體現。與之相對應的，是尚處於民間的俗文化體系，與尚孕育在農耕家族文化系統下的親情關照與人生哲學。體現在戲曲藝術生態內部，則是對「戲弄」精神的堅守，對文化傳統的堅守。洛地以自20世紀50年代初其親歷的浙江淳安「竹馬─採茶─睦劇」實況為切入點，考釋「竹馬」「採茶」（及其別稱「花鼓」「花燈」）、「茶馬」「『竹馬』與『採茶』」的歷史淵源，考察其現況，析述此類「戲弄」扮演的特徵，以及對此類本以「戲弄」扮演為主的戲劇活動在解放後演化為「戲文」的過程及收效提出反思〔註40〕。

〔註37〕陳多《由不見新流派出現想到的》，中國戲曲學院研究所，《京劇的歷史、現狀與未來暨京劇學學科建設學術研討會論文集（下冊）》，中國戲曲學院研究所，2005年12月。

〔註38〕參見洛地《雅樂與俗樂漫談》，《浙江藝術職業學院學報》，2012年第4期，第92～108頁。又參見洛地《詩樂關係之我見》，《文藝研究》，2002年第4版，第108～110頁。

〔註39〕洛地《「歌永言」，我國（漢族）歌唱的特徵──王小盾〈論漢文化的「詩言志，歌永言」傳統〉讀後（下）》，《天津音樂學院學報》，2011第4版，第31～42＋118頁。

〔註40〕洛地《跳竹馬，唱採茶》，《浙江藝術職業學院學報》，2008年第1版，第9～18頁。

然而，現實的情況是，很多曲解和隨意的認知，將這種母體文化傳統肆意曲解了。洛地回憶說：

> 大約是在 1983 年，《中國戲曲志》「長沙會議」，閒聊時，江西的流沙老哥對我說：「你們浙江一個小小的『睦劇』，在《（中國）大百科（全書・戲曲卷）》裏佔了 400 字；我們江西有 30 多個『採茶戲』劇種，個個都是大大的，總共只占 3500 字，不大公平吧。」我笑著對他說：「這個小小的所謂『睦劇』，是施振楣、金孝電和我在 1954 年『發明』的」〔註41〕。

正是洛地先生編寫的幾個小戲，成為「睦劇」的傳統戲和文化源頭。而被忽視的，恰是洛地所尊重的採茶戲文化傳統，這不可謂不是一個鮮活的教材，甚至可以說是教訓，讓人啼笑皆非。而作為江浙地方戲劇重要母體源頭的「灘簧」〔註42〕，洛地指出：「花鼓小戲」係屬「戲弄」一類，不當歸入「攤簧」。在「攤簧」中，「南詞」與「唱說攤簧」實為不同的兩類〔註43〕。如果採茶戲當屬小戲或戲弄的化，「攤簧」似為更原初之說唱母體。那麼母體的調是如何向文學的腔，再向舞臺的調轉化的呢？洛地先生指出：「腔」「調」二字在我國戲藝中的顯現的歷史時序，大致呈現為「調」→「腔」→「調」二個階段。這三個階段，是我國戲劇從文本文學向場上技藝轉化、從文體為主向樂體為主轉化過程的反映〔註44〕。除了民間小戲，儺戲研究也是學者們對母體文化生態尊重的重要體現〔註45〕。

「《中國戲劇史》需要重寫！」據說這是一位戲劇大師看了 1987 年貴州民族民間儺戲面具展覽後所發的感言。雖然不瞭解大師此後有否再作過詳盡發揮，但僅此一語，已使我認為是內涵十分豐富深刻的了。原因在於儺和戲之間相互影響、相互滲透，確實有著不同一般的密切關係，而絕不止於是現在還保留有若干儺戲，相當古樸，可供人作「活化石」研究等等。可以這樣說：

〔註41〕洛地《竹馬—採茶》，《中華藝術論叢》，2007 年，第 249～266 頁。
〔註42〕洛地在《「攤簧」名義、結構及其他》申述了他擇定書作「攤簧」的理由和根據，並闡說了他對確定事物「名」「義」問題的理解和意義。
〔註43〕洛地《「攤簧」名義、結構及其他》，《浙江藝術職業學院學報》，2004 年第 1 版，第 9～21 頁。
〔註44〕洛地《「腔」「調」辨說》，《中國音樂》，1998 年第 4 版，第 3～7 頁。洛地《「腔」「調」辨說（續）》，《中國音樂》，1999 年第 1 期，第 5～10 頁。
〔註45〕陳多《新世紀儺戲學發展芻議》，《戲劇藝術》，2003 年第 1 版，102～108 頁。

把儺放在視野之外而編寫的戲劇史，必然會對若干問題難以理清頭緒和作出合理說明〔註46〕。

陳多先生還進一步住處，這種尊重，直接體現為「從眾隨俗〔註47〕」。

六、場上之曲——活的生態

戲曲生態美學最關注的是「生態體系」的活態和運動。為此，對場上之曲的研究就顯得尤為重要。洛地先生也十分肯定這一點，專門研究崑曲演出本。他以《綴白裘》所收的折子戲——兩百年前、清乾隆年間的戲目單；陸萼庭《崑劇演出史稿》中抄出的劇目為對象，認真梳理了二十世紀崑曲生態的場上實際〔註48〕。而場上之曲也是隨著戲曲生態演進不斷發生改變，其美學風格也是不斷嬗變的。一如陳多所言：崑曲包含有劇曲、清曲兩部分，它們各有其理論體系和實踐；魏良輔、葉堂等是唱壇的清曲家。此外，崑劇有著兩種演出方式：民間班社的廣場（包括劇場）演出和家樂家班的廳堂演出；前者實為主流。此後是乾嘉之際崑劇折子戲的演出形成風氣，是崑劇發展的轉折點之一，此後為「近代崑劇」時期；今天所繼承的崑劇絕大部分即是此「近代崑劇」〔註49〕。

此外，洛地認真研究場上角色行當與演出體制。

> 元雜劇有沒有腳色？是不是腳色制？我以為：元雜劇無腳色，非腳色制。說這句話，頗有些惴惴不安。自有戲曲論家論「部色」「角色」「腳色」，即自明以下，向認為元劇是有腳色、為腳色制無疑的。如現代戲曲研究的開創先驅王國維先生，其《古劇腳色考》開卷第一句便是：戲劇腳色之名，宋元迄今，約分四色，曰：生、旦、淨、丑，人人之所知也。〔註50〕

〔註46〕陳多《古儺略考》，《戲劇藝術》，1989年第3版，第19～26頁。

〔註47〕陳多《戲劇藝術的生命力在於從眾隨俗——由周信芳先生想到的》，《戲劇藝術》，1999年第4期，第17～24頁。《戲劇藝術的生命力在於從眾隨俗——由周信芳先生想到的》先後載於《戲劇藝術》1999年第4期及同年出版的《麒藝叢編》第二輯，在經過編輯審正後，兩文既有不同，與原稿亦均略有出入；如欲睹原貌，則需對讀兩文、相互補充始可。

〔註48〕洛地《關於崑班演出本》，《戲曲藝術》，1986年第1版，第54～64頁。

〔註49〕陳多《學習〈崑劇演出史稿〉的點滴體會——為悼念陸萼庭先生而作》，《戲劇藝術》，2004年第1版，第75～82頁。

〔註50〕洛地《「一正眾外」「一角眾腳」——元雜劇非腳色制論》，《戲劇藝術》，1984年第3版，第79～88頁。

可以說，洛地是以高度的質疑精神，努力還原歷史戲曲生態的真實實際。
而陳多先生更是從微觀層面，通過對明代《白兔記》的流變進行研究，說明
戲曲活態傳承的重要價值〔註51〕。他說：

> 歷來研究者認為南戲《白兔記》有成化本和富春堂本兩個系統，
> 實際上，《白兔記》的版本情況要複雜得多。從明清戲曲選本中所收
> 錄的該劇折子戲及近代各地方戲的有關抄本和口述本來看，歷史上
> 曾有過多種非文人寫定本的《白兔記》流傳。探討它們的產生和流
> 傳情況，對於正確認識戲曲發展規律、研究戲曲史具有十分重要的
> 意義〔註52〕。

正因為此，劇本文學或許並不是維繫戲曲生態演進的依據〔註53〕。正因
為此，陳多先生對李漁傾注了十分的關注〔註54〕。這種對於戲曲生態的活態
演藝的關注，可謂頗為用功。戲曲生態的諸要素，戲曲外部生態，戲曲本體
生態，戲曲母體生態，戲曲衍體與新生態，這是橫向之完整體系的必備要素。
縱向還包括歷史戲曲生態，當下戲曲生態，未來戲曲生態，凡此種種，都是
為了將戲曲藝術的發展置於複雜的宏觀整體生態關照下予以研究。戲曲生態
研究的意義在於，可以釐清不同時期，不同狀態下，戲曲藝術的審美追求的
變化。可以說，戲曲生態沿革，戲曲圈層的互動和跳躍，都是引起戲曲審美
嬗變的重要原因。而戲曲審美的嬗變，又可以觸發戲曲生態整體或局部朝著
相應方向延展和演進。「戲史辨」同仁可以說在自覺與不自覺間進入了戲曲生
態美學研究的範式，取得了豐富成果。很長一段時間內，這些成果被認為是
「獨樹一幟」，或者被認為是「自我言說」，甚至被認為是「苛責和發難」，

〔註51〕 陳多《畸形發展的明代傳奇——三種明刊〈白兔記〉的比較研究》，《戲劇藝
術》，2001 年第 4 版，第 67～75 頁。

〔註52〕 陳多《〈白兔記〉和由它引起的一些思考》《藝術百家》，1997 年第 2 版，第
55～66 頁。

〔註53〕 陳多《說「劇本，劇本，一劇之本」》，《戲劇藝術》，2000 年第 1 版，第 103
～111 頁。

〔註54〕 陳多《「好事從來由『錯誤』」——〈風箏誤〉新析——李漁淺探之一》，《藝
術百家》，1989 年底版，69～77＋128 頁。陳多《從「學而優則仕」到「學而
『優』」——李漁淺探之一》，《藝術百家》，1988 年底版，第 18～28＋53 頁。
陳多，計文蔚《李笠翁的戲曲編劇理論與技巧》，《戲劇藝術》，1981 年第 4
版，第 99～112 頁。陳多《李漁《〈脫窠白〉譯釋》，《上海戲劇》，1980 年第
4 版，第，48～49 頁。陳多《李漁〈立主腦〉譯釋》，《上海戲劇》，1980 年第
2 版，第 55～57 頁。

這都是值得我們深思的。戲曲藝術不應該死去，那麼就不應該繼續採取僵化的研究態度，戲曲生態格局變易與戲曲美學體系嬗變二者之間的互動關係研究，或許能如「戲史辨」同仁一樣，煥發出耀眼的光彩。

附錄六：「真」與「情」的眷戀──
鄒元江戲曲美學思想研究

　　鄒元江以美學研究為起始，而後關注範圍至湯顯祖，再至中國戲曲，至世界戲劇體系，陌生化，梅蘭芳，意象化……其學術視域和半徑之廣闊，超過了一般美學家和戲劇史論家的範疇。而縱觀鄒先生的治學之路，學術上的求「真」，藝術上的重「情」貫穿始終。其學術之「真」源於對藝術和美的嚴肅態度；而其藝術批評的重「情」，又源於他對藝術和美的眷戀。而「真」「情」之上，是一個學者始終堅守的傳統「文士」的「內聖」而「多技、多情」的本色。

　　批評與被批評，總是貫穿著鄒元江先生的學術研究脈絡。作為批評者，鄒先生在「真」與「美」的路途上越走越遠；作為被批評者，他又總是被置於「苛責」「過激」的言說立場。而事實上，圍繞鄒元江的爭論，往往各方並不在同一個層面進行對話。這一點，如果不將鄒元江先生的整體學術研究路徑加以考量的話，是很難理解透徹的。鄒先生在戲曲美學上的貢獻，集中於「湯學」「丑角審美」「陌生化與非對象化」「梅蘭芳與中國戲曲美學體系」「形式因本體論」等方面。其學術旨趣，貫穿中西，而落腳點，往往在藝術本真的美學層面。鄒元江是在「純粹的藝術審美」哲思基礎上，去考慮藝術的實際問題，因而其論所處的層面，就要高於一般意義上的「文學」「表導演」等藝術創作接受層面。加之，鄒元江一貫的質疑精神，對「文學化」「導演存在的依據」「戲劇怎是──怎麼演」等問題的堅守，更加劇了鄒元江所論與其質疑者之間鴻溝對的深度。此外，鄒元江的某些學術思考，還從美學

哲思、純粹藝術追求往藝術生態系統論方面傾斜，其論點，往往是在戲曲生態的整體關照下得出。依次為出發點，鄒元江對傳承、民間藝術、童子功、母體文化、行政干預與強加話語等生態方面的關注，也是其區別於其他學者的重要層面。這一點，使得以鄒元江為代表的某些學者集群，包括洛地、陳多、傅謹、戴不凡等學者的言說層面又明顯要高過該學術集群的質疑者。因此，甚至可以說，基於藝術與審美的本真學術理想，時刻關注戲曲生態的整體走向，讓鄒元江在藝術與美學層面擁有了更縱深的維度，而生態觀的體系化關注，又使得其成果更寬闊而接地氣。這再次區別於「書齋學者」和「藝術表象論者」。前者如南京大學、中山大學的一些高校學者；後者則包括那些為戲劇藝術傾其一生，然侷限於某一較小領域的學者、評論家和表導演、文學藝術工作者。

一、充滿爭議的言說者

2007 年 12 月，中國藝術研究院在京舉辦了「阿甲先生誕辰 100 週年」紀念活動。在理論研討會上，與會的 40 餘名專家學者提交了論文，就阿甲的戲曲導演理論與實踐領域的成就與貢獻以及當下戲曲舞臺創作中的問題，發表了研究成果。鄒元江教授《脆弱的張力：體驗與表現的統一——阿甲戲曲美學思想研究之一》與中國藝術研究院龔和德研究員的《懷念阿甲老師——兼與鄒元江先生商榷》〔註 1〕一文針鋒相對。體驗與表現的問題，成為論爭的中心。然而，龔和德先生自己也坦陳「我是剛從話劇學院畢業，雖也愛好京劇，卻有一股要用話劇的某些理念改造戲曲的衝動。」這也與鄒元江所指出的「中國戲曲藝術，事實上已經成為西方話劇的附庸」，「以阿甲、李紫貴為代表的一批戲曲導演的話劇觀念、『斯坦尼情結』無疑給整個戲曲界一個錯誤的引導，這是我們在冷靜的面對歷史事實時所不能不明確加以指出的。〔註 2〕」不過，龔和德先生接著承認「戲劇是動作（行動）的藝術。是動作的形式之不同，才決定了戲劇樣式的多樣化。」

> 戲曲的動作形式，有兩個顯著特點：（一）它是唱念做打的綜
> 合。張庚講的戲曲主要藝術特徵之一的綜合性，就是指的這個，不

〔註 1〕龔和德《懷念阿甲老師——兼與鄒元江先生商榷》，《戲曲研究》，2008 年第 2 期，第 74～88 頁。
〔註 2〕鄒元江《脆弱的張力：體驗與表現的統一》，《中國戲劇》，2008 年第 5 期，第 33～35 頁。

是只指各種戲劇樣式都有的時間藝術與空間藝術的綜合，所以這是
戲曲動作形式的特殊的綜合形態。（二）它又把這種特殊的綜合形態
全面程式化〔註3〕。

　　戲曲到底是不是綜合性藝術？這在鄒元江看來，也是值得商榷的〔註4〕。
正是這個源頭性的分歧，讓鄒元江的「形式因」本體論的「純粹的審美」被攻
擊為是「非人的」「下等把戲的遺傳」，並且被等同於是被媒體捉弄的「瘋子」
的戲曲絕活表演。這種來自百年前的「五四罵語」和非藝術化的「大眾媒體
點評」話語確實很難說與鄒元江的言說處於同一層面。

　　而這並非鄒元江所面對的唯一責難。戲曲究竟是演人物還是演行當？這
又是一個經常被爭論的問題。問題的關鍵是，鄒先生並不認為戲曲就是要演
「行當」，而是應該注意「怎麼演」，是「怎是」。而這也常常就被誤解為「有
人主張戲曲只演行當不演人物。〔註5〕」質疑者進一步指出行當其實就是腳
色分類，其中已經包含人物性格。戲曲是通過行當演人物，行當只不過是扮
演人物的一個中介、一種手段。藉此進一步指出：「戲曲扮演人物並非西方
話劇思維，而是從宋金雜劇、宋元南戲以來形成的傳統。明清傳奇、京昆和
地方戲繼承這個傳統，以李漁為代表的古代戲劇理論家高度肯定這個傳統，
並為後來的戲劇發展指明方向。清末譚鑫培把傳統的戲曲手法和劇中人的處
境、心境交融在一起，引領一代風氣。〔註6〕」最後得出：鄒元江批評梅蘭
芳在《遊園驚夢》中的表演「偏離了崑曲審美趣味」，其實梅蘭芳恰恰是崑
曲精神的忠實繼承者」的結論。由此引申的爭論還包括「梅蘭芳的表情〔註
7〕」、什麼是「真正的中國戲曲藝術的審美精神〔註8〕」、梅蘭芳能否完全代

〔註3〕冀和德《懷念阿甲老師──兼與鄒元江先生商榷》，《戲曲研究》，2008 年第 2
　　　期，第 74～88 頁。
〔註4〕關於這一點，鄒元江曾經和安葵先生有過討論。參見安葵《戲曲綜合論與戲
　　　曲發展觀──就教於李偉、鄒元江先生》，《戲劇文學》，2004 年第 9 期，第
　　　29～32 頁。
〔註5〕康保成、陳燕芳《戲曲究竟是演人物還是演行當？──兼駁鄒元江對梅蘭芳
　　　的批評》，《文藝研究》，2017 年第 7 期，第 121～131 頁。
〔註6〕康保成、陳燕芳《戲曲究竟是演人物還是演行當？──兼駁鄒元江對梅蘭芳
　　　的批評》，《文藝研究》，2017 年第 7 期，第 121～131 頁。
〔註7〕羅麗《也談戲曲的「表情」──與鄒元江先生商榷》，《南國紅豆》2010 年第
　　　4 期，第 23～25 頁。
〔註8〕郭月亮《什麼是「真正的中國戲曲藝術的審美精神」？對鄒元江先生批評阿
　　　甲的思考》，《中國戲劇》，2009 年第 9 期，第 46～49 期。

表中國戲曲體系〔註 9〕等問題。而問題的關鍵在於，質疑者總是很難企及鄒元江的言說高度和理論深度。關於這一點，或許美學界的相關聲音可以從一個側面加以佐證。與戲曲理論界的質疑聲音相比，美學理論界的聲音確顯得和煦許多，充滿了鄒元江所說的「同情地理解」。

　　方維規〔註 10〕、鄧曉芒〔註 11〕等學者都對鄒元江著《中西戲劇美學陌生化思維研究》給予了很高的評價。因為他們知道鄒元江「是研究哲學」，因而在探討戲劇美學問題的時候，更多帶有哲學上的沉思。「鄒元江教授對陌生化理論及其對中國戲曲藝術美學精神的影響進行了重估和重釋。他在中西比較、對照的視闊中，分別從偏離與陌生化、限制與陌生化以及陌生化的否定性等方面對 20 世紀文藝理論中的陌生化思維及其哲學基礎進行了全面細緻的剖析，並結合梅蘭芳與中國戲劇美學精神等問題，對中國藝術進行了全面的反思，這種正本清源的工作無疑具有重要的學術價值和時代意義。〔註 12〕」而陳建森更是一針見血：

　　　　目前戲曲研究所面臨的難題和學術困境戲曲是什麼？戲曲如何演？這是近百年來戲曲研究者一直思考探究然而至今認識仍然模糊的問題，而這種「模糊」，是從王國維的戲曲界義開始的。20 世紀初，王國維在《戲曲考源》中說：「戲曲者，謂以歌舞演故事也。〔註13〕」

　　這就是二十世紀，戲曲理論研究總是無法跳出「歌舞綜合說」與「演故事」的藩籬的重要原因。而鄒元江的正本清源，恰是在糾正這種陳說的意義上而言的。鄒元江的「形式因本體論」和「怎是」審美追求，恰是對王國維理論傳統的反撥，然而毫無疑問，是會遇到重重阻礙的。然而鄒元江「從哲學美學視角研究戲劇藝術審美思維，其思想的道路明晰而又深刻。他以俄國形式主義的陌生化思想為理論基礎，深入探討了在陌生化視角下的戲劇審美和

〔註 9〕張裕《梅蘭芳能否完全代表中國戲曲體系？》，《文匯報》，2008 年 12 月 3 日，第 9 版。
〔註10〕方維規《「陌生化」及「梅蘭芳表演體系」的解構——評鄒元江著〈中西戲劇美學陌生化思維研究〉》，《中國圖書評論》，2013 年第 4 期，第 62～66 頁。
〔註11〕鄧曉芒《相看兩不厭 燈火正闌珊 評鄒元江〈中西戲劇美學中的陌生化問題〉》，《博覽群書》，2008 年第 11 期，第 38～45 頁。
〔註12〕劉建平《陌生化問題的「怎是」探索——評鄒元江〈中西戲劇審美陌生化思維研究〉》，《美與時代（下）》2012 年第 10 期，第 15～18 頁。
〔註13〕陳建森《戲曲本體與生成的探究之途——評鄒元江〈中西戲劇審美陌生化思維研究〉》，《文藝研究》，2010 年第 8 期，第 137～146 頁。

中國戲曲藝術，不僅從理論上達到了藝術本體論的高度，還對近現代經過改革後的中國戲曲表演及其理論進行了反思與辯難。〔註14〕」這一學術路徑，卻從未動搖和改變。

二、哲學理論源頭──從陌生化到「非對象化」

2012 年初，「Acting—演技」三大表演體系國際學術研討會在日本早稻田大學舉行。會議特設以「非西歐圈地區對布萊希特的接受」為題的專題座談會。與會學者從多個角度對布萊希特戲劇作品在東亞和拉美地區的傳播和接受進行了探討，提出了不少有價值的新觀點。在這次大會上，鄒元江教授系統地提出了他的陌生化理論，並將之用於中國戲曲藝術。

> 藝術的真正出發點和尺度是以能否背離常規、偏離規範和突破範式來衡量的。對於藝術家而言，永遠只有作為素材的「內容」，永遠只有被形式加以偏離的素材。藝術的真正開端正在於讓形式「如何」複雜陌生化地呈現。審美感受（創造）方式的革命正在於「戲弄情感」，而非體驗（摹仿）情感〔註15〕。

而與陌生化緊密聯繫的是「非對象化」。因為人類更高級、更自覺的創造性活動主要是非對象性的。它是精神的「純粹的創造物」。這「純粹的創造物」正是「非物體化」的「物性」。而這顯現「無」的世界的「物性」創造，其「物性」雖「不是現實的物」，但它也不能被視作「只是抽象物」，而是「非物體化」的「意象」。「意象」正是所生成的「物性」的「純粹的創造物」。審美的感興和審美的創造正是建構這種非對象性的「意象」存在「物」，並對此意象存在物加以賦形。非對象性的「人的生命表現」具有不可還原、非推理直觀、非歸納概括和非對應的有機性凸顯的特徵〔註16〕。由此鄒元江進一步延伸及藝術的本體問題。

> 作為深刻觸及了人的本質的「陌生化」並不是「純形式概念」，而是直接關涉文學藝術的「內部規律」，即文藝的本體論問題。所謂

〔註14〕 張娣《行走在思想的道路上——評鄒元江教授〈中西戲劇審美陌生化思維研究〉》，《戲曲藝術》，2009 年第 4 期，第 125～128。

〔註15〕 鄒元江《偏離規範與陌生化——兼論席勒對俄國形式主義的影響》，《首都師範大學學報（社會科學版）》2005 年第 2 期，第 73～80 頁。

〔註16〕 鄒元江《論非對象化》，《廣西師範大學學報（哲學社會科學版）》，2004 年第 3 期，第 44～53 頁。

文藝的本體論問題，就是使文學具有「文學性」、藝術具有「藝術性」
的「詩的形式」的塑造和陶鑄，即形式的表現力何以創造的問題。
而形式的審美表現力的實現是依憑不可重複、無法被取代、不能被
仿傚的「結構整體」——陌生化的程序創造而成為可能的〔註17〕。

具體到中國戲曲而言，形式的表現力如何創造的問題，才是最重要的問題，
這也是鄒元江戲曲「怎是」研究的最核心內容。鄒元江進一步指出，正是因為
如此，戲曲重要的不在於言說什麼，而在於如何言說。因為美作為非對象化的、
非實體的虛化的物，即作為精神的純粹的創造物，只能意象性地被感知。而要
對美之意象的這個純粹的創造物加以感知，就必須放棄將美作對象化感知的方
式。不論是從聽覺還是從視覺來把握美的特性或個別表現性，都必然要訴之於
想像，即對美之生成顯現的非對象化的意象加以構形〔註18〕。這樣一來，戲曲
的唱詞、甚至動作、表情，都應該被消解在「對美之意象的這個純粹的創造物
加以感知」的過程中。這也是鄒元江對「體驗」「主題」「故事」「文學」在戲劇
審美意義上的否定的理論前提。甚至對於歷史劇，依然是如此。必須對歷史的
偏離即對確定無疑的歷史「本事」加以藝術轉換，創造出富於感染力、迷離神
秘的審美情境，以「更新人類的記憶」。〔註19〕進而完成對歷史的非對象性審
美認知，達到「純粹審美」的目的。因為，即便是史詩劇的道德效果，終究是
要以審美效果為依託的。而布萊希特的偉大之處，便是創造了史詩劇的「偉大
形式」：審美效果與道德效果互為中介的雙重實現。〔註20〕史詩劇的限制不僅
僅是一種劇場效果策略（方法），而且是對傳統的西方藝術思維定勢加以顛覆
的現代藝術思維方式〔註21〕。布萊希特採取的方式包括以陌生化的方式背離亞
里士多德戲劇所必然產生的現象與還原、整一與間斷、自由與限制等一系列的
矛盾，而所有這些矛盾都根源於布萊希特「史詩戲劇」這個詞自身的矛盾，

〔註17〕鄒元江《關於俄國形式主義形式與陌生化問題的再檢討》，《東南大學學報（哲
學社會科學版）》2004 年第 2 期，第 60～66＋127 頁。

〔註18〕鄒元江《對美之意象的非對象化感知》，《學術研究》，2009 年第 4 期，第 142
～146 頁。

〔註19〕鄒元江《偏離歷史與陌生化》，《戲劇》（中央戲劇學院學報），2003 年第 1 期，
第 71～83＋48 頁。

〔註20〕鄒元江《史詩劇：審美效果與道德效果雙重實現的「偉大形式」》，《戲劇》（中
央戲劇學院學報），2002 年第 1 期，第 53～63 頁。

〔註21〕鄒元江《論史詩劇的限制與陌生化效果》，《戲劇藝術》，2001 年第 4 期，第
4～21 頁。

即敘事性和戲劇性可否兼容統一。「怎樣才能填平史詩和戲劇之間這條長長的不可逾越的鴻溝」，這正是布萊希特必須解決，也是我們認識史詩劇必須面對的難題〔註22〕。陌生化和「非對象化」的哲學思考，這是在這一層面溝通了布萊希特和中國戲曲，溝通了戲劇的審美問題與表現問題。而這一點，在很長一段時間內，都是被國內戲曲研究者所忽視的。

三、民族母體文化源頭——情立天下〔註23〕

如果說哲學和美學的理論出發點，保證了鄒元江戲曲美學思想的理論縱深，那麼民族化的母體文化眷戀，則給了鄒元江戲曲理論思維的寬廣度和飽滿度。這已經涉及戲曲生態體系化的觀照視域，非常鮮明地體現在鄒元江的戲曲研究工作中。尤其是鄒元江對《牡丹亭》和湯顯祖〔註24〕的研究中。

鄒元江一開始就指出《牡丹亭》這類「逞才能」的曲詞是徐日曦所看到的「詞致博奧，眾鮮得解」的詩化曲詞。這種逞才能的曲詞並不能真正對戲曲舞臺藝術有多大裨益。將這種缺乏敘述性的曲詞看得過高，甚至將之作為湯顯祖《牡丹亭》最重要的成就之一，這顯然有悖於戲曲藝術的審美精神。

> 這涉及對幾個根本性問題的反思：一是什麼是評價戲曲文本的標準；二是湯顯祖是不是一個傑出的劇作家；三是《牡丹亭》之所以傳世的因素為何；四是「合之雙美」訴求的非本質性〔註25〕。

那麼，湯顯祖和他的《牡丹亭》到底在哪個層面能夠滋養我們這個民族？那就是「情立天下」的哲學美學觀。這深深植根於湯顯祖的哲學思想深處。

> 六經｜貴生」「深情」「愛人」之「道心」幾絕而大義不盡明的根本原因，是漢儒、宋儒牽合擬附之罪造成的。湯顯祖的「道心」

〔註22〕鄒元江《史詩劇：被限制戲劇的難題》，《戲劇》，2001 年第 2 期，第 24～36 頁。

〔註23〕鄒元江《湯顯祖〈牡丹亭〉中杜麗娘的生存場域》，《光明日報》，2016 年 9 月 1 日，第 11 版。

〔註24〕鄒元江指出湯顯祖的人生歷程卻要複雜得多。他出身於書香門第，祖上四代有文名。湯顯祖從 22 歲開始到北京春試四次落第，直到 34 歲才考中進士。後自請到陪都南京任職 7 年，因上奏激烈抨擊朝政的《論輔臣科臣疏》，42 歲被貶謫廣東徐聞典史任。旋又被「量移浙江遂昌知縣」，雖「一時醇吏聲為兩浙冠」，但無法再有升遷的途徑，也不能阻止官府對百姓的掠奪，一怒之下掛冠而去。如此跌宕起伏、震撼朝野的人生經歷，顯然不是一個作為職業的「戲劇家」的桂冠所能夠涵蓋的。

〔註25〕鄒元江《對《牡丹亭》敘述方式的反思》，《藝術探索》，2017 年第 3 期，第 119～124 頁。

「深情」說與朱熹的「道心」「人心」說是大相悖謬的。根源在湯氏講道氣，而朱子講理氣；湯氏言情至、至情（即朱子所說的「形下之私」），朱子卻言性命之正；朱子道心人心截然兩分，湯氏則道心至情（人心）兩相涵詠；朱子是人心聽命於道心，湯氏卻是道心具含至情（人心）。〔註26〕

　　湯顯祖的「情至」思想受到儒家「發乎情」、道家「法天貴真」和禪宗「自性」思想的影響〔註27〕湯顯祖一生的心靈矛盾和苦悶在於文章名世與大道踐履的抉擇兩難。矛盾的根源在於湯公具有強烈的對家族、師友和社會所期許於他的慧命擔當意識，這激勵了他「深心延不朽」的不朽之思；而與此同時，他也具有強烈的中國士大夫文人濟世立功的情懷，這使他甚至認為詩人也「誠不足為」，「吾所為期於用世」。然而，當濟世大道難以踐履時，文章名世也難以理成前緒。值得慶幸的是，正是在他一生最苦悶的時期，他領悟到「人生精神不欺，為生息之本」，終於心精力一，在他並不以「不朽」業自詡的戲曲「小技」上，成就了讓後人驚歎不已的傳世偉業。可惜，這真正輝煌的詩意人生對湯公來說卻太短暫了，他終不能「絕去雜情」〔註28〕。不唯湯顯祖是「情立天下」哲學觀的踐行者，他筆下的人物也是如此。杜麗娘生存的場域就是自漢代以來所形成的「貞節觀」和與之相關聯的「烈女觀」對古代婦女肉慾和心靈的限圍。正是在這種特定文化場域的擠壓和高壓之下，明代的婦女是極其苦悶的，現實中無以思情，只能在夢境裏來「幽媾」，來「驚夢」，來「冥誓」，來盡男歡女愛之常情。杜麗娘的形象正是曲折的表達了明代後期婦女的真實生存狀態。湯顯祖通過《牡丹亭》給了幽閉在閨閣中沒有任何出路的思春女性一個神聖的幻覺式的宣洩情慾的時空〔註29〕。這種夢文化哲思，在另一個時空，構築了一個至情的世界。湯顯祖擅長造夢境，《紫釵記》《牡丹亭》《南柯夢記》和《邯鄲夢記》皆以夢入戲，「因情成

〔註26〕鄒元江《湯顯祖情至論對儒家思想的揚棄》，《東南大學學報》（哲學社會科學版），2006 年第 1 期，第 109～114＋125 頁。

〔註27〕鄒元江《情至論與儒、道、禪》，《戲劇》（中央戲劇學院學報），2004 年第 2 期，第 5～20 頁。

〔註28〕鄒元江《明清思想啟蒙的兩難抉擇——以湯顯祖為研究個案》，《華中師範大學學報》（人文社會科學版）2002 年第 4 期，第 93～99 頁。

〔註29〕鄒元江《夢即生存：杜麗娘的生存場域》，《藝術百家》，2014 年第 1 期，第 184～187 頁。

夢、因夢成戲」，〔註30〕這恐怕也足以概括中國戲曲審美的母體文化源頭。

2016 年是湯顯祖、莎士比亞和塞萬提斯逝世 400 週年。鄒元江坦言：對中國學界和演藝界而言難得一見的「湯顯祖年」帶給我們一個思考，究竟應當向世界傳遞怎樣的湯顯祖形象呢？鄒元江指出：湯顯祖這位一生都「貞於孔埠」古代士大夫文人的傑出典範，絕對不會把戲曲視為其人生的終極目的，更不會為謀生取悅觀眾而填詞。恰恰相反，湯顯祖的「四夢」填詞都是他作為與文人間建立「相為賞度」的機緣而起興的。而這種中國古代士大夫文人的人生志趣是伊麗莎白時代的莎士比亞為滿足公共劇場的觀眾的娛樂願望而作劇賺錢所完全不能理解的。對民族母體文化的尊重啟發了鄒元江學術思想的另一個維度，那就是對民間藝術傳承的重視和關注。比如活態傳承問題：

> 「崑曲研習社」是崑曲傳承的非政府形態。與同是非政府行為的「崑劇傳習所」不同的是，「崑曲研習社」的主旨並不是以培養專業的崑劇演員為出發點，而是基於心性趣味的以曲會友的曲友們的自發聚合。「崑曲研習社」雖然沿襲著幾百年來文人雅士以雅興對崑曲的維護與推動傳統，但從清末至民國以來因應著崑曲的衰落而成立的「崑劇傳習所」及「崑曲研習社」，都沉重地背負著傳承崑曲正宗血脈的歷史使命。張允和先生的《崑曲日記》正是彌足珍貴的對崑曲民間傳承的活態記憶〔註31〕。

此外就是藝術傳承問題。「極工」的工夫是藝術家安身立命的「童子功」，這是作為藝術家永遠無法繞過的。任何真正的藝術都是以「極工」為前提的「艱奧美」的創造。藝術家都是以成熟的形式因來感受、抽象現實人生的。中國藝術精神的內在癥結就是以精神人格直接對應於藝術精神，而忽視、漠視，甚至放棄對作為藝術精神實現方式的審美形式因的探求，這必然滋生出中國繪畫中的「便宜主義的傾向」：過度強調空疏虛妄的神似、氣韻品格，以致於輕視、無視，甚至棄絕對形似、「極工」的工夫訓練過程〔註32〕。此外，

〔註30〕鄒元江《夢思——審美至情體驗》，《戲曲研究》，2002 年第 1 期，第 172～188 頁。

〔註31〕鄒元江《崑曲民間沉重傳承的活態記憶——讀張允和《崑曲日記》箚記》，《藝術百家》，2015 年第 1 期，第 181～189 頁。

〔註32〕鄒元江《必極工而後能寫意——對「中國藝術精神」的反思之一》，《文藝理論研究》，2006 年第 6 期，第 73～78 頁。

面對極其脆弱瀕危的戲曲劇種，鄒元江指出對非物質文化遺產的保護不能僅僅限於國家政府形態的一般政策措施，還應當採取地方法律法規等更有效的強制保護措施，這原本就是聯合國科教文組織《保護非物質文化遺產公約》所明確要求的。要在對戲曲劇種這類「瀕危的文化形式」加以最為精細考察的基礎上，確定戲曲劇種「瀕危」的標準，並在此基礎上構建切實有效的、有威懾和約束力的地方法規〔註33〕。

> 對傳統經典劇目尤其是折子戲的傳承是崑曲保護、扶持的核心。傑出傳承人的口傳心授是經典劇目尤其是折子戲核心審美價值傳承的最重要的保證。而經典劇目的上演必須選擇精通崑曲藝術的行內人加以統籌、勾劃，削弱淡化受現代話劇觀念訓練的「導演」自以為是、喧賓奪主、主宰一切的地位，真正讓崑曲「有聲必歌，無動不舞」起來，讓表演藝術家成為崑曲藝術美輪美奐審美表現的主體〔註34〕。

此外關於盲目創新，鄒元江指出中國戲曲對西方話劇的學習極大地傷害了中國戲曲的審美本質。崑曲已經再也經不住「草創」之「新」了〔註35〕。而積極革新呢？梅蘭芳的表演藝術應該傳承的核心精神是鮮明的時代感——革新精神。這種革新精神基於兩個重要的前提，即既要高度重視對「傳統表演藝術的積累」，又要「在藝術創造中勤於思考」。前者涉及支撐梅蘭芳表演藝術圓滿呈現的技術根底問題，即由梅蘭芳的童子功奠基的唱念做打功法對他表演藝術的深刻影響，後者則強調創造的理性化思維，而不是被盲目的非理性的創造衝動所左右。這正是梅蘭芳五十多年藝術生涯不斷探索創新、引領時代潮流的秘訣所在〔註36〕。此外關於瀕危戲曲：

> 瀕危戲曲邊沿化、地方小戲大戲化、戲曲藝術話劇化是地方戲曲藝術當代生態的主要誤區。之所以存在這些誤區，是因為我們學

〔註33〕 鄒元江《關於瀕危戲曲劇種的地方保護法規構建問題》，《藝術百家》，2015 年第 3 期，第 191～195 頁。

〔註34〕 鄒元江《從青春版《牡丹亭》上演十週年看崑曲傳承的核心問題》，《戲曲藝術》，2015 年第 2 期，第 10～12＋27 頁。

〔註35〕 鄒元江《傳承作為崑曲國家文化戰略確立的關鍵》，《藝術百家》，2017 年第 4 期，第 19～25＋149 頁。

〔註36〕 鄒元江《梅蘭芳的表演藝術應該傳承什麼》，《文化遺產》，2017 年第 3 期，第 33～42＋157 頁。

界和演藝界尚未確立作為「附加目的」的「思想」、作為充滿「限制」
的「劇種」、作為劇種「靈魂」的「聲腔」的重要觀念〔註37〕。

這一點，與洛地、傅謹等先生的「劇種、腔調」論是極為一致的。而對於
戲曲界的成績，鄒元江先生總是盛情歡呼。就如他觀賞上海崑劇團整理演出
的《邯鄲夢》，再一次感到其「一流劇團、一流演員、一流劇目、一流演出」
的美譽絕非虛致〔註38〕。而在看過大製作與豪華布景的《貞觀盛事》，鄒先生
的評價也只有一句話「別了，貞觀盛事」。

四、爭議的核心之一——誰是梅蘭芳？

誰是梅蘭芳？梅蘭芳到底能否代表中國戲曲審美體系？這恐怕是近年來
鄒元江給學者帶來的最大思考。誠如鄒先生所言作為常人的「梅畹華」與作
為審美符號的「梅蘭芳」應當加以劃界，而作為審美符號的「梅蘭芳」的雙重
屬性也應加以區分。為什麼呢？因為梅蘭芳本來就是十分複雜的。

> 偶然聚合在一起的鬆散的文人票友族群以他們對藝術家的喜
> 愛和成人之美的愉悅，心甘情願地以隱身匿名的方式將他們的智慧
> 轉移成藝術家豐富的審美表現性，也由此錯位地轉移塑造了本不屬
> 於藝術家個人的虛擬的文人形象。「梅蘭芳」不是一個單數的某個人
> 的專有名稱，也不是複數的某一個共同體的共有稱謂，而是一個審
> 美「場域」的「域名」，他是與作為肉身的「梅畹華」既有聯繫、也
> 相區分的。冠以「梅蘭芳」的「文章」「文集」「文獻」不能僅僅理
> 解為只屬於「梅畹華」個人的書寫，而應理解為在「梅蘭芳」這個
> 審美「場域」中的集體創作〔註39〕。

正是因為這種複雜性，以往學界、演藝界對梅蘭芳的諸多聲音，就應該
加以小心的重新審視。比如梅蘭芳訪問蘇聯的問題。「事實上，當年蘇聯報刊
的評價並非是完全肯定的，這不過是梅氏身邊的文人對這些評價的翻譯有意
刪改所導致的效果。」1935 年蘇聯報刊對梅蘭芳表演美學的解釋，以西方話
劇為參照，對中國戲曲藝術充滿著既偏頗又具有某些合理性的誤讀。這主要

〔註37〕鄒元江《制約地方戲曲發展的觀念問題》，《中國古代小說戲劇研究》，2015 年
第 1 期，第 243～249 頁。
〔註38〕鄒元江《對傳統的堅守與開拓 觀上海崑劇團《邯鄲夢》》，《上海戲劇》，2008
年第 5 期，第 9～11 頁。
〔註39〕鄒元江《誰是「梅蘭芳」？》，《文藝研究》，2010 年第 2 頁，第 86～92 頁。

緣於中國戲曲與蘇聯觀眾之間存在「裂痕」。雖然蘇聯報刊對中國戲曲藝術價值的評價比較一致，甚至把梅蘭芳的「絕技」視作偉大的中華民族文化的一部分，但仍認為這株像古老梨樹一樣的藝術已經不能再結果實，只有中國人民偉大的解放運動才能使戲曲藝術再獲新生。〔註40〕。很顯然，這種解讀，是回到歷史現場，撥開迷霧的求真的過程。

而另一個問題還包括如何還原真實的梅蘭芳。因為梅蘭芳在某種程度上成為圍繞著他的文人們自身旨趣的承載者。這種文人旨趣，若即若離，使梅蘭芳的身體表演美學的建構具有了「他者」的意味。這樣，作為戲曲優伶的梅蘭芳漸次成為「表演藝術家」，梅蘭芳以自身的努力和藝術造詣重塑了中國戲曲藝術的詩性品格〔註41〕。然而這種變化過程是極其複雜而艱難的，其中也必然是伴隨著很多誤解和嘗試的，不可以作簡單化的理解。這也是梅蘭芳或許並不能代表「中國京劇精神」的原因，因為「他者」意味本身已經讓他游離於京劇生態以外。比如作為京劇演員的梅蘭芳排演「念多唱少」的時裝新戲顯然就是對京劇傳統的偏離。對於這種偏離，梅蘭芳後來有過深刻的檢討。但學界和演藝界卻並沒有從梅蘭芳的檢討中看清中國戲曲藝術應該走和不應該走的路徑。〔註42〕需要看到，梅蘭芳排演時裝新戲或多或少受到「他者」影響。而問題的關鍵是，這種彎路竟然在建國後被奉為經典而一再強化，這正是鄒元江深思而惆悵的原因。

　　作為間離的戲曲藝術既表現為案頭與場上的間離、唱詞與聲腔的間離，也表現為體驗與表現的間離，由此構成了不同於西方話劇的作為審美思維限制的戲曲藝術的獨特表現方式。梅蘭芳電影《遊園驚夢》的崑曲演出本主要採用《綴白裘》伶人演出本，這就帶來諸多可深入思考的問題。梅蘭芳在以他的名譽出版發表的文獻中所堅持的戲曲表演原則與他實際在舞臺銀幕上的表演效果不相吻合的狀況提醒我們，既不能以梅蘭芳的文獻作為唯一理解他的表演美學的路徑，也不能只以梅蘭芳舞臺銀幕上的表演效果來判斷他的表

〔註40〕鄒元江《蘇聯報刊關於梅蘭芳的評論及其中譯文的改譯審定問題研究》，《文藝研究》，2017 年第 6 期，第 82～92 頁。

〔註41〕鄒元江《文人旨趣：梅蘭芳的身體表演美學建構的「他者」意味》，《民族藝術》，2016 年第 5 期，第 85～93＋100 頁。

〔註42〕鄒元江《對梅蘭芳民國初年排演「時裝新戲」的歷史反思》，《戲劇（中央戲劇學院學報)》，2012 年第 2 期，第 78～93 頁。

演思想的走向〔註43〕。

可見，梅蘭芳的所謂「偏離」其實已經屬於消極的背離傳統、脫離趣味〔註44〕。梅蘭芳從民國初年學演崑曲始對崑曲「唱詞賓白的意義」的「關注」，尤其是從以「加強表情的深刻」的目的出發對杜麗娘身段的改動，顯然是對崑曲審美趣味的偏離。可對於這個偏離無論是梅蘭芳還是學界都沒有意識到所存在的問題〔註45〕。正是因為這些彎路和「偏離」，對「梅蘭芳表演體系」的預設是難以成立的。因為梅蘭芳的表演特徵不能構成一個獨立自足的審美「體系」。梅蘭芳的表演所依憑的理念是駁雜含混、自相牴牾的，即「他者意味」。因為從根源上他的文化底蘊限制了他的判斷力和理解力〔註46〕。所以「梅蘭芳表演體系」一開始就是無法成立的。鄒元江看到對於無法自洽的梅蘭芳表演美學體系，解釋路向卻是多元的，一是歐美、日本學界、演藝界；一是梅蘭芳對自己的表演美學精神的解釋。這兩種解釋的內涵是極其錯位的。

> 梅蘭芳的解釋並不是從中國戲曲藝術的內在特徵出發，而是從西方戲劇的尺度來衡量，而歐美、日本學界、演藝界對以梅蘭芳為代表的中國戲曲表演美學的解釋卻是從跳出西方戲劇的思維模式出發，極其同情的理解中國戲曲藝術的獨特的審美特徵。國內學界的解釋其實是沒有任何解釋，只是將梅蘭芳的言論作為不證自明的公理直接拿來就認作「真理」〔註47〕。

〔註43〕鄒元江《作為審美思維限制的戲曲藝術的間離——以梅蘭芳電影《遊園驚夢》的崑曲表演為例》，《戲劇（中央戲劇學院學報）》，2011 年第 4 期，第 121～134 頁。

〔註44〕鄒元江曾經指出，諸如「時裝新戲」一類的「創新」，表面上是為了迎合商業都市趨新趨時的時尚心理，實際上落腳點卻是維持戲班生存的票房收入。而報刊出版借助引導手段提高梅蘭芳票房收入的同時，在客觀上也對近現代戲曲藝術變革的走向，尤其是以梅蘭芳為代表的旦行藝術主導地位的確立，都起到了極大地推動作用。然而從根本上而言，這種創新與傳統是相傷的。參見鄒元江《票友族群與梅蘭芳表演藝術的「創新」（下）——以《梅郎集》為研究個案》，《民族藝術》，2015 年第 3 期，第 144～150 頁。

〔註45〕鄒元江《從梅蘭芳對〈遊園驚夢〉的解讀看其對崑曲審美趣味的偏離》，《戲劇（中央戲劇學院學報）》2010 年第 4 期，第 59～72 頁。

〔註46〕鄒元江《對「梅蘭芳表演體系」的質疑》，《藝術百家》，2009 年第 2 期，第 122～128＋121 頁。

〔註47〕鄒元江《解釋的錯位：梅蘭芳表演美學的困惑》，《藝術百家》，2008 年第 2 期，第 7～12 頁。

可怕的就是這種「公理」認知，這是以犧牲藝術的本真追求為代價的。此外，梅蘭芳的藝術地位常常還是帶有許多非藝術化的加分項，比如媒體的推動和「票友族群」的追捧。「票友族群」是如家族成員一般聚集在核心演員周圍的群體，其特徵是心甘情願地、以隱身匿名的方式幫助核心演員極其靚麗的出場、亮相。梅蘭芳民國九年第四次到上海演出是他滬上之行中最紅火的一次。在幾次蒞滬中，梅蘭芳強烈地感受到滬上票友與京都票友觀賞趣味的差異，使他更加主動地排演新戲。梅蘭芳在民國初年的聲譽鵲起，尤其與民國二年至民國九年其在上海聲名震天，與其在報刊出版業擁有一批忠實的票友族群的推動息息相關〔註48〕。而回歸傳統，其實成為梅蘭芳盛名之後最重要的任務。梅蘭芳曾三次（1919年、1924年、1956年）訪問日本演出。1919年、1924年訪日演出純粹是極為正常的名角兒與名票兒、戲班與劇場（堂會）之間的商業演出活動，而1956年的訪日演出則是更多帶有民間政治使命的色彩。

　　　　而從中日戲劇的互動、比較、交集的視角看，梅蘭芳前兩次的訪日演出所凸顯出來的日本演藝界和學界對中國戲曲的認識也有明顯的前後差異，即由最初觀眾對京劇表演的陌生、驚訝，到漸漸開始欣賞，並在與日本戲劇加以比較的過程中，由誤讀到明晰地要求梅蘭芳回歸傳統。〔註49〕

梅蘭芳從來都能夠明確意識到自己作為「一個極笨拙的人」只能一步一個腳印在票友族群的簇擁下「成好角」，而不能像才高八斗的譚鑫培那樣很自負的「自為領袖」「當好角」〔註50〕。梅蘭芳自1917年由崑曲藝術家喬蕙蘭教唱腔、陳德霖教身段學會上演了吹腔戲《奇雙會》，梅蘭芳意識到經過歷代藝術家不斷創造加工的崑曲身段，尤其是以極富審美韻味的「勁頭」來表演身段的工夫，一旦掌握了就總不會走樣〔註51〕。這說明，即便是在「他者立場」「創新迎

〔註48〕鄒元江《票友族群與梅蘭芳表演藝術的「創新」（上）——以〈梅郎集〉為研究個案》，《民族藝術》，2015年第2期，第140～145頁。

〔註49〕鄒元江《梅蘭芳表演美學解釋的日本視野（下篇）——以梅蘭芳1919年、1924年訪日演出為個案》，《戲劇藝術》，2014年第4期，第67～83頁。鄒元江《梅蘭芳表演美學解釋的日本視野（上篇）——以梅蘭芳1919年、1924年訪日演出為個案》，《戲劇藝術》，《戲劇藝術》，2014年第3期，第4～18頁。

〔註50〕鄒元江《梅蘭芳對譚鑫培創新精神的繼承和超越》，《戲劇（中央戲劇學院學報）》，2013年第3期，第13～26頁。

〔註51〕鄒元江《梅蘭芳〈奇雙會〉表演問題初探》，《文化遺產》，2012年第4期，第19～27＋157頁。

合」等「非梅蘭芳」要素的裏挾下，梅蘭芳依舊在努力堅持戲曲本體，這一點，鄒元江從來都是予以充分肯定的。也即是說，鄒並不像質疑者所言，是在摧毀梅蘭芳，恰恰相反，他一直在「重立」梅蘭芳，還原「梅蘭芳」。

五、如何走出西方話劇語境——戲劇怎是〔註52〕？

　　從 1996 年底到 2015 年底，國際化的湯顯祖熱持續升溫至今已經整整二十年。2004 年 5 月 7 日國內外唯一的一本湯顯祖研究的專業刊物《湯顯祖研究》創刊，擔綱主編職責的是，便是鄒元江〔註53〕。鄒元江一直在致力於「走出西方話劇語境」，力尋「中國戲曲本體」，這與他的民族文化使命的擔當〔註54〕是很難分開的。

　　　　中國傳統戲曲藝術百年來強烈地受到西方話劇思維觀念的深刻影響，以致至今早已成為學界和演藝界習焉不察的思維慣性。這裡應當加以辯難的問題是：是對象化思維，還是非對象化思維；是個性化思維還是類型化思維；是訴之於「真」的體驗，還是訴之於「美」的生知；是以歌舞演故事，還是以故事梗概為媒介顯現歌舞；是「是」（什麼），還是「怎是」〔註55〕。

　　「如何表現」是指表現的方式是什麼，這裡涉及戲曲藝術不同於話劇的敘述方式和建立在這種敘述方式上的特殊的表現方式問題。這種特殊的表現方式所呈現的不是戲曲的「是（什麼）」，而是「怎是」。「表現得如何」是指表現的審美效果怎樣，這裡涉及戲曲藝術的「傳家的衣缽」，即狄德羅所說的「理

〔註52〕鄒元江《迂迴進入　返本開源——對陳建森批評的回應》，《文藝研究》，2013年第 7 期，第 144～152 頁。我的《中西戲劇審美陌生化思維研究》（人民出版社 2009 年版。以下簡稱《陌生化思維》，引文凡出自該著者均只標注頁碼）一書自出版至今，引發了學界諸多的關注和討論。其中，我的學術諍友陳建森發表的《戲曲本體與生成的探究之途——評鄒元江〈中西戲劇審美陌生化思維研究〉》（載《文藝研究》2010 年第 8 期。以下引文凡出自該文者不再標注出處）一文尤具代表性。現就陳文提出的若干問題作出回應。

〔註53〕鄒元江《走向 2016 湯顯祖——莎士比亞年》，《藝術百家》，2016 年第 5 期，第 5～10 頁。

〔註54〕鄒元江《湯劇和莎劇：都有超越時代和國界的美學魅力》，《中國文化報》，2017年 2 月 2 日，第 3 版。鄒元江《我們應當向世界傳遞怎樣的湯顯祖》，《中國文化報》，2017 年 1 月 6 日，第 3 版。鄒元江《紀念，以敬畏和自信的心態》，《人民日報》，2016 年 11 月 11 日，第 24 版。

〔註55〕鄒元江《對京劇表演對象化思維的反思》，《戲劇藝術》，2016 年第 4 期，第40～49 頁。

想的範本」如何實現的問題。戲曲藝術家在「理想的範本」的引領下，憑藉極工的「傳家的衣缽」，把如何表現和表現得如何作為真正顯現戲曲表演藝術的最本真的審美場域，這構成中國戲曲表演藝術的審美精髓〔註56〕。事實上，中國傳統戲曲演員正是狄德羅的理想演員，每齣戲不同的「理想的範本」正是中國傳統戲曲「傳家的衣缽」〔註57〕。

　　中西戲劇的本體差異從確立獨立性與個別性而言，顯然西方以近代話劇為代表的戲劇就是以「外觀」感受為主體的「外物」模仿，它主要訴之於「真」，而中國戲曲則是以「心觀」領悟為主體的「心物」呈現，它主要訴之於「美」〔註58〕。

因此，西方話劇以故事為主，因而故事情節，情節中的人物，人物性格在情節中的展開，人物的情感在複雜故事中的層層展示等就成為主體。中國戲曲卻恰恰不以故事為核心，而是特別關注如何將一個已真相大白的故事，以演員極其艱奧的童子功練就的行當程式加以唱、念、做、打，手、眼、身、法、步等極其複雜化的藝術呈現。不以故事呈現為核心，這就帶來與西方話劇表現模式極為不同的演劇方式。在此認識的基礎上，鄒元江進一步尋找中國戲曲本體——形式因〔註59〕。

　　「形式因」對戲曲藝術這種純粹的藝術樣式而言是最重要的。形式自身就具有一種審美意蘊。所謂「內容」是充分包含了成熟的形式因在內的。京劇藝術是發展得最完善、最純粹的一種藝術樣

〔註56〕鄒元江《從如何表現和表現得如何看中國戲曲表演藝術的審美特質》，《文藝研究》，2015 年第 3 期，第 112～121 頁。

〔註57〕鄒元江、劉暄《狄德羅「理想的範本」與中國戲曲「傳家的衣缽」——重溫朱光潛關於「演員的矛盾」的論述》，《安徽大學學報（哲學社會科學版）》，2012 年第 6 期，第 21～31 頁。

〔註58〕鄒元江《我們該如何理解中西戲劇的審美差異》，《藝術百家》，2012 年第 6 期，第 90～96＋204 頁。

〔註59〕形式即本體。形式本體是一個非物質形態、非元素成分的「無」（「道」）。然則無中而生有，一本而萬殊，正是萬殊使「無」（「道」）得以呈現。然而萬殊不可歸類，萬殊只是顯現「無」（「道」）之萬種「個別文本」。「個別文本」具有不可進入、不可企及的獨立性。作為真正藝術作品原創性、過程性的鐵律，「無」凸顯了藝術本體論、戲劇本體論承諾的限度：可言說的只是「不易」的層面，而其「變易」的層面卻不可言說。如若要「說」，也要尋求「負」的言說。參見鄒元江《戲劇本體論承諾的限度——讀譚霈生〈戲劇本體論綱〉斷想》，《戲劇（中央戲劇學院學報）》，2003 年第 4 期，第 20～26 頁。

式，它是充分的用形式消滅了它的內容而生成的最高審美的觀念
藝術。〔註60〕。

作為中國當代最重要的戲曲表導演美學思想的創立者和思考者之一，阿甲先生留給我們進一步思考的問題太多，這其中最不能忽略的、也是至今仍極大地影響當代戲曲藝術創作實踐和戲曲表導演美學思考的就是體驗與表現相統一的問題。阿甲之所以始終堅持體驗與表現的統一，是他一直希望在西方話劇的體驗論與中國戲曲的表現論之間建構一個體驗與表現的張力，將中西戲劇藝術的主導表演方式加以整合，以豐富中國戲曲的表現力。這個動機無疑是好的，但它卻忽視了這兩種不同的表演美學原則的根本差異。戲曲藝術包含了太多審美表現的形式因，所以，從根本上說，戲曲藝術就是其自身極為複雜的審美形式因的充分展示〔註61〕。

正是從這個本體出發，鄒元江得出梅蘭芳並不是「京劇精神」的最高體現者，梅蘭芳也不是中國古典戲曲審美形態的終結者的結論。因為梅蘭芳的戲曲美學觀是混雜的。「以梅蘭芳為代表的京劇精神」實際上是一個特定歷史時代戲曲美學思想泛西方化、泛斯坦尼化的產物。梅蘭芳對「表情」的重視顯然是與「京劇精神」相悖的。〔註62〕而與這一本體緊密聯繫的，是中國傳統戲曲的審美習慣，比如丑角審美。中國戲曲丑角審美特徵的歷史生成和感性具體顯現是一個漫長的演進過程。出於丑角比生、旦等行當更深厚地積澱著歷史文化的基因（諷刺傳統、樂天精神、個體意志和丑角意識等），因而，這個生成和顯現的過程就更顯得沉重、滯緩〔註63〕。在此本體論基礎之上，戲曲導演制的存在就是頗為值得商榷的。

戲曲藝術突出演員的表演，這正是戲曲藝術不受制於編導的關鍵。戲曲演員的表演是充分個人化的。充分個人化的標誌是建立在童子功基礎之上的表現方式的充分技藝化。複雜化的技藝是導演根

〔註60〕鄒元江《關於戲曲本體論問題與葉朗、施旭升和李偉等先生對話》，《藝術百家》，2016 年第 1 期，第 199～203 頁。

〔註61〕鄒元江《戲曲體驗論的困境》，《湖北大學學報（哲學社會科學版）》，2009 年第 2 期，第 48～53 頁。

〔註62〕鄒元江《梅蘭芳的「表情」與「京劇精神」》，《文藝研究》，2009 年第 2 期，第 96～107 頁。

〔註63〕鄒元江《論戲曲丑角的美學特徵》，《文藝研究》，1996 年第 6 期，第 83～94 頁。

本無法導出的。「導演制」在戲曲界「成了氣候」實際上是以戲曲表
演大藝術家難以產生為代價的〔註64〕。

因此，好的戲曲導演，如余笑予，作為新時期以來真正開拓現代戲曲導演
藝術的功勳卓著者，其成功的秘鑰就是他自覺地尋求古典戲曲與現代戲曲觀眾
審美需求的最佳契合點，這構成了余笑予戲曲導演藝術的最主要特徵〔註65〕。
又如導演阿甲尖銳批判梅蘭芳的「移步不換形」是「形式主義的美學觀」，可恰
恰是「形式主義的美學觀」成為阿甲後來的導演實踐和理論探討中竭力要加以
認同和弘揚的真正的中國戲曲藝術的審美觀。〔註66〕阿甲是無論如何也繞不過
去的當代戲曲藝術所已達到的最縱深、最前沿的地標〔註67〕，那就是戲曲表現
形式的獨立審美品格的形成。即形式因的審美本體，因此體驗與表現如何相統
一的問題便成為本就毋庸闡釋的問題。由於對這一本體認識的模糊，張庚致力
於中國戲曲藝術的現代化和戲曲美學思想的建構也是有曲折的。

導致曲折的核心問題就是如何理解和借鑒西方戲劇美學，尤其
是如何引入以斯坦尼斯拉夫斯基為代表的西方戲劇美學的思想來
改造中國的舊劇。張庚對斯坦尼的戲劇美學思想的態度是從全盤接
受到逐漸疏離。但疏離是不徹底的。張庚非常重視的「整一性」和
「綜合性」這兩個概念就是他在研究中國戲曲美學時難以走出西方
戲劇美學強勢話語語境的顯證。〔註68〕

正因為形式因的本體美學觀，中國戲曲的「空」具有了美學基礎，從空
場子到空的空間與虛的實體〔註69〕，形成了中國戲曲審美的獨特傳統。與此
同時，文學也就被消解在形式因的審美過程中。

〔註64〕鄒元江《對「戲曲導演制」存在根據的質疑》，《戲劇》（中央戲劇學院學報），
2005年第1期，第18～28頁。

〔註65〕鄒元江《論余笑予的戲曲導演藝術》，《文化遺產》2014年第6期，第61～67
＋158頁。

〔註66〕鄒元江《從阿甲對梅蘭芳的批評看建國之初「戲改」運動的問題》，《戲曲藝
術》，2008年第2期，第26～30頁。

〔註67〕鄒元江《脆弱的張力：體驗與表現的統一》，《中國戲劇》，2008年第5期，
第33～35頁。

〔註68〕鄒元江《難以走出的西方戲劇美學強勢話語語境──對張庚戲曲美學思想的
反思之一》，《戲劇》（中央戲劇學院學報），2006年第2期，第5～14頁。

〔註69〕鄒元江《空的空間與虛的實體──從中國繪畫看戲曲藝術的審美特徵》，《戲
劇藝術》，2002年第4期，第77～86頁。

後　記

　　戲曲生態學研究在如今的動輒以西方藝術理論研究藝術問題的大趨勢下，顯得格外清冷。事實上，這個研究方法即便在幾十年前，也是非主流。數十年前的主流，是文學或曲學的研究方法。我本人為什麼會坐上這個冷板凳，是否算作一種巨大的不幸和悲哀呢？

　　絕非如此！

　　我是很幸運的，一開始就進入了這個被稱作非主流的研究方法。2007 年，我從上海體育學院考入武漢大學，師從鄒元江教授。鄒先生是戲劇美學和非對象化研究的重要學者，在湯顯祖、梅蘭芳等研究方面也是翹楚。鄒先生治學嚴謹，而最為學界稱道的，是他極為強烈的質疑精神。鄒先生是一位真正的學者，然而他說他並不孤獨，他的陣營裏，有一個特別的民間組織：「戲史辨」同仁，陳多，洛地，胡忌……這是中國最懂戲的一批人。我的碩士論文，做的便是陳多。可以說，「戲史辨」就是拒絕從文學、曲學的單純角度去研究戲曲藝術，而是主張戲曲生態學的研究方法。簡而言之，戲曲是活著的舞臺藝術和民族民間文化，不是僵死的文學文本和冰冷的高臺教化。這便是我戲曲生態研究的起點。

　　從武大畢業後，鄒先生把我推薦到中國藝術研究院。說是推薦，其實後來我才知道，鄒先生和我博士階段的導師何玉人先生其實並不算熟絡。不僅如此，鄒先生曾強烈質疑過何先生的老師，包括阿甲先生、安奎先生。當然，所有質疑都沒有超出藝術討論的範疇。我一直不明白，鄒先生為什麼要把我推給他的論辯的對手。況且研究院天文數字般的學費是我無法承擔的。我當年甚至有些埋怨，埋怨自己的先生何以如此不顧及我的客觀條件。然而我再

一次錯了。幾年之後，在梅蘭芳紀念館，鄒先生頂著零下二十度的寒風，在門外迎我。先生穿的那麼單薄，見到我的第一句話竟是：吳民，這幾年你受苦了！頓時，我的眼淚撲簌簌掉落下來，再也忍受不住。

鄒先生恰恰是看到了我的客觀實際，希望我繼續從事戲曲生態學方面的研究。而這一方面的研究傳統，除了「戲史辨」同仁，就是前海學派，即後來的中國藝術研究院戲曲研究所的諸位前輩們構築的學術傳統。鄒先生知道，前海學派的學人，不會讓任何一個渴望求知的學子被擋在學問之外。果不其然，雖然我無力承擔學費，但我仍然順利入學了。我的先生何玉人的招生目錄上的方向，赫然寫著：戲曲生態學。這不正是我此後多年追尋和努力的方向嗎！何先生是真正的大家閨秀，溫潤儒雅，學問深厚。何先生把我帶入了當代戲曲生態的百花園，我們看戲評戲，我們做文化考察，我們一起編校崑曲藝術大典……何先生對我的教誨和愛護，實在是難以用語言來形容。一生難忘兩件小事：一是我遠赴海南求職，先生把三千元現金夾在饅頭底下，我直到上車之後才看到。現金之上，有一封小信，上書：窮家富路，祝你成功。另一件，是答辯完成，何先生泣不成聲，說：我的吳民太不容易了。這麼多年，我多想告訴先生：是我太不懂事，太不努力了。何先生引用孔子話說：有教無類。這句話，我終生難忘。如今我也已經身為人師，我常常把先生們對我的關愛，用於教育和關愛我的弟子。這也許就是師道傳承吧。只是很遺憾，我如今供職的單位，戲曲研究是絕對的冷門。但我仍然把戲曲藝術作為當代青年必備的基本文化素養，在通識課程的課堂上繼續加以講解和詮釋。

2012 年，我進入四川大學任教，繼續從事戲曲生態學研究。川大的戲曲研究傳統原來是很深厚的，著名的戲曲研究大家任二北先生就曾供職於四川大學。我整理了歷代筆記小說、民國報刊的鮮活戲曲史料，同時積極參與四川地方戲劇和非遺保護，漸漸產出了一些成果，其中就包括這本並不成熟的小書。2018 年，我進入上海戲劇學院，在葉長海先生的指導下，完成了戲曲生態學論綱近 50 萬字的博士後出站報告。與此同時，我和業師何玉人先生共同完成了《二十世紀戲曲史通論》書稿。鄒先生也不斷指導我重新梳理、討論建國後戲曲美學和戲曲理論問題。所有這些指導，促成了這本民國戲曲生態的小書。在此，對我的先生們，還有給予過我教誨和幫助的所有先生，師長和朋友，表示感謝。

　　最後，要感謝四川大學文新學院院長李怡先生，給予了本書出版的大力幫助。感謝出版方為本書付出的辛勤工作。路漫漫兮，中國戲曲生態研究還將繼續。中國戲曲生態，還有希望。